나의 시적인 무녀 선녀 씨

나의 시적인 무녀 선녀 씨

2024년 04월 15일 1판 1쇄 찍음
2024년 04월 30일 1판 1쇄 펴냄

지은이 김개영
펴낸이·편집장 윤한룡
디자인 윤려하
관리·영업 이소연
홍보 고 우

펴낸곳 (주)실천문학
등록 10-1221호(1995.10.26)
주소 남양주시 퇴계원읍 퇴계원로 52 405호
전화 02-322-2161~3
팩스 02-322-2166
홈페이지 www.silcheon.com

이 책은 2021년 대산문화재단 대산창작기금을 받아 출판되었습니다.

ISBN 978-89-392-3148-1 03810

나의 시적인 무녀 선녀 씨

김개영 장편소설

실천문학

차례

1 ····· 7

2 ····· 28

3 ····· 50

4 ····· 67

5 ····· 77

6 ····· 89

7 ····· 111

8 ····· 130

9 ····· 139

10 ····· 149

11 ····· 166

12 ····· 181

13 ····· 191

14 ····· 206

15 ····· 222

에필로그 ··· 241

작가의 말 ··· 244

삶 위로 날며,
꽃들과 말 없는 것들의 말을
애쓰지 않고 알아듣는 자 복되도다!

— *보들레르*

1

선녀 씨의 몸 위에 담요 한 장을 더 덮었다. 아직 선녀 씨의 몸은 따뜻했다. 이 온기만 지켜준다면 선녀 씨는 이 세상으로 폴짝 넘어오지 않을까. 문득 정신을 차린 개구리가 뱀 아가리에서 뛰쳐나오는 것처럼 말이다. 그렇게 된다면 하얀 이빨을 드러내던 저 세계는 곧 입을 다물 것이고 선녀 씨의 심장은 다시 뛸 것이다. 샤먼의 삶을 살았던 선녀 씨에게는 한 번쯤 일어날 만한 일이었다. 이 세계의 법칙을 간단하게 무시하고도 시치미 떼며 딴청 부리던 존재들과 선녀 씨는 늘 함께였으니까 말이다.

시립병원에서 집까지는 한 시간 거리였다. 선녀 씨는 의식을 잃기 전 허공을 가리키며 '가요'라고 했다. 그 전에도 의식이 돌아오면 자꾸, 가자고 손을 허우적댔다. 오랫동안 집을 지켜온 성주와 조왕 삼신, 문신, 측신에다 업까지 온갖 가택신家宅神들은 물론이고 천신과 산신, 장군신, 칠성신, 말명과 몸주신 등의 천지

신명이 거하고 있는 자신만의 아늑한 공간인 신당神堂에서 그 모든 존재의 가호를 받으며 편히 세상을 뜨고 싶었던 것이다.

어차피 나을 병도 아니니까 선녀 씨 뜻대로 집으로 모시자고 했지만 형이 한사코 반대했다. 그런 보이지 않는 존재들보다 눈앞의 의사가 훨씬 믿을 만하다는 것이다. 역시 의대 출신다웠다. 덕분에 주치의조차 형의 눈치를 봤다. 작은 시립병원이기는 하지만 아마도 선녀 씨는 최선의 치료를 받았을 터였다, 일주일을 넘기지 못하리라는 의사의 말과는 달리 한 달을 더 버텼다. 선녀 씨가 숨을 거두고 나서야 형은 병원 영안실이 아닌 집에서 장례를 치르는 데 동의했다.

지금의 선녀 씨 표정은 내가 이제껏 본 것 중에서 가장 평온한 얼굴을 하고 있었다. 하루에도 여러 명이 죽어 나가는 살벌한 중환자실에 있었는데도 말이다. 옅은 미소까지 머금은 듯 보였다. 그러고 보니, '가요'라는 말이 우리 형제가 아니라 다른 존재를 향하고 있었는지 모른다는 생각이 뒤늦게 들었다. 우리 형제에게 말한 것이었다면 굳이 존대를 할 이유가 없었을 것이다. 선녀 씨를 맞으러 온 바리데기 할미일지도 몰랐다. 죽은 자가 무사히 저 세상을 건너도록 저승문을 지키고 있다는, 이 나라 모든 샤먼들의 어머니신. 그 옆에는 꼬마신 명두明斗가 된 진호도 있었을 것이다. 그 존재들 덕분에 선녀 씨는 편안한 모습을 띠고 있는지 몰랐다.

- 오구는 여진 누나에게 맡기는 게 좋겠지?

줄곧 침묵을 지키고 있던 형에게 내가 물었다. 구급차는 이제 막 시내를 빠져나오는 중이었다.

- 쓸데없는 소리 하지 마.

긴 침묵 끝에 나온 형의 첫마디는 날이 서 있었다. 굿 얘기만 나오면 신경을 곤두세웠다.

- 엄마가 원하는 거였잖아.

- 뭘 더 원해! 우리는 할 만큼 다 했어.

그래, 형은 할 만큼 했는지도 몰랐다. 그간 벌어놓은 돈을 죄다 선녀 씨의 병원비로 털어 넣었다. 선녀 씨 간병에도 최선을 다했다. 하지만 형은 끝까지 선녀 씨 가슴에 대못을 박았다. 오구는 물론이고 제사도 없을 거란다. 선녀 씨는 그저 고개만 끄덕였다. 그 모습이 하염없이 서글펐다. 이 나라 최고의 대학을 나온 아들에게서 자신의 삶이 송두리째 부정당하는 선녀 씨의 심정은 어떠했을까?

형 말처럼 눈에 보이는 세계가 전부일 수 있었다. 어쩌면 굿이라는 것은 죽은 자가 아니라, 산 자의 욕망을 위한 의식인지 몰랐다. 죽음은 삶의 연장일 뿐이라고 스스로를 기망하며 영원을 살고자 하는 욕망 말이다. 형은 자기식대로 선녀 씨의 마지막을 준비했다. 그것은 선녀 씨를 최대한 덜 고통스럽게 하거나 고통에서 한시라도 빨리 해방될 수 있도록 하는 거였다. 형은 한 달

전 귀국했다. 선녀 씨가 쓰러졌다는 소식을 듣고 태평양 한가운데에서 바로 달려온 것이다. 의사와 통화한 지 채 이틀도 지나지 않은 시간이었다. 형이 그렇게 급히 귀국하는 것을 보고 나서야 나는 선녀 씨의 상태가 생각보다 훨씬 심각하다는 사실을 깨달았다.

– 정말 장례 끝나자마자 떠나는 거야?

형이 회사 관계자와 통화하면서 얼핏 들은 내용이었다. 가장 빨리 탈 수 있는 배가 언제냐고 형은 재우쳐 물었었다.

– 그래 이제 못 들어와, 아예 안 들어올 수도 있고……

– 아예 안 온다고?

형이 고개를 끄덕였다.

– 아예라니 왜 아예 안 오겠다는 건데?

형에게서 살가운 우애 따위는 진즉부터 기대하지 않았다. 하지만 형마저 떠나버리면 왠지 지구로부터 수백 광년 떨어진 행성에 홀로 떨궈진 신세가 될 것 같았다.

– 어머니가 없잖아, 더 이상……

잔뜩 힘을 주기는 했지만 형의 목소리는 잠겨 있었다. 선녀 씨만 가족이고 나는 뭐냐고 따지고 싶었지만 관두었다. 형의 '더 이상'이라는 말이 내 안의 감정선 어딘가를 건드렸기 때문이었다. 그래, 선녀 씨는 더 이상 이 세상에 없는 것이다. 그러고 보니 그새 선녀 씨의 손은 싸늘하게 식어 있었다. 새파란 선녀 씨의 손이 사람의 그것이 아닌 것 같아 나는 그만 손을 놓아버렸다. 영혼이 완전히 몸을 떠났다. 죽음의 아가리는 결국 선녀 씨를 삼켜버린 것이다. 의사가 사망선고를 내릴 때조차 실감 나지 않던 선녀 씨의 죽음이었다.

머릿속에서는 방금 전의 상황이 파노라마처럼 흘러갔다. 무의식중에 혀를 문 탓에 선녀 씨의 입에서는 피가 철철 흘러내렸다. 이어 심정지가 오고, 의사들이 달려와 심폐소생술을 하는 동안, 나는 울면서 난리를 피웠지만 형은 아무런 동요 없이 그냥 바라만 보았다. 잠시 안정을 되찾는 듯 했지만, 다시 심정지가 왔다. 이번엔 전기충격으로도 심박이 돌아오지 않았다. 의사가 침대에 무릎을 꿇고 올라가 흉부 압박을 시도했다. 얼마나 계속했을까, 형이 의사의 팔을 잡았다. 의사도 이마의 땀을 닦으며 침대에서 내려왔다. 삐, 하는 기계음이 중환자실 가득 울렸다.

선녀 씨의 몸은 이제 고깃덩어리에 지나지 않는 것이 되어버렸다. 나는 손으로 입을 막았지만 눈물마저 막을 수는 없었다. 눈알에 열기가 가득하고 볼이 화끈거렸다. 그야말로 뜨거운 눈물이었다. 함께 타고 있던 구급대원이 내게 티슈를 건넸다. 형은 구급차 뒷문의 창문을 마냥 바라봤다. 초겨울의 동해 바다 위로 그믐달이 떠 있었다.

집에 도착했을 때 마당에 불이 환했다. 어디서 구해왔는지 대문에는 조등이 걸렸다. 여진 누나와 깨깐이 형이 먼저 도착해 있었던 거였다. 얼굴이 눈물범벅인 깨깐이 형이 걸어왔다. 한 발 내디딜 때마다 휘청하고 상체가 뒤로 넘어가는 걸음걸이였다. 소아마비를 앓은 적 있는 깨깐이 형의 왼쪽 다리는 오른쪽 다리보다 훨씬 가늘고 짧았다. 깨깐이라는 별명은 자그마한 사람을 뜻하는 '쨰깐이'에서 온 듯 했다. 여진 누나는 선녀 씨의 신딸이고 깨깐이 형은 선녀 씨의 수양아들이었다. 그러니까 선녀 씨의 또 다른 의미의 자식들이 되는 셈이었다. 두 사람은 5년 전 즈음 결혼해 이웃 마을에 터를 잡았다. 여진 누나는 이미 남편과 아이를 잃어 본 경험이 있었다. '온다리'를 타고 났기 때문이라고 언젠가 선녀 씨가 말했다. 샤먼이 되지 않으면 부모 형제는 물론이고 남편과 자식까지 해를 입게 된다는 무서운 살煞이었다. 전남편에 이어 아이마저 잃었을 때, 여진 누나는 선녀 씨에게 내림굿을 받고 샤먼이 되었다.

신당 앞에 깨끗한 요가 펼쳐지고 선녀 씨가 그 위에 뉘어졌다. 구급대원은 경례를 붙인 후 구급차를 타고 돌아갔다. 형이 병풍을 가져와 선녀 씨 앞을 가렸다. 내일까지 임시로 쓸, 간단한 제상이 차려졌다. 물 한 그릇과 흰 쌀밥, 초 두 대와 향로가 전부인 상이었다.

- 으어어, 아으으으어……

깨깐이 형이 뭐라, 뭐라 했다. 시용(수양) 엄마가 제상 앞에 앉았다, 편안해 보인다, 여진 누나가 깨깐이 형의 말뜻을 풀어줬다. 깨깐이 형이 내뱉는 목소리는 내게 신경을 거스르게 하는 신음 소리로 들렸다. 하지만 선녀 씨나 여진 누나에게는 의미가 분명한 말로 들리는 모양이었다. 굿판의 샤먼들도 곧잘 알아들었다.

– 오빠 이쪽으로 좀 와 봐요.

벽에 기대 내내 방바닥만 쳐다보고 있던 형에게 여진 누나가 말했다. 두 사람 사이에는 냉기가 흘렀다. 여진 누나가 깨깐이 형과 결혼하겠다고 선언했을 때부터 더더욱 그랬다. 여진 누나와 형은 그 후로 처음 보는 셈이었다. 하긴 나와 선녀 씨도 2년 전인가 부산항에서 형을 잠깐 봤을 뿐이었다. 그간 형은 상선을 탄 채, 지구를 수십 바퀴는 돌았을 것이다. 여진 누나의 말에 형은 고쳐 앉는 것으로 응하는 시늉을 했다.

– 신엄마가 남긴 거예요.

여진 누나는 분홍색 보자기에 싸여 있는 뭔가를 내밀었다. 형이 힐끔 쳐다보았다. 선녀 씨가 남긴 유산이라면 땅문서나 통장 등은 아닐 것이다. 생활비다 병원비다 해서 이미 팔 땅은 다 팔았고 통장은 탈탈 털은 지 오래였다. 그렇다면 현물이 아닐까, 금덩이나 다이아몬드 같은. 여진 누나가 보자기를 풀었다.

– 신물神物이야. 너도 잘 알겠지만 이건 신엄마가 내림을 받고 얻은 것들이야.

보자기 속에는 신칼, 방울, 그리고 명도明圖가 들어 있었다. 형은 못마땅한 표정으로 고개를 돌렸다. 내가 무릎걸음을 해서 신물 앞으로 다가갔다. 그러곤 아더왕의 엑스칼리버를 집어들듯이 신칼을 들어 올렸다. 살며시 눈을 감아보았다. 천둥이 치고 번개가 내리며 지축을 뒤흔드는 따위의 이적은 아쉽게도 없었다. 이번엔 방울을 들어보았다. 방울 속의 더 작은 방울들이 차르르, 소리를 내며 굴렀다. 신을 부르는 소리였다. 의외로 무겁고 이물스러운 느낌이었다. 자기한테 맞는 무구巫具는 새털처럼 가볍다더니 내 물건은 아닌 모양이었다. 명도의 표면은 반질반질하게 윤기가 났다. 명도는 신과 신의 세계를 상징하는 구리거울이다. 표면에는 북두칠성이 새겨져 있었다. 어쩌면 명도는 우주를 담은 거울인지도 몰랐다. 샤먼의 권위를 나타내는 데에는 세 개의 신물 중에서도 으뜸이었다. 표면에 일그러진 내 얼굴이 비쳤다. 이 명도는 선녀 씨가 신목神木 아래 땅에서 처음 캐내었을 때 황금빛이 났다고 했다. 자신의 주인을 알아봤기 때문이란다. 내가 아무리 손으로 비벼대고 뚫어져라 쳐다봐도 황금빛은커녕 누런 빛조차 가물가물했다. 역시나 내 것이 아니었다.

– 며칠 전 병원에 들렀을 때, 신엄마가 이것들을 따로 챙겨놓으라고 하셨어. 새 주인이 나타날 거라고.

그렇지 않아도 선녀 씨는 오래전부터 자신의 죽음을 예감했다. 병원에 입원하기 두 달 전 즈음, 선녀 씨와 함께 한계령에 있는 시루봉이라는 곳을 함께 오른 적이 있었다. 그 산에는 선녀 씨가 감응님(神力)을 받는 산신당이 있었다. 서너 개의 계곡을 건너고 두어 개의 산을 넘어서야 도착할 수 있는 곳이었다. 난장이 집처럼 작은 나무집이었다. 허리를 숙여서 앉으면 겨우 한 사람 들어갈 수 있는 크기였다. 선녀 씨는 준비해 간 제물과 갓 지은 메를 올리고 본격적인 치성에 들어갔다. 어느덧 선녀 씨는 접신 상태에 접어들었다. 신의 뜻이 선녀 씨의 입에서 노래가 되어 흘러나왔다. '공수(神託)'라는 의식이었다. 그러다가 얼핏 나는 선녀 씨의 죽음을 예견하는 듯한 대목을 들었다.

- 네 병은 몸의 병이지 신명神明의 병이 아니니 어이 도와주겠느냐, 오냐라 가엾은 내 제자야. 나를 원망 마라, 네 몸 네가 간수 못 한 것을 원망해라, 오냐 오냐라, 불쌍한 내 제자야.

선녀 씨의 몸주신이 선녀 씨의 입을 빌어 선녀 씨에게 말한 거였다. 이내 공수는 울음이 되었다. 신령이 우는 건지 선녀 씨가 우는 건지 알 수 없었다. 선녀 씨가 샤먼이 되겠다고 했을 때, 몸주신은 선녀 씨의 목숨을 여든까지는 보전해 준다고 약속했다. 그런데 10여 년이나 먼저 저세상 사람이 되었다. 어찌 보면 선녀 씨의 신은 비겁했다. 예전에 동생 진호가 죽었을 때도 그랬다. 열 자식 낳아 다 기르겠느냐며 자기 제자 불쌍하다는 말만 했다. 어쩌면 선녀 씨가 받드는 신령은 생각보다 힘이 없는 존재인지도 몰랐다. 하긴 죽고 사는 문제는 하늘에 달려 있지, 인간의 속된 복락이나 들어주는 것으로 연명하는 하급신이 뭐를 할 수 있을까.

- 엄마가 말한 새 주인이 누나가 아닐까?

나는 신물을 보자기로 싸서 여진 누나에게 넘겼다.

- 아니야, 나는 몸주신 할아버지가 따로 있잖니. 이것들을 우리 집에 오래 두면 우리 할아버지와 다툼이 일어나.

여진 누나는 다시 내 무릎 앞으로 보자기를 밀어 놓으며 말했다.

- 엄마는 이 신물의 주인이 누구인지 알고 있었을까?

나는 명도를 뚫어져라 쳐다보았다. 오래도록 보고 있으면 그 주인의 얼굴이 나타날 것만 같았다.

- 아으으으, 아아아아……

옆에서 깨깐이 형이 소리쳤다.

- 영호 색시될 사람이었으면 좋겠다는데?

여진 누나가 옅은 미소를 지으며 말했다. 피식, 하고 형도 웃었다. 내 색시될 사람이라면 나의 뮤즈, 마야를 말하는 거였다. 얼마 전까지만 해도 내 곁에 찰싹 붙어 있던 여자애였다. 마야와 만난 후부터 나는 늘 시감詩感에 젖어 있었다. 내 시를 유일하게 사랑해 주던 사람으로, 그 자신 설치미술을 하는 예술가이기도 했다. 그런데 마야가 선녀 씨의 뒤를 잇는 샤먼이 된다? 뭐 불가능한 것도 아니었다. 마야는 스스로 네오 샤먼이라고 칭하면서 기氣나 요가, 영적 에너지 같은 것에 관심을 쏟았다. 샤먼의 아들이라는 이유로 내게 작업을 걸어왔을 정도니까. 그렇다면 마야는 곧 돌아올 것이다. 그럼 그전에 나는 장구라도 배워 놓는 것이 좋지 않을까. 마야는 지모(女巫)가 되고, 나는 사니(男巫)가 되는 거다. 내 굿 장단에 춤추는 마야를 상상하니 기분이 좋아졌다. 괜시리 깨깐이 형을 안아주고 싶을 정도였다.

깨깐이 형은 마흔 줄에 들어서는 나이였지만 정신 연령은 열두어 살에 머물러 있었다. 날 때부터 깨깐이 형의 어머니는 선녀 씨에게 명命다리를 걸었다. 명다리는 길이가 3미터도 넘는 옥양목에 자식의 생년월일 따위를 적어 놓은 것이다. 명다리를 샤먼에게 건다는 것은 자기 자식을 샤먼의 수양아들로 삼게 한다는 의미였다. 자식을 신에게 의탁해 단명短命의 사주를 피해 보고자 하는 방편이었다. 덕분에 깨깐이 형은 지금껏 살아있었다. 선녀 씨 말에 의하면, 여진 누나의 몸주신 '백'도 있으니 앞으로도 오래 살 것이란다.

내가 중학생이 될 무렵, 깨깐이 형은 우리 집에 아주 눌러 살았다. 그 전에 깨깐이 형은 얼굴에 퍼런 멍이 잡힌 채로 집을 찾아오곤 했다. 아으으으, 깨깐이 형이 짐승 울음소리를 냈다. "뭐라, 형이 때렸다고? 아니 왜 불쌍한 아우를 때려. 형수가 내쫓았다구? 이런 몹쓸 것들을 봤나, 내 갈테니 앞장서라." 선녀 씨가 한마디 할 때마다 깨깐이 형은 제 뜻이 맞다는 듯 고개를 끄덕였다. 늙은 어머니를 잃은 뒤로 깨깐이 형은 형과 형수의 매질에 못 이겨 툭하면 우리 집을 찾아왔다. 자신의 말을 유일하게 알아듣는 사람이 선녀 씨였기 때문이었다. 깨깐이 형은 초등학교 졸업은커녕 글자조차 읽지 못했지만 꽹과리 치는 데는 용한 데가 있었다. 어느새인가 선녀 씨의 굿판을 따라다녔다. 분홍 바지저고리에 청색 조끼를 입고 머리를 한껏 굴리며 꽹과리를 치는 모습이 꽤나 볼 만 했다.

초겨울의 밤은 더디 갔다. 당산나무 쪽에서 부엉이가, 뒷산에서는 여우 소리가 났다. 동네에 초상이 나면 어김없이 나는 소리였다. 선녀 씨는 저승사자를 인도하는 소리라 했지만, 형은 시체 냄새에 반응하는 소리라고 했다. 촛불이 일렁일 때마다 신당의 무신도가 마치 살아 움직이는 듯했다. 제자를 맞아들이기 위해 신령들도 이곳에 모여들고 있을까. 선녀 씨의 몸이 그들에게는 이 세상으로 내려오는 통로였다. 선녀 씨의 몸을 빌려 굿청에서 먹고 마시고 놀았다. 허풍을 떨고 떼를 쓰고 울고 웃고, 웃겼다. 그런데 그 통로였던 선녀 씨의 몸은 이제 동물들의 후각이나 자극하는 신세가 되어버렸다. 어쩌면 선녀 씨는 죽어서야 비로소 저 존재들로부터 자유로워졌는지도 모른다. 새로운 신물의 주인은 생전 선녀 씨처럼 자신의 몸을 여러 존재들과 나눠 써야 할 것이다. 내 몸에 다른 존재를 들이는 것은 어떤 느낌일까? 그것은 굴레일까, 해방일까. 나는 으스스 몸을 떨었다.

지금쯤 선녀 씨는 저 세계로의 경계, 말랑말랑하면서도 흐물흐물한, 자궁의 입구만큼이나 좁은 '틈'에 머무르고 있을 것이다.

산 자의 때를 벗지 못한, 완전히 죽지 못한 존재, 살아있음도 죽어있음도 아닌 그냥 중유中有의 존재로서 말이다. 아마 그곳에서 선녀 씨는 오구를 기다리고 있을 것이다. 죽은 자가 세상의 모든 업을 씻고 무사히 저 세상으로 건너가 좋은 삶 얻기를 비는 굿이 오구였다. 한 장짜리, 열두거리를 하는 온전한 굿이어야 했다.

- 엄마, 오구 꼭 해 줄게.

의식을 잃은 후로, 나는 중환자실에 들 때마다 선녀 씨 손을 잡으며 말했다. 코에 산소 호스를 댄 선녀 씨는 가쁘게 숨을 쉴 뿐 아무런 반응이 없었다. 선녀 씨는 자신이 쓰러져 병원에 실려 온 사실을 알고는 굿타령을 했다. 굿 한번 하면 3년은 더 살 수 있다고 했다. 그럴 돈이 없다고 하자 굿청에 나가 굿 한번 해봤으면 소원이 없겠다고 말했다. 무당 노릇 지긋지긋하다고 노래를 부르던 분이 웬 말이냐며 우선 몸이나 좋아지라고 했더니, 이번에는 오구굿을 꼭 해달라고 했다.

- 우리 진호를 위해서란 것도 알아야 한다.

선녀 씨가 말했다. 진호는 여덟 살 때 죽은 동생 녀석이었다. 정확히 말하자면 이 세상을 떠난 것은 아니었다. 녀석은 저 세계에 가지 않고 선녀 씨 몸에서 함께 사는 꼬마신 명두가 되었다. 진호는 선녀 씨가 점을 칠 때면, 심부름을 톡톡히 해냈다. 사주와 이름만 알려주면 진호는 명계에서 망자들을 데리고 왔다. 가끔 심술을 부릴 때도 있는데, 죽은 개나 고양이 영혼을 데려오는 거였다. 이를 잘 아는 손님들은 올 때마다, 케익이나 옷, 과자나 장난감 등을 사왔다. 진호는 신나라, 하며 이 세계와 저 세계를 오고 가며, 산자들의 마음속에 알알이 박혀 있는 옹이를 살살 풀어주었다. 그들은 모처럼 안마를 받은 사람처럼 후련한 마음으로 돌아갔다. 원래대로라면 녀석은 삼신할매가 관장하는 저승 꽃밭에서 물을 주고 있어야 했다. 망자가 된 아이들은 저승 초입에서 꽃 돌보는 일을 했다. 그러다가 나중에 부모가 죽어서 오면 그 손을 잡고 조상들이 모여 사는 곳으로 간다는 것이다. 삼신할매와 한 식구인 선녀 씨 몸주신의 빽인지는 모르겠지만, 진호는 꽃 돌보는 일 대신 엄마와 함께 여태껏 산 자의 공간에서 지내왔다. 어쩌면 녀석은 자기가 죽었는지도 모르고 있을 터였다.

죽음의 징조는 행운의 얼굴을 하고 오기도 하는 모양이었다. 병원으로 실려 오기 한 달 전쯤인가, 선녀 씨가 전화를 해 난데없이 복권을 사라고 했다. 간밤에 기가 막힌 꿈을 꿨다고. 그래서 그 횡재수를 내게 넘겨주겠다고 했다. 귀가 번쩍 뜨이는 말이었다. 요즘 나를 가장 괴롭히는 것이 돈 문제라는 것을 선녀 씨의 신령들은 어떻게 알았을까. 선녀 씨가 건강을 잃은 후부터 돈줄이 끊겼다. 대학 시절부터 딱히 취업에 신경 쓰지 않았으니 제대로 된 직업을 갖기도 어려웠다. 가끔 선배가 운영하는 입시학원에서 땜빵으로 강의를 해주는 것이 내 수입의 전부였다. 상선을 타는 형이 돈을 보내오기는 했다. 그러나 선녀 씨의 생활비와

약값으로 쓰고 나면 남는 게 없었다. 주위의 사람들이 왜 사지육신 멀쩡하고 대학까지 나온 청년이 빈둥거리며 놀고 있냐고 묻곤 했다. 그런 사람들은 대개 밀린 월세 받으러 오는 집주인 같은 표정을 지었다. 나는 거두절미하고 한마디만 했다.

- 시인이 되고 싶어요.

세상에나, 하고 그들은 살짝 맛이 간 사람을 대하듯 혀를 찼다. 그러고는 월세 말미를 좀 늦춰주겠다는 듯한 표정으로 나를 동정하는 거였다. 그들에게 나는 그야말로 '시시'하거나 '시답지' 않은 놈이었다. 사실, 선녀 씨는 남들에게 운도 열어주고 앞날을 콕콕 잘 짚어주었지만 정작 아들인 나한테는 인색했다. 샤먼은 자기와 자기 가족을 위해 신통력을 쓰지 않는다고 했다. 그건 샤먼이 지켜야 할, 이를테면 신의 율법 같은 거였다. 그 율법을 어기면 신통력이 떨어지거나 '토구름(신벌)'이라는 신의 노여움을 샀다. 샤먼들이 남 팔자는 알아도 자기 팔자를 모르는 이유도 그것이란다.

그러함에도 불구하고 선녀 씨가 딱 한 번 내게 점을 봐 준 적이 있었다. 대학입시 때였다. 남들처럼 수험생이라고 신경 써주지 못한 게 미안해서라고 했다. 신령님에게 들키면 신통력이고 뭐고 다 날아간다고 살며시 귓속말로 속삭였다. 참, 작은 소리로 말한다고 해서 듣지 못할 존재던가. 디귿자 들어가는 대학을 넣으라고 했다. 서울에 있는 대학은 형이 다녔던 서울대학교밖에 모르던 선녀 씨였다. 디귿자가 들어가는 대학이라면 여대를 제외하고 서울에는 딱 한 학교밖에 없었다. 남산 중턱에 있는 한 불교 종립대학이었다. 어차피 서울이라면 아무 대학이건 상관없었다. 변방의 촌 동네에서 탈출하고 싶어 안달이었다. 공립 전문대나 쓰라는 담임의 압력에도 불구하고 그 대학에 원서를 넣었다. 농어촌 특별 전형을 확대한 덕분에 운좋게 합격했다. 방을 잡아주러 상경한 선녀 씨는 대학 캠퍼스 뒤로 수려하게 펼쳐진 산세를 보더니 학자와 문인이 많이 나올 대학이란다. 이게 다 우리 서인(巫俗神)들과 한 식구인 부처님 덕분이라고 했다. 제법 경건하게 합장까지 했다. 첫, 언제는 절밥은 개도 안 먹는다더니. 선녀 씨는 절은 물론이고 스님을 그리 좋아하는 편은 아니었다. 종종 인근 암자의 중과 기도 터를 두고 싸우곤 했다.

어쨌든 선녀 씨는 오랜만에 길몽을 받아 내 운을 터주려고 하는 모양이었다. 그렇지 않아도 곰탱이 같은 몸에는 가당치도 않은 나의 길고 섬세한 손가락을 어루만지며 자기가 좀 더 오래 살아, 나를 뒷바라지해야 한다고 푸념하곤 했다. 내 손 생긴 모양이 스스로 먹고살 수 있는 팔자가 아니라는 거였다. 그날 들은 선녀 씨의 목소리는 오랜만에 생기에 차 있었지만, 어딘가 목소리 가장자리가 흩어져 내리는 것 같았다. 몸이 약해지면서 '신빨'도 다해가서 가끔 맥 빠지는 소리를 하는 경우가 종종 있었다. 갑자기 연락을 해 와서는 그냥 걸었다고 한숨만 쉬다가, 해도 그만 안 해도 그만한 얘기들만 늘어놓았다. 꿈 얘기도 그 단골 메뉴 중의 하나였다. 그런데 그날 꿈은 일생 한 번 꿀까 말까하는 길몽 중에 길몽이라는 것이다. 그 꿈 내용은 다음과 같았다.

선녀 씨는 비행기를 타고 바다 한가운데를 날고 있었단다. 처음 비행기를 타보는 선녀 씨는 창 너머 넓고 푸른 바다에 눈을 뺏긴 채 들떠 있었다. 그런데 여기저기서 큰 소용돌이가 생기더니 물줄기가 공중으로 치솟아 올랐다. 물줄기가 비행기를 칭칭 감았다. 비행기가 더 이상 앞으로 나가지 못하자 기장인 듯한 사람이 선녀 씨에게 와서 바닷속으로 뛰어내리라고 했다. 동해 용왕이 선녀 씨를 원하기 때문이란다. 기장이 비상구 문을 열어주자 무지개 빛깔의 밧줄이 바다까지 이어져 있었다. 그 밧줄을 타고 바다 속으로 들어가자, 진호가 나타나 선녀 씨에게 작은 은편銀片을 물렸다. 그 은편을 물어야만 바닷속에서도 숨을 쉴 수가 있다고 했다.

용궁에는 문이나 벽 천장이 없고 화려하게 치장한 기둥과 탑이 즐비하게 서 있었다. 사방에는 알 수 없는 나무들이 듬성듬성 자랐고 그 사이로 맑은 시냇물이 흘렀다. 여기저기 연못이 있었고 연못마다 연꽃이 피었다. 선녀 씨가 흰 모래로 된 바닥에 발을 딛자, 발이 세 갈래로 갈라지며 그 사이에 물갈퀴가 돋아났다. 무릎 아래로는 거무스름한 비늘이 생겼고 종아리에는 닭 볏 같은 것이 너슬거렸다. 마중 나온 선녀들도 선녀 씨와 똑같은 발을 가졌다. 그들은 모두 살결이 보일 정도의 엷은 흰 옷을 입었고 보석으로 치장한 족두리를 쓰고 목걸이와 반지 등으로 몸을 치장했다. 한 선녀는 큰 꽃을 이고 있었는데, 진호의 말에 의하면 천도화天桃花라고 했다. 그 천도화는 오므라졌다가 펴졌다가를 반복하는데, 그때마다 지상에서는 밀물과 썰물이 일어난다고 했다.

선녀들이 인도한 데로 가자 진수성찬이 차려져 있었다. 한 늙은 귀부인이 선녀 씨를 인도했는데, 그 사람이 꼭 죽은 선녀 씨 할머니를 닮아 있었다. 귀부인은 일일이 수저와 젓가락을 들어 선녀 씨에게 음식을 건넸다. 선녀 씨는 오랜만에 어린아이가 된 듯이 넙죽넙죽 받아먹었다. 처음 음식을 맛볼 때는 모래 같은 맛이 났는데, 씹을 새도 없이 입안에서 사르르 녹아내렸다. 달콤하고 향기로운 맛이 온몸에 퍼졌다. 미처 다섯 숟갈도 먹지 않았는데 배가 불렀다. 진호에게도 먹으라 했지만 녀석은 이미 많이 먹었다고 사양했다. 아이답지 않은 어른스런 말투였다. 귀부인이 자리에서 일어나 선녀 씨를 이끌었다. 몇 개의 시냇물을 건너자 바위 위에 좌정한 용왕을 만날 수 있었다.

용왕은 백발의 노인이었는데 선녀 씨는 죽은 할아버지와 많이 닮았다는 생각을 했다. 용왕 주위에는 선녀 씨가 모시는 신령들이 미소를 띤 채 서 있었다. 어느새 진호 녀석도 그들 사이에 끼어 웃고 있었다. 용왕은 그간 고생했으니 선물을 줘야겠다며, 보물 창고를 열었다. 휘황한 금붙이와 보석 등이 쏟아져 나왔다. 가지고 싶은 것은 다 가져가라고 했다. 선녀 씨는 그 중에서 예쁜 병 하나가 있길래 그것 하나만 집었다. 용왕과 신들은 잘 선택했다며 껄껄 웃었다. 병의 마개를 열자 까맣고 자줏빛이 나는 꽃씨가 가득했다. 다른 금이나 보석을 선택하지 못한 것이 후회가 됐지만, 이 꽃씨를 뿌리면 여기저기서 아름다운 꽃들이 피어오를 게 아니냐는 생각이 들었다.

그때 하얀 개가 나타나 이제 가야 할 때가 되었다고 알려 주었다. 컬컬한 남자의 목소리로 말했는데, 어디서 많이 들어본 듯했다. 이윽고 개의 안내로 지상으로 나오자 검은 하늘 아래 하얗게 빛나는 땅이 있었다. 그곳은 어떤 섬 같았는데, 끝 간 데 없이 모래사장이 펼쳐져 있었다. 이 세상 같지가 않은 풍경이었다. 선녀 씨가 들고 있던 병에서 진동이 느껴졌다. 마개를 열자, 꽃씨들이 사방으로 퍼졌다. 개가 입에서 금은보화를 토해냈다. 아까 용왕이 준 선물을 대신 챙겨왔다고 했다. 그런데 개의 표정이며 목소리가 왠지 전 남편-그러니까 내 아버지-을 닮았었단다.

중국의 판타지 드라마의 한 장면이 떠오르는 듯한 얘기였다. 생전 텔레비전을 보는 양반은 아니었기에 온전히 선녀 씨의 꿈속 풍경으로 볼 수밖에 없었다. 그러나 그 꿈이 나의 앞길과 무슨 연관이란 말인가? 단순히 금은보화를 가져다줬다고 복권 꿈이라고 할 수는 없었다. 오히려 선녀 씨가 택한 작은 병이 예사롭지 않게 느껴졌다. 꽃씨가 든 병을 고른 것은 이 나라 샤먼들이 가진 애처로운 로망이 표현된 것이다. 그들에게 꽃은 깎아지를 듯한 절벽 위에 핀, 결코 손아귀에 쥘 수 없는 그런 아득함을 품고 있는 거였다. 마치 옛 설화 속, 수로부인이 그랬던 것처럼 그 꽃은 현실의 누구도 꺾어다 줄 수 없었다. 그 꽃을 쥐여 준 존재는 선녀 씨의 몸주신이었다. 백발의 노인의 모습으로 선녀 씨의 몸에 스민 존재. 어쩌면 수로부인에게 꽃을 꺾어다 준 노인은 그런 몸주신 같은 존재였는지도 모른다. 툭하면 신들에게 사로잡히는 수로부인은 아마도 선녀 씨와 같은 샤먼이 아니었을까.

꿈은 이렇게도 해석할 수 있지 않을까? 잘 날아가던 비행기가 물줄기에 사로잡히고 기장이 다가와 선녀 씨를 내리게 했다? 이는 손을 쓸 수 없을 정도로 병이 악화되어 의사가 선녀 씨를 포기한 것을 상징했다. 용궁은 사후 세계인 거다. 그곳에 선녀 씨가 모셨던 신과 조상 들이 좌정하고 있었으며 그들이 그간 수고했다며 금은보화를 내주었다? 이는 선녀 씨가 신과 인간을 매개하는 샤먼이었던 것에 대한 보상의 의미였을 것이다. 그렇다면 개가 된 남편, 즉 내 아버지는 왜 그런 꼴로 나타났을까? 그는 술만 마시면 신당에 오줌을 갈기며 선녀 씨의 신들을 농락했기에, 저승에서 심부름이나 하는 개가 되었던 것으로 보인다. 그러니까 선녀 씨의 꿈은 복권 당첨이 아니라 자기의 죽음을 암시하는 꿈이었다. 바다에서 나온 곳이 이 세상이 아닌 듯하다는 뜻은 말 그대로 그곳은 저승이었다. 선녀 씨가 얻었다는 금은보화는 이 세상이 아니라 저세상에서 유효한 것들이었으리라. 자신이 죽는 꿈인 줄 모르고, 선녀 씨는 잠시나마 행복했을 것이다. 선녀 씨는 아주 좋은 꿈은 아주 나쁜 꿈이 되기도 한다고 말했다. 아주 좋은 사주를 타고 난 사람이 아주 불행하게 살거나 아주 나쁜 사주를 타고 난 사람이 아주 행복한 삶을 사는 경우도 허다하단다. 그렇다고 그 꿈이 정말 나쁜 꿈이라고는 단정 지을 수 없다. 어쩌면 선녀 씨가 일생을 통해 원했던 삶의 지복이 죽음 이후에야 비로소 이루어진다는 뜻을 품고 있는지도 몰랐다.

2

아침부터 문상객을 받았지만 시용자(무속인을 따르는 단골 신도)들조차 코빼기도 비치지 않았다. 선녀 씨가 연락하며 지내는 일가친척하나 없다는 것은 익히 알고 있는 사실이었지만 이 정도일 줄은 몰랐다. 여진 누나가 새벽부터 틀어놓은 독경 소리만이 휑한 거실을 채웠다. 정오가 지나서야 군청 문화관광과에서 몇몇 공무원이 군수의 화환을 두고 갔을 뿐이었다. 여진 누나는 아침부터 모닝을 타고 시내에 장을 보러 나갔다가 사람을 구해왔지만 그것도 두 명에 불과했다. 마을 상조회가 분명 있었지만 어쩐 일인지 마을 이장도 나타나지 않았다. 형도 영문을 모르는 눈치였다.

- 신엄마가 시용자들과 헤어질 때 인사하지 말고 그냥 가라는 거 많이 봤지?

여진 누나가 말했다. 나는 고개를 끄덕였다.

- 제자들한테는 온갖 귀신과 재액이 덕지덕지 붙어있어. 시용자들의 안 좋은 것들이 제자 몸으로 옮겨 붙은 거야. 그니까 자석 같은 거라고 보면 돼. 상문(해를 끼치는 귀신)들을 몸에 끌어 모으는 거야. 그런 제자한테 인사하면 상문들이 자기한테 하는 줄 알고 도로 시용자에게 붙어버리거든. 그런 걸 무서워하는 거야. 그래도 동관네(무당동료)들은 올테니까 좀 기다려보자.

오후가 되어서야 형의 회사에서 서너 명이 내려왔지만 다들 얼굴만 비치고 서울로 올라갔다. 사교성이라고는 전혀 없는 사람이라 대학 친구들에게조차 전화 하나 넣지 못한 모양이었다. 일찍부터 서울로 진학해 갔던 터라 이 동네에 친구라 할 만한 사람이 남아 있을 리 만무였다. 혹 있더라도 다들 외지에 나가 있을 나이였다. 나 또한 올 사람이 없기는 마찬가지였다. 사실상 사회 경험이 전무한 데다가 대학 친구들은 거리가 멀어 일부러 연락하지 않았다. 더구나 고향 동네의 옛 친구들과는 어렸을 적부터 척을 짓고 살았다. 녀석들에게 나는 덩치만 컸지 놀려먹기에 아주 좋은 먹잇감이었다. 나는 왠지 '무당 자식'이라는 말을 들으면 힘이 빠졌다. 아무런 반격도 못하고 그냥 울음부터 나오는 이상한 기분에 빠져들었다. 선녀 씨도 그랬다. 누군가 '무당년'이나 사탄이라고 손가락질당하면 화를 내기보단 얼른 자리를 피했다. 무슨 죄를 지은 듯한 표정이었다.

- 하이, 갠따로~

오후 5시나 됐을까, 창밖에 땅거미가 질 무렵이었다. 문밖이 왁자하더니 현관문이 활짝 열렸다. 사형 일행이었다. 성이 '사'씨 이름이 '덕형'인, 대학 시절 동아리 선배였다. 줄여서 사형이라 불렀다. 그는 학교에서는 승복 비슷한 차림을 하고 있었고 곧 출가한다는 말을 입버릇처럼 하곤 했다. 그런 사형이 동아리 출신 사람들을 데리고 문상을 온 거였다. 예닐곱 명이나 되는 수였다. 모두가 반가운 얼굴이었다. 눈물이 다 날 지경이었다. 취업 준비는 뒤로 미룬 채, 동아리실을 들락거리며 술이나 퍼마셨던 것이 영 낭비적인 일만은 아니었다.

갠따로는 내 별명이었다. '개는 따로 논다'해서 '갠따로'였다. 고교 시절의 별명이었는데 어느 술자리에선가 그 얘기를 했다가 대학 시절에도 그렇게 불리게 되었다. 일본 만화 캐릭터 중에 늘 티팬티만 입고 다니는 변태 주인공이 있었는데 이름이 겐타로였다. 거의 '헨타이'와 동급으로 불리는 이름이었다. 하긴 이 시대에 시인을 꿈꾼다는 것은 일종의 변태적 감수성을 가지고 있지 않으면 불가능했다. 이 지역의 고등학생을 다 놓고 보더라도 시를 쓰는 아이는 아마도 나 하나에 불과했을 거다. 그래서인지 더 이상 무당 아들이라 놀리는 아이가 없는데도 나는 좀처럼 아이들과 어울릴 수 없었다. 왕따 아닌 왕따가 돼버렸다. 무당 자식이라는 말 대신에 갠따로라는 별명을 얻었다는 게 그나마 다행이었다.

- 떡잎 밑에서 살고 싶습니다. 아아 떡잎 밑에서 살고 싶습니다. 고통 속에서 움터 하늘빛에 잠기우는 떡잎. 생살 돋아나듯 솟아오르는 떡잎.

언젠가 내 습작 공책을 채 간, 한 녀석이 저 멀리 도망가고는 시를 읊어댔다. 곰처럼 덩치 큰 남자애가 떡잎 밑에 살고 싶다니, 여기저기서 웃음이 터져 나왔다. 놈들은 알지 못했지만 그 작품은 샤먼과 시인의 운명을 노래한 시였다. 늘 고통 속에 홀로 깨어 세상을 위로하는, 상처 입은 치유자로서의 샤먼과 시인들. 늘 진실의 유령과 대면하는 자들. 나는 얼굴만 붉히고 있을 뿐, 놈을 말리고 싶지는 않았다. 어쨌든 내 시가 누군가에게 읽혀진다는 것은 기분 좋은 일이었다. 그건 은밀한 노출만큼이나 흥분되었다. 그들이 내 시를 이해하지 못한다는 것이 조금 아쉽기는 했지만.

사형은 나와 맞절을 하면서도 뭐가 그리 재미있는지 씽긋, 윙크를 했다. 호상이 아니라고 말하고 싶었으나 원래 그런 사람이었다. 대책 없이 낙관적이고 유쾌한 사람. 재학생 시절 이미 등단한 촉망받는 시인이기도 했다. 사형은 조의를 표하기 무섭게 후배들과 거실 한 편에 자리를 잡고 스마트폰을 보며 이야기를 나눴다. '포켓몬 고'를 하는 듯 보였다. 한물간 증강현실 게임이었다. 스마트폰 화면으로 비추면 포켓몬 괴물이 나타나는 식이었다. 휴전선이 있는 군사 작전 지역인 탓에, 위치 서비스가 제대로 되지 않는 고성 지역은 한때 포켓몬 고의 성지가 되어버렸다. 우리 눈에는 보이지 않고, 스마트폰 기기가 있어야만 볼 수 있는 어떤 존재, 그것은 선녀 씨의 눈에만 보인다는 존재들과 또 어떻게 다를까, 라는 생각이 문득 들었다. 멀건이 서있던 여자들이 비로소 할 일이 생겼다는 듯이 술과 음식을 내왔다. 비로소 상가집 같은 분위기가 되었다.

얼마 안 있어, 면도칼 선생이 들이닥쳤다. 이미 전작이 있었는지 얼굴은 빨갛고 걸음걸이는 비틀거렸다. 그는 우리 집을 자주 드나드는 사주쟁이였다. 사람 운명을 면도칼처럼 날카롭게 맞춘다고 해서 면도칼 선생이라는 별명이 붙었다고 했다. 옛날에 이발소에서 면도칼을 잡았기 때문이라는 말도 있었고 면도칼을 와작 씹던 조폭 출신이라는 말도 있었다. 키가 작았지만 몸집이 크고 배가 나와서 뒤뚱뒤뚱 걸었다. 기름칠한 머리는 뒤통수까지 2대 8 가르마를 탔다. 늘 양복만 입고 다녔고 짙은 뿔테 안경을 썼다. 얼굴 피부는 남자답지 않게 희고 매끄러울 뿐만 아니라 수염이 아예 없었다. 고자라는 소문도 돌았지만 실은 남장 여자였다. 사형과 좀 닮은 구석이 있었는데, 누가 뭐라 하든 기이한 행동을 일삼았고 매사 희희낙락 유쾌하기 그지없는 양반이었다.

그는 우리 집에서 마지摩旨나 치성을 드리고 난 다음날이면 귀신같이 알고 찾아와 남은 술이나 음식을 먹어치우곤 했다. 우리 식구가 먹지 못하는 술이나 돼지머리만 즐겨 먹었기 때문에 선녀 씨는 버리는 음식 적선해 주는 셈 치는 것 같았다. 가끔 면도칼 선생은 선녀 씨의 남자관계를 끄집어내서 약 올리거나 자식들이 공망살空亡殺, 역마살이 들었다며 선녀 씨를 열 받게 만들었다. 그때마다 선녀 씨는 면도칼 선생을 닦달하며 내쫓았지만 배알이 없는 그는 얼마 지나지 않아 헤헤거리며 우리집에 들르곤 했다. 선녀 씨도 그때쯤은 대개 화가 풀려 있었다. 여느 때나 다름없이 술이나 치성 음식을 내주었다. 그래서인지 면도칼 선생이 선녀 씨의 애인이라는 소문이 돌았는지도 몰랐다. 그러나 선녀 씨가 그를 남자 취급했던 적은 한 번도 없었다. 낮잠을 자다가 고쟁이 차림으로 면도칼 선생을 맞거나 했다.

- 고잽이 그 호로잡놈은 젊은 첩 끼고 잘만 살더구만, 우리 선녀네 불쌍해서 어뜩하나, 양친에 버림받고 서방에 버림받고 자식에 버림받고……, 크엑흐엉, 바리데기 팔자, 죽어서나 영화보면 그게 다 무슨 소용일까……

자식에 버림받고, 라는 구절에서 면도칼 선생은 형을 힐끗 봤다. 형은 별 반응이 없었다. '고잽이 호로잡놈'은 선녀 씨의 두 번째 남편이자 진호의 아버지였다. 성이 '고'씨이고 장구치는 박수라서 고잽이라고 불렀다. 선녀 씨가 일찍 간 건 그 놈의 고잽이 탓이 가장 컸다. 고잽이가 떠나고 나서 선녀 씨 몸 여기저기서 기다렸다는 듯이 병이 도졌다.

- 술 내오소, 술 내와, 내가 오늘 술 안 마시면 언제 마시겠나.

면도칼 선생은 비대한 몸을 일으키더니 사형 일행으로 향했다. 일행 한가운데 철퍼덕, 하고 앉아 침을 흘리며 헤헤거렸다. 여자 후배들이 소리 없는 비명을 질렀다. 곧이어 동관네들이 한꺼번에 몰려왔다. 사니, 지모 할 것 없이 다들 통곡을 했다. 그들 중 몇몇은 통곡을 하면서도 4-4조로 가락을 넣으며 타령 비슷한 것을 불렀다. 서러워라 무당팔자 부귀영환 바라지도 않았건만 어찌 이리 먼저 가나 일찍 가나, 뭐 이런 식이었다. 선녀 씨를 향한 것이기도 했지만 언뜻 들으면 자기들 신세타령인 것 같기도 했다. 그들은 선녀 씨의 오구를 꼭 해줘야 한다고 형을 타일렀지만 형은 요지부동이었다. 이게 다 선녀 씨만을 위한 것이 아니라 남은 우리 형제를 위한 것이라고 형의 손까지 어루만지는 가진리 만신의 애원도 소용없었다. 가진리 만신은 선녀 씨의 신모神母였다. 한 사니는 이러니 무당 자식이라는 말을 듣는 거라며, 문을 박차고 나가기도 했다.

형은 미간을 찌푸린 채 눈을 감았다. 어떤 힘이 혹은 어떤 트라우마가 저런 차가운 영혼을 만들었을까 싶었다. 형을 보면 물고기의 가시가 생각났다. 자기 안에 품고 있는 가시. 움직일 때마다 그 가시가 형의 살을 쿡쿡 찔러댔을 것이다. 언제인가부터는 통증마저 느끼지 못하게 되었을 것이다. 지방 수재로 이름나고 의대에도 들어갔지만, 지금은 바다를 떠돌아다니는 것도 그 이유였다. 타인이 아니라 자신의 잣대로만 세상을 살았다. 문제는 그 잣대가 자신에게 향하면 더욱 혹독하다는 것이었다. 세상에는 자기를 학대하지 않으면 살 수 없는 사람도 존재하는 거였다. 형 동료들의 말에 의하면, 형은 어느 나라에 입항하든 배에서 한 발자국도 내린 적이 없다고 했다. 배는 일터가 아니라 자기 스스로 들어가 문을 잠근 감옥이었다.

동관네들은 내일 발인을 할 때 다시 오리라는 약속을 하고 하나둘 집으로 돌아갔다. 몇몇 애동제자(갓 무당이 된 사람들)는 남아서 허드렛일을 도왔다. 형은 벽에 기대앉은 채 상장喪杖을 두 손으로 잡고 머리를 댔다. 감은 눈 사이의 긴 속눈썹이 파르르 떨렸다. 아직 청년기가 남아 있는 마흔 살의 얼굴이지만 우수와 고독마저 서려 있는 모습이 어떤 범접할 수 없는 분위기를 풍겼다. 그때 동아리 사람들이 일제히 괴성을 질렀다. 포켓몬이 나타났다는 것이다. 문 앞에 서 있다는 것이다. 화면을 보니 앙증맞은 캐릭터 괴물이었다. 그것이 선녀 씨의 영혼이라면 스마트폰 속에라도 마냥 잡아두고 싶었다.

- 마야가 안 와서 섭섭하지?

사형이 말했다. 다들 술에 취해 잠들어 있었다. 형은 여전히 벽에 기댄 채 눈을 감고 있었다. 속눈썹이 더 이상 떨리지 않는 것으로 보아 얼핏 잠든 듯 보였다. 여진 누나도 두 손을 베고 웅크린 채 눈을 붙이고 있었다. 깨깐이 형은 그 옆에 대자로 누워 코를 골았다.

- 이 마당에 연애 따위가 다 뭔가 싶기도 해.

내가 술잔을 만지작거리며 말했다. 마야와 헤어지고 나서는 단 한 줄의 시도 쓰지 못했다. 마야와 연락이 안 된 지 6개월이 넘고 있었다. 선녀 씨를 문병하러 온 것이 마지막이었다. 잠시 혈압과 혈당을 안정시키려고 서울의 한 병원에 입원해 있던 차였다. 마야는 선녀 씨에게 살뜰하게 굴었다. 내가 잠시 자리를 비웠다가 돌아왔을 때, 마야는 선녀 씨의 긴 머리를 빗겨주기까지 했다. 한낮의 늦여름 햇살이 창문을 통해 병실로 쏟아지고 있었다. 침대에 걸터앉아 선녀 씨의 머리를 빗겨주며 얼굴 가득 미소를 짓고 있는 마야의 모습은 비현실적으로 느껴지기까지 했다. 그런데 그날 이후 마야가 깨끗이 사라져버린 것이다.

- 모든 것은 다 지나가는 법이야.

사형이 한참 늙어버린 목소리로 말했다. 그래 그럴 수만 있다면, 하루가 일 년이 되어 흘러갈 수 있다면, 지난 시절을 허허거리며 추억할 수 있는 파파 할배가 되어 있었으면, 더 이상 바랄 것도 없을 것 같았다.

- 형이 말했나? 절망 앞에서는 뻔뻔해져야 한다고? 그게 운명을 엿 먹이는 일이라고?

- 아니 정확하게는 운명을 길들이는 거지.

사형이 쓴 웃음을 지었다. 나는 칫, 하고 술잔을 들었다. 사형이 술잔을 든 내 손을 잡았다.

- 곧 발인이야.

사형은 다른 손으로 술잔을 뺏어 자신이 마셔버렸다. 저 목석처럼 벽에 기대고 있는 친형보다 나은 사람이었다. 손을 물끄러미 바라봤다. 여자같이 섬세하고 고운 손이었다. 사형과는 네 살이나 차이가 났지만, 어느덧 친구처럼 허물없는 사이가 되었다. 사형은 내가 샤먼을 어머니로 두고 있다는 사실에 열광했다. 양지에 서지 못하는 어둠의 자식들, 그러나 그들은 우주의 깊은 비밀을 간직하고 있는 존재라고 했다. 달과 별은 그들을 위해 존재하며 밤은 그들로 인해 열리게 된다는 알쏭달쏭한 말도 했다. 황공과 황당 사이에서 나는 땀을 흘렸다.

사실, 마야를 만나게 된 것은 사형 때문이었다. 성탄전야, 근사한 크리스마스 파티가 있으니 함께 가자고 연락을 해왔다. 샤먼의 자식들은 크리스마스에는 골방에 처박혀 숨죽이고 있어야 한다고 말했으나 무시당했다. 우리가 향한 곳은 한 지하 클럽이었다. 유흥가에서도 한참 떨어져 있는, 가로등조차 드문 곳이었다. 몇 개 램프가 나간 버드와이저 네온사인 아래 '게토'라는 상호가 보였다. 문을 열자 실내는 광란의 도가니였다. 스무 평쯤 되는 공간에서 수십 명의 사람들이 춤을 추고 있었다. 이런 한적한 거리의 작은 클럽에 이렇게 많이 사람들이 들어차 있다는 것이 믿어지지 않았다. 실내 곳곳에 크리스마스 장식이 요란했다.

입구에서 사형이 입장료를 지불하자 손목에 태그를 붙여주었다. 따로 마련된 락커에 가방을 맡긴 뒤 클럽으로 들어가자 사람들로 발 디딜 틈이 없었다. 강한 비트 소리가 심장을 쿵쿵 울렸다. 누군가 내 옆에서 비트에 맞춰 호루라기를 불어댔다. 귀청이 찢어지는 줄 알았다. 고개를 돌려 째려봤지만 오히려 녀석이 혓바닥을 내밀었다. 그 혓바닥을 확 뽑아버리고 싶었으나 사형이 내 팔을 끌어당겼다. 사형 머리통 너머로 작은 무대가 보였다. 크리스마스 캐롤을 락 버전으로 바꾼, 락커의 노래는 거의 발정난 짐승의 울부짖음이었다.

- 이 땅의 뱀파이어들이지.

바에 앉은 사형이 내 귀에 대고 말했다. 소위 뱀파이어라는 작자들이 내뿜는 에너지는 지구라도 날려버릴 듯했다. 사형은 바로 가서 데킬라 한 병을 주문했다. 사형이 따라준 데킬라를 스트레이트로 마셨다. 사형이 한 잔을 더 따랐다. 또 한 잔을 들이켰다. 독한 술기운이 온몸에 퍼지자 이제 좀 긴장감이 풀리는 것 같았다.

- 오늘 너는 한 여자를 만나게 될 거야.

사형이 진지한 표정으로 말했다.

- 형이 소개시켜 주는 거야?

- 뭐 그렇다고 할 수도 있지만, 그 여자가 너를 만나고 싶다고 했어.

- 나를? 왜?

- 너가 샤먼의 아들이라는 거에 흥미를 보이더군.

- 하, 특이한 여자네, 대체 어떤 사람인데?

- 설치미술을 하는 사람인데, 누구라도 사랑에 빠질 수 있는 여자야. 그런데 너 아직 연애를 못 해봐서 내가 사실 좀 안심이 안 돼. 걔한테 사로잡혔다가 못 헤어나올 수도 있다구. 나중에 상처 안 받으려면 좀 쿨할 필요가 있어. 연애는 서로를 소유하는 것이 아니야. 서로를 잠시 렌트한다는 기분으로 만나야 한다구. 더구나 연애 상대가 고정되는 순간, 네 삶도 고정되는 거야. 흐르지 못하는 거라구.

- 당신을 좀 빌려도 될까요? 혹은 나를 빌려갈 의향이 있으십니까? 대시 멘트로 딱이네.

내가 삐죽거리며 말했다. 렌트하니 선녀 씨가 생각났다. 선녀 씨는 그러니까 숱한 영적 존재들에게 몸을 빌려주는 사람이었다. 그 존재들은 이 세계의 사유로는 틀 지을 수 없는 무한 영역의 낯선 이들이다. 누가 말했던가? 나를 내려놓고 온전히 타자를 받아들였을 때 나의 유한성으로부터 벗어날 수 있다고. 까닭 모를 생각에 빠져 있다가 퍼뜩 정신이 돌아왔다. 사형이 팔꿈치로 내 팔을 친 것이다.

- 저 여자 보이지? 오늘 너가 만나야 할 사람.

사형이 손짓으로 누군가를 가리켰다. 비쩍 마른 남자애들 사이에 긴 머리의 여자 한 명이 눈에 띄었다. 그 여자애가 마야였다. 몸집은 작았지만 좋은 비율의 몸매였다. 마야는 누군가 자신을 주목하는지도 모르고 완전히 음악과 춤에 몰입해 있었다. 가끔 가슴께에 걸린 목걸이에서 뭔가가 반짝반짝했다.

- 쟤는 자칭 네오 샤먼이야.

네오 샤먼. 샤머니즘에서 영성의 순수함을 추구하고 신기神氣를 축제와 예술로 승화시키려는 무리들. 일찍부터 만나고 싶은 사람이었다.

- 나 삘 받았어.

내가 자리에서 내려서며 말했다.

- 저 애한테?

- 아니, 춤!

마야의 춤은 선녀 씨가 굿판에서 추는 춤과 닮아 있었다. 바닥에 닿을 새 없는 두 다리, 천장에 닿을 듯 뻗은 두 팔, 그리고 정신없이 흔드는 머리. 한 손에는 부채를, 다른 손에는 방울을 쥐여 주고 싶을 정도였다. 마야 앞에 서자 몸이 화끈 달아올랐다. 나의 덩치에 기가 눌렸는지 마야 주위를 에워싸고 있던 남자들이 어어, 하며 뒷걸음질 쳤다. 발이 바닥에 닿았을 때는 영혼이 위에 있었고 발이 허공으로 떠올랐을 때는 영혼이 아래에 있었다. 이게 트랜스의 느낌일까? 앞에 작두라도 있으면 당장 올라타고 싶었다. 눈을 살며시 뜨자 마야가 손짓으로 내 귀를 달라고 했다. 내가 머뭇거리는 사이 마야가 내 귀를 잡아당겼다. 나도 모르게 비명을 질렀다.

- 야, 좀 꺼져줄래?

마야가 말했다. 정신이 확 돌아왔다. 내가 얼빠진 채 서 있자 사형이 다가와 내 팔을 끌었다.

- 하여간 너 정말 똘기, 내가 인정한다, 인정해. 근데 뭐라든? 꺼져 달라든?

사형이 내 귀에 대고 말했다.

- 어……, 어떻게 알았어?

- 들이대는 거 딱 질색인 애야, 재는 선택당하지 않아, 선택할 뿐!

- 하!

- 게다가 폴리아모리(Polyamory)지.

내가 얼빠진 표정을 짓고 있자, 사형은 전형적인 이성애자에 비독점적 다자연애주의자라고 덧붙였다. 어려운 말이지만 알아는 들을 수 있었다.

- 남자들이 가만있어?

- 그런 남자들만 골라. 여자 혹은 연애보다는 다른 거에 영혼이 팔려있는 남자들.

- 이를테면?

- 격투기 선수나 화가, 뮤지션, 혹은 동물 인권 운동가……, 아 시인도 괜찮단다.

- 시인은 좀 아닌 거 같은데……

- 재는 좀 특이한 걸 좋아하기는 해. 시 쓰는 사람과 한번 자 보는 것도 재밌을 거라나 뭐라나.

- 설마 재와 잔 거야?

내가 묻자 사형이 사레가 걸린 듯 켁켁, 댔다. 보아하니 잔 것이 틀림없었다.

- 같이 잔 건 맞잖아!

마야였다. 어느새 다가와 우리말을 엿듣고 있었던 모양이었다.

- 그건……

사형의 얼굴이 붉어졌다.

- 나를 옆에 두고 코까지 골며 자는 남자라니! 흠, 좀 자존심이 상하기는 했지만, 보통 남자와는 달라서 귀엽기는 했어.

마야가 피식, 웃으며 말했다. 그리고는 맥주를 한 모금 마셨다.

- 얘가 그 애야?

나에게 시선을 돌리며 말했다. 나이도 나보다 어리게 생긴 것이 다짜고짜 반말이었다.

- 응. 갠따로라고 해.

마야와 나 사이에 있던 사형이 대답했다. 목소리가 변했다. 아니 정확하게는 말투가 달라졌다. 왠지 들은 오랜만에 만난 여고

동창생 같아 보였다.

- 겐타로? 일본 애니에 나오는 그 변태 이름 맞지?

- 늘 따로 논다고 해서 붙인 별명.

- 걔는 따로 논다? 뭐 그럼 말씀?

- 잘 알아듣네, 그래도 명색이 시 쓰는 놈이야!

- 푸하하하, 저 곰 인형 푸우 같은 사람이 시인이라고?

마야는 재밌어 죽겠다는 듯이 배를 잡고 웃었다. 여자답지 않은 호쾌한 웃음이었다. 내숭 따위는 없었다. 기울어진 맥주병에서 맥주가 넘쳐흘렀다. 나는 푸우, 하고 두 입술을 내밀며 한숨을 쉬었다. 웃길 의도는 아니었는데 마야가 더 크게 웃었다.

- 시인은 곰 같이 생기면 안 되나?

나도 반말로 지껄였다. 등단은 못 했어도 시를 쓰니 시인이 맞았다.

- 시인을 짧게 발음해봐.

- 신.

나도 모르게 말해놓고 나서는 황당한 기분이 들었다. 시인이 신이라니, 버려진 신발짝도 아니고.

- 푸하하하, 하라고 진짜하네.

마야는 뭐가 그리 재미난 지 한참을 웃어젖혔다.

- 얘가 명색이 샤먼의 아들이야. 시인의 기질을 원래부터 타고난 놈이야. 먼저 알고, 먼저 고통스러워하고, 먼저 우는 존재들!

사형이 내 어깨를 흔들며 말했다.

- 샤먼의 아들이란 말은 뭐야, 무당 자식도 아니구. 뭐 네오 샤먼 이런 것을 흉내 내려는 거야?

맥주를 막 들이켠 마야가 눈을 희번덕거리며 말했다.

- 진짜, 무당의 아들이야. 하지만 무당보다는 샤먼이라는 말을 써 줘야 해. 안 그러면 엄청 화를 낸다.

사형이 나 대신 말했다. 마야의 눈빛이 부드러워졌다.

- 오, 마음에 드네. 하지만 요즘 샤먼이 가당키나 해?

마야는 비아냥거리는 투로 말하기는 했지만, 어딘가 떠보는 듯한 느낌이었다. 바텐더들이 호기심에 찬 얼굴로 모여들었다. 이번에는 가만있을 수 없었다.

- 봐봐, 저기 정신없이 몸을 흔들어대는 저들이 다 샤먼이야. 모두들 망아와 엑스터시 속에 놓여 있잖아? 자기 안의 엄청난 에너지에 압도당해 있는 저 모습들 말야. 점치고 굿하는 것만 샤먼의 다가 아니야. 우리 피 속에는 샤먼의 에너지가 펄펄 끓고 있다고. 너도 그 힘을 감당할 수 없어서 이런 곳에 오는 게 아냐? 그런데 샤먼이 가당키나 하냐구?

나는 주먹을 불끈 쥔 채 지껄였다. 주위 분위기가 싸했다. 귀가 터질 듯한 비트 소리만이 요란했다. 사형이 또 시작이군, 하는 표정으로 맥주를 들이켰다. 마야는 얼어붙은 듯 꼼짝 않다가 별안간 자리에서 일어났다. 그리곤 다가와 몸에 닿을 듯 내 옆에

섰다.

- 너 많이 아팠구나.

마야는 내 어깨에 손을 얹더니 나를 안았다. 놀랍게도 내 커다란 덩치는 마야의 작은 품속에 쏙 들어갔다. 괜찮아, 괜찮아, 마야가 가만히 내 등을 토닥였다. 왠지 속에서 뜨거운 것이 올라왔다.

- 쟤가 또 애기짓 하네. 이해해라. 갠따로는 라깡식으로 얘기하면 아직 항문기야.

사형이 말했다.

- 당연한 거 아냐? 샤먼이든 시인이든 상징계로 들어서는 순간 그 존재 가치를 잃는 거야.

마야가 내 옆자리에 앉으며 말했다. 제법이었다.

- 어때? 말하고 나니 술이 확 깨지?

마야가 건배를 청하며 말했다. 나는 병을 부딪치도 않은 채 술을 벌컥벌컥 들이켰다. 그야말로 '쪽'이 팔렸기 때문이었다. 마야와 눈조차 마주칠 수 없었다.

- 오늘, 나 얘 좀 빌려도 돼?

마야가 턱을 두 팔에 받치며 말했다. 뜻밖의 말이었다. 나는 맥주를 마시다 말고 사레가 걸렸다. 방금 사형이 렌트 어쩌구 하던 말이 떠올랐다. 하긴 그런 얘기를 나눌 만큼 두 사람이 어지간히 친한 관계 같아 보이기는 했다. 사형도 놀랐다는 듯 자리를 고쳐 앉았지만 이내 쿨한 표정을 지었다.

- 갠따로 넌 어때?

사형이 가고 싶으면 가라는 듯 말했다. 나는 목을 진정시키느라 침을 꿀꺽 삼켰다. 뭐 나쁠 것은 없었지만 대놓고 좋다고도 할 수 없었다. 얼굴이 붉어지는 듯 열기가 느껴졌다.

- 흠, 부끄러워하기는. 그럼 우리 요거로 얘 마음 좀 리딩해볼까?

마야가 자신의 목걸이에 걸린 팬던트를 손가락으로 가리켰다. 아까부터 반짝거렸던 거였다. 좋아, 하고 사형이 말했다. 마야가 목걸이를 벗어서 사형에게 건네주었다. 팬던트는 사람 머리 모양을 하고 있었는데 얼굴 부분이 거울로 되어 있었다. 오백 원짜리 동전만 한 크기였다. 가만히 보니 웬 한자 문구가 씌어 있었다. '귀신 쫓을 나儺'였다.

- 오, 한자를 읽을 줄 알아?

마야가 눈을 크게 떴다.

- 얘가 이래 봬도 부적 베끼면서 한자 배운 놈이야.

사형이 내 어깨를 두드리며 말했다. 나는 어깨를 으쓱했다. 부적 쓰기는 내 용돈 벌이 중 하나였다. 어느날 재미 삼아 부적 책을 보며 그려봤는데 선녀 씨가 보기에 꽤 괜찮았던 모양이었다. 경면주사라는 붉은 광석을 약절구에 박박 갈아 고운 가루로 만드는 것도 여간 재미있는 일이 아니었다. 가루에 들기름을 섞어 물감 비슷한 것을 만들었다. 그것을 붓에 찍어 노란 한지(槐黃紙)에 그리면 아무리 시간이 지나도 여간해서는 지워지지 않았다. 부적 쓰기는 또 다른 즐거움이 있었는데 별의별 효험을 가진 부적들이 있었기 때문이었다. 머리 좋아지는 부적에다 잠 잘 수 있는 부적, 밥 잘 먹는 부적, 술 귀신 떼는 부적, 정력을 강화시키는 부적, 여자 떼는 부적, 심지어 남의 마음을 읽을 수 있는 부적, 공중 부양할 수 있는 부적, 개와 대화할 수 있는 부적도 있었다. 만사대길부나 소원성취부 하나면 모든 것을 커버할 수 있으련만 부적의 종류는 셀 수 없이 많았다. 선녀 씨가 새벽 목욕재계한 후 직접 그려야 도리에 맞았지만 바쁜 날이면 어쩔 수 없이 내 손도 빌리는 거였다. 손님에게 주기 전에 신당에 올려놓고 기도드리는 것은 잊지 않았다. 신령의 영험이 깃들면 그나마 괜찮다는 것이다. 당사주와 토정비결을 보는 방법도 익혔다. 어려운 한자가 나오면 옥편을 찾아봤고 애매한 구절은 인터넷을 뒤졌다. 뜻과 소리를 알게 되면 그 글자는 춤을 추고 있는 듯이 보였다. 고대의 비밀을 품고 있는 한자는 확실히 주술적 문자임에 틀림없었다. 어떤 한자는 그 자체가 부적이 되는 경우도 있었다. 덕분에 웬만한 한자는 섭렵할 수 있었다.

- 푸닥거리를 점잖은 말로 나례儺禮라고 하기도 하지.

나는 목소리를 한껏 내리깔며 말했다. 사형이 킥킥 대고 웃었다.

- 이 거울도 귀신을 쫓는 부적 같은 거야.

마야가 말했다. 옛날 샤먼들은 가슴에 커다란 거울을 차고 다

넜단다. 하긴 선녀 씨가 가장 중요하게 여기는 신물도 황동거울인 명도였다. 그런데 그 팬던트로 점도 칠 수 있다는 거였다. 팬던트가 오른쪽으로 돌면 '예스', 왼쪽으로 돌면 '노'란다. 네오 샤먼 다웠다.

– 갠따로가 과연 마야를 맘에 들어 할까요?

사형은 팬던트 줄을 늘어뜨린 채 말했다. 우리 시선이 거울에 집중됐다. 팬던트가 흔들리기 시작했다. 움직임은 점점 커져갔다.

– 예스네, 예스!

사형이 외쳤다. 과연 내 마음을 정확히 읽은 듯 오른쪽으로 돌고 있었다. 축하해, 하고 사형은 마야와 나를 번갈아 가며 말했다. 눈빛은 묘하게 흔들렸는데, 마야보다는 내게 더 오래 머물러 있는 듯했다. 뭔가 내 쪽이 손해 보는 것 아니냐는 눈빛 같았다. 사형은 내가 아직 여자 경험이 없다는 사실을 알고 있었다.

그날 나는 마야에게 '렌트'되었다. 크리스마스 날이었다. 하필이면 그날, 샤먼의 아들이 자칭 네오 샤먼이라는 여자와 첫 경험을 치른 것이다. 우리는 그날 밤 망아와 엑스터시를 넘나드는 광란의 의식을 치렀다. 완전히 밀폐된 모텔 방 침대에서 나와 마야가 뒹굴고 있을 때, 아마 바깥에서는 축복의 눈이 아니라 천둥이 치고 번개가 내리며 지축이 울렸을 것이다. 예수님의 축복을 우리 같은 샤먼의 족속들이 누렸으니 말이다.

문틈으로 바람이 쏴, 소리를 내며 집 안으로 들어왔다. 선녀 씨 영정 앞의 촛불이 꺼질 듯 흔들렸다. 단아하게 쪽을 넘긴 선녀 씨의 얼굴은 나이 70에 가까운 나이치고 곱기는 했지만, 어딘가 울상이었다. 삶의 내력은 아무리 감추려 해도 얼굴에 어릴 수밖에 없는 모양이었다. 사형은 점퍼를 뒤적거리더니 내게 반짝거리는 뭔가를 건넸다.

- 마야가 네게 전하라고 준 거야.

마야가 늘 차고 다니던 예의 펜던트였다.

- 돌아올 테니 기다리라는 뜻이겠지.

어떤 표정을 지어야 할지 망설이자 사형이 덧붙였다. 역시, 내가 듣고 싶고, 원하는 것을 늘 물어다 주는 사람이었다.

- 그럼 한번 얘한테 물어볼까?

사형이 흥미로운 듯 고개를 끄덕였다.

- 마야가 내게 돌아올까요?

내가 펜던트를 들어 올리며 말했다. 펜던트는 오른쪽으로 돌고 있었다. 예이! 사형과 나는 손바닥을 마주쳤다.

3

선녀 씨의 뼛가루는 영금정靈琴亭 앞바다에 뿌려졌다. 영금정은 파도가 밀려올 때마다 거문고 소리가 들린다고 해서 붙여진 이름이었다. 선녀 씨가 꿨다는 용왕 꿈을 이야기하자, 샤먼들은 한사코 영금정을 추천했다. 그곳은 강한 영기靈氣가 서린 곳이라 이 지역 샤먼들이 기도처로 즐겨 찾는 곳이었다. 동해 용왕의 힘을 빌면 더 편히 저 세상에 갈 수 있다는 논리였다. 선녀 씨의 몸주신이 있는 한계령 시루봉에서 산골散骨을 행하려던 애초의 생각은 접어야 했다. 그곳은 진호를 뿌린 곳이기도 했다. 생전, 선녀 씨는 매장하지도 말고 유골을 봉안하지도 말라고 신신당부를 했다. 그 이유는 백魄을 아예 태워 없애야 하기 때문이라고 말했다. 사람이 죽으면 육체에서 혼魂과 백이 나온다고 했다. 혼은 우리가 흔히 말하는 영혼이고, 백은 또 다른 영적 존재로 영혼의 그림자 같은 거였다. 백이란 놈은 천지분간을 못하는 존재로 자신과 가장 비슷한 기를 지니고 있는 사람, 그러니까 생전에 혈육이었던 사람을 좇아다닌단다. 혼이 맑고 정하면 백 또한 문제가 없지만, 혼에 결함, 이를테면 한恨 같은 것이 남아 있으면 백은 산 사람에게 아주 나쁜 영향을 미친다는 것이다. 선녀 씨는 자신의 백이 위험하다고 믿었다. 화장을 하면 그 백을 태워 없앨 수 있다는 것이 선녀 씨의 지론이었다. 하지만 화장을 해서 백을 태우면 이 세상에 다시 태어나지 못한다는 단서도 있었다.

- 미쳤다, 뭐 좋을 게 있다고 이 세상에 또 오나!

그래도 환생은 해야 하지 않겠냐고 말하자, 선녀 씨가 호통을 쳤다. 한 많고 원 많은 인생사, 다시는 반복하고 싶지 않단다. 선녀 씨의 백은 선녀 씨의 소원대로 화염과 함께 사라졌을 터였다. 이 세상에 다시 태어나지 못한다니, 왠지 중요한 파일을 백업해두지 않은 것처럼 찜찜한 기분이었다.

- 어멈은 어디서든 잠을 참 잘 잤어. 두 손을 한쪽 볼에 대고 옆으로 누워 자곤 했지. 그 모습이 참 고왔는데, 염할 때 보니 딱 그 모습이었어.

선녀 씨의 신어머니인 가진리 만신이 눈물을 훔치며 말했다. 돌아오는 차 안에서였다. 사형 일행을 고속 터미널까지 배웅한 후였다. 여진 누나의 작은 차 안에 형과 나, 깨깐이 형까지 다섯 명이 탔다. 가진리 만신의 옆얼굴을 쳐다보았다. 풍이 와 얼굴 한편을 못 쓰게 되었다. 하긴 아흔에 가까운 나이였다. 나이치고는 목소리와 눈빛이 맑았다.

- 어멈 고생한 거 느이들은 모를 거여. 처음엔 서울 처녀가 여에 내려와 어예 사나 했어. 서방이라고 믿고 내려왔는데, 그 작자가 허구헌 날 지집질에 술타령이니 어멈이 배기겠나. 니네 아범이 인물 훤한 데다가 순경 옷을 입고 대니니까니 아주 여자들이 환장을 했어. 처음부터 그런 건 아니었지. 니 아범이 조부모 밑에서 크기는 했지만 어렸을 적에는 똑똑하고 반듯했어. 어멈을 데리고 여 내려와 살 때도 좋았어. 어멈을 끔찍이 여기고. 근데 내 보기에 네 어멈은 그렇게 가정 이루고 살 여자가 아니었니라. 느이 죽은 증조 할매가 어멈을 데리고 나한테 찾아왔어. 한눈에 신기가 꽉 차 있다는 것을 알았지. 무당년이 들어왔다고 그 할매가 난리가 났어. 얼마 안 가 화병에 죽으니까니, 네 애비가 눈이 뒤집혀서 허구헌 날 술 마시고 어멈을 쥐 패고, 읍내, 시내 화냥년들하고 오입에다……, 에효 말도 마라. 그러다 니 애비가 서울로 다시 떠난 거여. 그렇다 해도 니 애비 탓할 필요 없다. 그렇게 떠나지 않았으면 니 애비가 죽었을 거라. 여진이 봐라, 니 팔자가 어멈이랑 묘하게 닮았제?

만신이 여진 누나를 향해 말했다. 룸미러를 보자, 여진 누나가 희미하게 미소를 지었다.

- 아으으아아아.

깨깐이 형이 뭐라 뭐라 말했다.

- 육실헌다, 지를 만났기 때문에 이제 그렇지 않을 거란다.

만신이 깨깐이 형의 말을 해석해주었다. 나는 웃었지만 형은 헛기침을 할 뿐이었다.

- 엄마도 한 얼굴 했잖아요. 아마 남자도 많이 따랐을 걸요?

나는 일부러 쾌활한 목소리를 냈다.

- 그랬지, 어멈한테 맘 뺏긴 놈들도 꽤 많았니라. 신장님들이 해코지할까 봐 뭐 어예하진 못했니라. 한번은 우리 하는 거 연구한다고 서울에서 사람이 왔는데, 연구는 뒷전이고 어멈만 찾는 눈치야. 어멈이 그 사람 밀어내느라 아주 혼이 났을 거라.

- 이석이라는 사람요?

내가 물었다.

- 니가 그 사람을 어예 아나?

만신이 놀라 말했다. 형도 놀랐는지 나를 쳐다봤다. 만신은 옛일을 기억하지 못했다. 언젠가 선녀 씨는 요상한 말을 한 적이 있었다. 내 성이 '김씨'가 아니라 '이씨'라는 것이다. 그러고는 내가 바람 피워 낳은 자식이라고 했다. 아버지한테 가고 싶다고 떼를 쓰자 그렇게 말한 것이다. 성까지 구체적으로 말해 주는 것으로 보아 상당히 신빙성이 있어 보였다. 그 말을 기억하고 있다가 나중에 가진리 만신이 집에 들렀을 때 선녀 씨 앞에서 물어본 것이다. 그러자 "니 그 사람 못 잊은 거나?"라며 선녀 씨에게 얼굴을 찌푸렸다. 내가 바람 피워 낳은 자식이라는 선녀 씨 말이 정말인 듯했다. 나는 주저앉았다. 진호도 죽고 없던 그 즈음, 아버지는 서울에 살고 있다는 것만으로 내게는 구원과도 같은 존재였다. 산으로 둘러싸인 깡촌으로부터, 늘 등당거리는 집구석으로부터, 선녀 씨와 고잽이의 악다구니로부터 나를 해방시켜 줄 사람은 아버지밖에 없었다. 학부모 직업란에는 또박또박 경찰이라고 쓰는 것을 잊지 않았다. 번쩍이는 경찰차를 타고 멋진 신세계 '서울특별시'로 제발이지 나를 데려가 주었음 했다. 내 마지막 희망, 즉 아버지에게로 가는 것이 산산이 깨져버린 것이다. 나의 아버지가 김씨가 아니라 이씨라는 생각에 나도 모르게 눈물이 삐져나왔다. 가진리 만신이 농으로 그런 거라고 나를 달랬지만 이미 늦은 거였다.

- 내가 기억날 리가 있나. 요즘은 아츰에 한 일도 즈녁에는 잊어버리는 판인데……

내가 옛날 일을 상기시키자 만신이 한숨을 크게 쉬며 말했다. 어느덧 만신이 사는 마을 어귀에 다다랐다.

- 수호야, 영호야, 두 번도 필요 없고 한 번이면 되는 거라. 어멈 마지막 가는 길에 잘 놀다 가게 해라. 살아 어디 재미나게 살지도 못한 사람이다.

만신이 나와 형을 번갈아 보며 말했다. 오구를 하라는 말이었다. 나는 꼭 해드리겠다고 대답했으나, 형은 묵묵부답이었다.

- 오빠, 그래도 삼우제는 지내고 가야지.

집에 돌아왔을 때 여진 누나가 말했다. 형은 느닷없이 짐을 쌌다. 인천항에 정박 중인 배를 타기 위해서는 오늘 중으로 서울에 올라가 수속을 마쳐야 한다는 것이다. 다음 배를 타려면 한 달 이상 기다려야 한단다. 나는 선녀 씨의 영정만 쳐다보고 있었다. 쪽진 머리를 한 얼굴이었다. 부모에게 버림받고, 남편에게 버림받고, 막내아들마저 저세상으로 먼저 보낸 기구한 삶의 소유자. 샤먼이 된 대가치고는 너무 가혹했다.

- 삼백 조금 안 된다. 병원비와 장례식비용 빼고 전부다. 이 정도면 일자리를 얻을 때까지 버틸 만은 할 거다.

형은 부조금으로 들어온 돈을 내게 내밀었다. 그간 형이 보내오는 돈으로 모자가 그럭저럭 지냈다. 이제는 정말 홀로 서야 하는 것이다. 삼백이라면 오구굿 비용으로 턱도 없는 금액이었다. 나머지 7백을 어디서 구한다? 어쩌면 형이 떠나야 오구굿도 빠른 시일 내에 할 수 있을 것 같았다. 기껏 준 돈으로 굿을 한다고 하면 형은 있던 돈도 뺏어갈 것이 뻔했다. 선녀 씨야 장남이 해주는 오구굿을 가장 귀하게 받겠지만 형의 고집을 누가 꺾겠는가? 선녀 씨도 형에게서 굿을 받아먹을 생각은 하지 않고, 그저 마음을 바꿔 어서 이제라도 좋은 여자 만나 아들딸 잘 낳고 사는 것이 마지막 바람이었을 것이다. 형은 일어나 짐을 챙겼다. 말 나온 김에 이냥 가버리려는 것 같았다.

- 아 그리고 이거.

형이 배낭에서 서류 봉투 하나를 꺼냈다.

- 유산 포기각서다. 어머니가 남긴 재산은 이 집 말고 없을 거다. 이 집은 네가 알아서 해. 너가 관리하지 못하면 여진이한테 맡기던가. 인감과 인감증명서도 안에 넣어놨으니까 필요하면 쓰도록 하고.

유산 포기각서라는 말은 신체 포기각서라는 말보다 더 섬뜩하게 다가왔다. 그것은 단순히 눈에 보이는 유산만을 의미하는 것 같지 않았다. 고작 돈 몇 푼 안 되는 이 집을 내게 남겨 주려고 그 따위 종잇조각에 불과한 문서를 만들었을 리가 없었다. 형은 빠져나가고 싶었던 것이다. 이제껏 자신의 삶을 짓눌렀던 '무당 자식'이라는 멍에로부터 완전히 벗어나고 싶은 거였다. 선녀 씨의 유산을 포기한다는 것은 선녀 씨의 아들 노릇도, 나의 형 노릇도 포기하겠다는 선언이었다. 자식 놈에게도 버림받았다는 면도칼 선생의 말이 틀린 게 아니었다.

사실, 볼 수 없는 세계를 보고, 들을 수 없는 소리를 듣고, 저승과 이승, 과거와 미래를 자유롭게 다녀올 수 있다는 샤먼의 능력은 보들레르가 말한 알바트로스의 날개와 같은 것인지도 몰랐다. 창공을 날 때는 더없이 요긴하지만 땅 위를 걸을 때는 오히려 거추장스러운 것이 된다. 가장 소중하고 사랑스러운 사람에게서 자신의 존재를 부정당한다는 것, 그것은 신의 특별한 능력을 받은 대가로 선녀 씨가 치러야 할 재앙 중의 하나인지 몰랐다.

- 사람이 죽었다고 다 끝난 게 아니에요. 육신을 잃어 오도 가도 못하고 자손만 바라보고 있는데, 어떻게 오빠는 자기만 생각해요?

여진 누나가 외치듯 말했다. 평소에 들을 수 없는 큰 목소리였다. 하지만 형이 그런 식의 말에 설득당할 위인은 아니었다.

- 그래서 넌 남만 생각한 거야?

전혀 맥락이 다른 말이었다. 형의 얼굴이 묘하게 일그러졌다.

- 무슨 말을 하려는 거예요?

여진 누나의 음성이 떨렸다. 그러곤 마른 침을 삼키며 깨깐이 형을 흘끔 보았다.

- 분하지도 않아? 네 인생을 이따위로 만든 게 누구야, 바로 저 최서희라는 분 때문이 아니야?

형이 선녀 씨의 영정을 턱 끝으로 가리켰다. 이번에는 선녀 씨의 얼굴이 화나 보였다.

- 또, 그 소리! 내가 선택한 거였어요. 신엄마가 이래라 저래라 해서 되는 그런 운명이 아니란 거 오빠도 잘 알잖아요.

- 몰라, 네 스스로 벗어나려고 하면 얼마든지 벗어날 수 있었어. 네가 지레 겁을 먹었던 거지!

- 신엄마도 최선을 다했어요.

- 최선? 무당 팔자를 덮어씌운 데다가 저 병신 놈과 짝을 지어

준 게 최선이라고?

형이 깨깐이 형을 노려보며 말했다. 깨깐이 형이 매 맞는 아이처럼 벌벌 떨었다.

- 오빠!

여진 누나가 악을 쓰며 주저앉았다. 깨깐이 형이 뒤뚱거리며 여진 누나에게로 다가갔다. 여진 누나가 깨깐이 형을 안아주었다. 형의 얼굴은 술 마신 사람처럼 벌겠다. 오랫동안 참고 있던 불길이 쳐 올라오는 듯 했다. 보다 못 해, 내가 유산 포기각서를 박박 찢어서 허공에 뿌렸다.

- 영호야, 너도 제발!

여진 누나가 끝내 울음을 터뜨렸다. 나는 건넌방으로 들어가 있는 힘껏 문을 닫았다. 한동안 거실에서는 여진 누나의 울음소리만이 들렸다. 얼마나 지났을까? 바깥문이 열리는 소리가 들렸다. 창밖으로 형이 마당을 가로질러 가는 모습이 보였다. 마침 멀리 버스가 들어오고 있었다. 여진 누나가 쫓아갔다. 깨깐이 형이 손짓하며 아아으으, 거렸지만 형은 뒤돌아보지 않았다.

삼우제는 나와 여진 누나, 깨깐이 형 셋이서 조촐하게 치렀다. 삼우제를 지내고 나면 탈상이라고 했다. 하지만 마음 한구석 묵직한 것이 그대로 얹혀 있었다. 원래대로라면 장례식이 끝나는 날 오구를 시작해 오늘 끝내는 것이 맞았다.

- 이제 다 끝난 건가?

제상을 치우며 내가 물었다.

- 사십구재가 남았어.

- 사십구재?

- 그때가 신엄마가 진짜 이 세상을 뜨는 날이야.

- 그럼 그날에 맞춰 오구를 해도 된단 말이지?

여진 누나가 고개를 끄덕였다. 망자가 아주 저세상으로 가기 전에 이 세상에 머문다는 49일. 그 시간은 아마 죽음의 유예기간인지도 몰랐다. 막상 육신을 잃은 영혼이 놀라지 않도록, 살아생전을 천천히 음미하고 정리할 수 있도록, 그리하여 다음 생을 기꺼이 받아들일 수 있도록 우주가 마련해 놓은 시간.

- 그럼, 난 일단 집에 남겠어.

- 오구를 끝낼 때까지?

나는 고개를 끄덕였다.

- 아으으 으어어으 아으으으……

깨깐이 형이 말했다.

- 잘 생각했대. 굿할 마음이 생기면 돈이 생긴대.

틀린 말이 아니었다. 단 선녀 씨 말에 의하면, 굿 돈은 원하고자 하는 사람의 진심과 노력이 들어가 있어야 했다. 그래야 망자도 굿을 잘 받을 수 있었다. 억지로 만든 돈은 효험이 없었다. 누군가의 피와 땀이 깃들어 있는 돈이어야 하고 망자에 대한 간절한 마음이 들어가 있어야 한다는 것이다. 이런 얘기도 했다. 언젠가 아주 찢어지게 가난한 사람이 점을 보러 왔는데 당장 굿을 하지 않으면 안될 지경이었단다. 당장 수술하지 않으면 생명이 위독한 환자처럼 말이다. 굿할 돈이 없다고 하자, 선녀 씨는 최대한 돈을 구해 보고 그 돈이 적으면 적은 대로 작게라도 상을 차리자고 했다. 나물과 과일 몇 개에 생선 몇 마리가 전부였지만 신통하게도 굿이 아주 잘 되었단다. 없는 살림에 그것이 얼마나 값진 것인지 신명들도 잘 알고 있었기 때문이란다. 반대로 석 장짜리 큰 굿을 의뢰받았는데도 신명들이 오지 않아 혼이 난 적도 있었단다. 기주(굿 의뢰인)가 엄청난 재력가였기 때문이었다. 그에게 3천만 원은 푼돈에 불과했다. 더구나 돌아가신 모친의 뜻에 따라 형식적으로 하는 것일 뿐, 굿에 대한 믿음도 절실함도 없었다. 굿 날 잠깐 아내를 보내고는 본인은 굿판에 얼굴조차 내밀지 않았다. 기주가 간절하지 않으니 신명 또한 좌정하지를 않는 거였다.

돈의 액수도 액수지만 돈의 성격도 문제였다. 선녀 씨가 모시는 신령들은 부정한 돈으로 차린 굿상에 좌정하지 않는다고 했다. 불로소득자, 사기꾼, 사채업자 등의 돈에는 인간의 건강한 기운이 들어가 있지 않기 때문이다. 그건 마치 겉은 먹음직스럽지만 영양가는 전혀 없는 음식과도 같은 거였다. 아니, 먹으면 탈이 나는 상한 음식이라 하는 것이 더 맞는 표현일 것이다. 물론,

선녀 씨는 그들로부터 굿 의뢰가 들어와도 굳이 마다하지는 않았다. 부정한 돈은 좋게 쓰면 된다고 했다. 일종의 돈세탁인 셈이었다. 그 돈이 남에게 들어가 나쁜 기운을 발산하느니, 자기같은 샤먼이 잘 받아서 자식들 공부시키는 데 쓰면 좋은 돈으로 바뀐다는 것이다. 물론, 굿의 효험은 기대할 수 없었겠지만.

여진 누나 내외가 가버리고 나자 집안이 갑자기 텅 빈 느낌이었다. 새삼 마야가 떠올랐다. 스마트폰을 켜 마야의 SNS 계정으로 들어갔다. 마야의 모든 SNS는 나와 연락이 끊긴 시점에서 대체로 멈춰있었다. 원래는 자신의 설치미술 작품으로 도배가 되어있어야 했지만, 지금은 모두 삭제되었다. 가끔 알 수 없는 나라의 기이한 풍경 이미지만 올라올 뿐이었다. 원래부터도 나와 관련된 내용 따위는 올리지 않는 성격이었다. 하지만 함께 보낸 흔적을 단 하나라도 찾고 싶은 마음에 글과 사진을 훑었다. 그러다가 인스타그램에서 게토의 간판 사진을 발견했다. 나도 모르게 환호성을 질렀다. 나와 처음 만난 곳을 소중히 여기고 있다는 증거처럼 느껴졌다. 사실, 마야가 선녀 씨 문병을 온다고 했을 때만 해도 나는 사이좋은 고부 관계를 상상했다. 처음으로 여자친구를 보여주는 터라 분명 선녀 씨도 반가워하리라 기대했던 것이다. 그런데 선녀 씨의 표정은 뚱했다. "어머니, 병실에만 있으니 얼굴이 창백해 보여요." 마야가 선녀 씨에게 립스틱을 발라

주고 머리를 빗겨주며 환심을 사려했다. 자칭 네오 샤먼 마야는 강신무인 선녀 씨를 스승 모시듯 대했다. 하지만 선녀 씨의 태도는 변하지 않았다. 내가 자리를 잠깐 비운 사이 마야는 사라져 버렸다. 그리고 연락이 끊긴 것이다. 아마도 선녀 씨로부터 모진 말을 들었던 것이 틀림없었다.

- 도대체 뭐가 맘에 안 드는 거야?

나는 선녀 씨에게 따지듯 물었다.

- 영호야, 그 아이는 안 된다.

선녀 씨가 내 손을 잡으며 말했다. 마야는 자신과 같은 제자 팔자를 타고 난 여자라고 했다. 그러니까 마야가 스스로 샤먼이라고 칭한 것은 과장이 아니었다. 단순히 예술가적 광기와 영감을 표현하기 위한 말이 아니었다. 마야는 샤먼의 운명을 타고 난 거였다. 마야가 머리를 빗겨줄 때, 선녀 씨는 마야의 과거와 현재, 미래까지도 순식간에 스캔한 것이 분명했다.

- 잘됐네. 걔는 춤추고 나는 장구 치구.

나는 진심으로 말했다. 마야가 지모가 되면 나는 사니가 되는 거다.

- 행여, 그래 봐라, 내 죽으면 둘 다 잡아갈 테니!

병자답지 않게 귀기를 번뜩이며 선녀 씨가 말했다. 선녀 씨 말에 의하면, 우리 3형제 모두가 산바람을 타고 났단다. 산바람은 신의 입김이었다. 산바람이 들면 샤먼이 되기 십상이었다. 자식들에게 산바람이 든 것은 순전히 자기 때문이라고 말했다. 원래 선녀 씨는 깨깐이 형처럼 단명의 사주를 타고 태어나 일찍 죽을 운명이었다. 사춘기 시절부터 알 수 없는 병들이 찾아들었고 중학교 때는 조현병까지 왔다. 책과 칠판의 글씨를 읽을 수 없었다. 글씨가 살아 움직였다. 공부 좀 하려면 그것들이 벌떼처럼 일어나 선녀 씨의 눈앞을 막고 윙윙거렸다. 그런 증세는 1~2년을 주기로 반복됐단다. 성인이 되고 나서는 조금 괜찮아지더니 결국은 서른을 앞두고 선녀 씨는 신내림을 받았다. 믿을 수 없는 이야기이기는 하지만 내림을 받던 날, 선녀 씨는 마을 뒷산에 있는 큰 나무 아래에서 명도를 캐어왔다고 했다. 선녀 씨는 일종의 신과 계약을 맺은 거였다. 죽을 운명에서 벗어나는 대신 평생을 신의 대리자로서 살아야 하는 것이다. 그 계약이 자식들에게도 미치는 모양이었다.

선녀 씨는 잘 나가는 샤먼이 되었지만 당신 자식들만큼은 '무당' 운명을 타고난다는 '신줄'을 끊어 버리고 싶어했다. 단명의 사주로 태어난 선녀 씨에게 사춘기 이후의 삶은 사실 없는 거나 마찬가지였다. 따라서 선녀 씨의 자식들 또한 원래는 존재하지 않는 생명들이었다. 선녀 씨의 자식들도 신령을 모시고 사는 '제자' 팔자 되기 딱 좋은 운명인 셈이다. 종종 선녀 씨는 우리 형제의 산바람을 누르려면 의사나 판사가 돼야 한다고 말했다. 속세에서 최고의 지위로 치는 의사나 판사를 꼭 집어 말한 것이 단순히 산바람을 막기 위한 의도였는지 아니면 자식 덕에 팔자 한번 고쳐보려는 욕심에서 그랬는지는 알 수 없었다. 선녀 씨 말에 의하면, 예부터 율령을 다루는 판사는 귀신들도 무서워하는 존재고, 의사는 병을 고치는 존재이기 때문에 샤먼과 역할이 겹친단다. 그 외에 가수나 배우가 되는 것도 한 방법이기는 했는데, 우리 형제에게서 그 같은 재능을 찾기는 어려웠다.

선녀 씨의 바람대로 형은 의대에 진학했다. 굳이 선녀 씨 말 때문이 아니더라도 형은 무당집 아들이라는 말을 듣지 않기 위해 죽어라 하고 공부만 했다. 형은 일찌감치 서울에 있는 과학고를 목표로 공부를 했고 중학교를 졸업하자마자 서울로 유학을 갔다. 선녀 씨는 아낌없이 학비를 댔고 넉넉한 용돈을 보냈다. 덕분에 형은 이 나라 최고의 의대에 가뿐히 합격했다. 이제 남은 것은 나였다. 나만 제자 팔자를 면하면 선녀 씨는 이 세상 떠날 때 잘 놀다 간다는 기분일 거라고 했다. 선녀 씨는 내심 둘째는 판사가 되기를 원했다. 그 야무진 꿈은 내 안에서 글문 도사라는 요상한 신령이 솟는 바람에 일찌감치 접어버리기는 했지만.

마야의 SNS를 순례하다가 새롭게 올라온 이미지 한 장을 발견했다. 아리조나의 붉은 사막 한가운데 우뚝 솟은 볼텍스 산, 벨락이었다. 마야는 볼텍스에 대해 자주 얘기했다. 지구의 단전 같은 곳이라고 했다. 우주의 기운이 응축된 채로 몰려 있는 곳, 그 중심에서는 엄청난 양의 볼텍스가 뿜어져 나온다고 했다. 샤머니즘의 추종자인 인디언들이 가장 신성하게 여기는 곳이기도 했다. 마야는 대마초를 합법화해야 한다고 말하기도 했는데, 볼텍스가 주는 열락을 유사 체험할 수 있기 때문이란다. 노력을 들이지 않고 짧은 시간 내에 경험할 수 있게 해 준다는 면에서 경제적이기까지 하단다. 마약이 주는 환각은 승려의 니르바나, 샤먼의 망아, 예술가의 광기 등과 하나라는 것이다. 황당했다. 하지만 어쩌랴, 부처님과의 키스만으로 시를 속성으로 얻을 수 있다는 말을 믿은, 나 같은 사람도 있으니까.

- 그건 반칙이야. 일회적이기도 하고…, 평생 수도 정진한 사람은 뭐가 되냐?

내가 시큰둥하게 답하자 마야는 얼굴이 벌게졌다. 원래가 지는 것을 싫어하는 여자애였다. 마야는 마약이 가진 부차적인 효과를 이야기했다. 그것은 자본주의와 기술 문명이 결합된 광기의 속도를 늦출 수 있다는 거였다. 시간이 엿가락처럼 늘어지며 공간이 한없이 확장되는, 모든 욕망과 번뇌가 일시에 사라지는 경험을 한 자라면-그것이 비록 짧은 시간이라 하더라도- 속도의 욕망에 휘둘리지 않게 된다는 것이다. 현대 국가들이 마약을 금지하는 것은 국민들로부터 최대한 생산성을 끌어내기 위한 것이란다. 마리화나 정도라면 담배보다도 덜 해롭다고도 했다. 국가를 믿어서는 안 된다는 말이 마야의 끝맺음이었다. 그것은 국가체제뿐만 아니라 자본주의 문명 자체를 거부하는 말이었다.

황당하기도 하고 불온하기조차 한 얘기를 진지한 눈빛으로 말하는 것이 더없이 귀엽게 느껴졌다.

-마야가~

나는 '마야야'라고 부르지 않고 그렇게 불렀다. 언제 마약을 함께 구해보자고도 했다. 내 유치한 말놀음이 재미있었는지 마야는 나를 와락 껴안았다. 마야는 이미 내게 마약과 같은 존재였다. 그녀와 함께 있으면 확실히 이 세계와 다른 궤도로 돌고 있는 곳에 와 있는 듯했다. 침대를 뒹굴 때면 마야 자체가 볼텍스처럼 느껴졌다. 지치는 것이 아니라 더더욱 힘이 솟았다. 마야와의 섹스는 그러니까 한바탕 굿이었다. 내 배 위에서 온몸을 흔드는 그녀를 볼 때면 확실히 무감巫感에 젖은 샤먼을 보는 듯 했다. 그 생각을 하자 아랫도리가 빼근해지는 것이 느껴졌다.

자리에서 일어나 커튼을 걷었다. 마당에 한낮의 햇살이 쏟아지고 있었다. 12월이 돼도 날씨가 따뜻했다. 산과 들은 늦가을 풍경 마냥 바싹 말라 있었다. 나는 손가락으로 날짜를 가늠했다. 사십구재까지 한 달하고도 보름이 남았다.

4

신춘 최종 마감일 D-7일

사형에게서 카톡 메시지가 와 있었다. 그러고 보니 신춘문예 시즌이기도 했다. 날씨가 계속 온화해서 겨울 분위기가 좀처럼 나지 않던 터였다. 매년 이맘 즈음이면 작품들을 퇴고하다, 마감 한 시간 전에야 부랴부랴 신문사로 달려가곤 했다. 하지만 마땅히 낼 작품도 또 응모할 생각도 없었다. 사실, 마야가 떠나가고 선녀 씨마저 이 세상 사람이 아닌 마당에 시가 무슨 대수인가.

사실, 문학동아리에 들어간 것은 순전한 우연이었다. 물론, 십대 시절부터 시는 늘 나와 함께 있었다. 하지만 그것은 마치 수음과 같아서 오롯이 홀로 즐겨야 쾌감을 얻을 수 있다고 생각했다. 나는 펜싱 동아리가 가장 마음에 들었다. 우주복 같은 옷을 입고 나비처럼 산뜻하게 날아가 상대의 허점을 찌르는 모양이 꽤나 멋지게 보였다. 무엇보다 그 날렵한 몸매들이 부러웠다. 나는 이왕 운동을 하며 내 살의 3분의 1은 날려버리고 싶었다. 돈이 많이 든다는 얘기를 들었지만 개의치 않았다. 그때 선녀 씨는 돈벌이가 꽤나 괜찮았으므로 무엇이라도 해줄 기세였다.

동아리 문을 열었을 때, 처음 사형을 만났다. 사형은 낡은 소파에 몸을 묻고 있었다. 보아하니 어제 한잔하고 동아리실에서 밤을 지새운 모양이었다. 옷차림이 특이했는데 회색 비니를 쓰고 스님 바지에 군회색 점퍼를 입었다. 선녀 씨가 극히 혐오하는 마을 뒷산 암자의 '똘중' 옷차림과 비슷했다. 선녀 씨는 그 '똘중'이 예불도 제대로 할 줄 모르는데도 스님 행색을 한다고 욕을 했다. 그냥 신기를 어중간하게 받은 선무당이라고 했다. 한마디로 선무당 주제에 점집도 아니고 절집을 차린 것이 우습다는 거였다. 어쨌든 승려를 연상시키는 사형의 옷차림은 펜싱과는 전혀 어울리지 않아 보였지만 학교가 불교재단이다 보니 그러려니 했다. 신입생이냐고 대뜸 물었고, 나는 그렇다고 대답했다.

- 뭐, 간지가 난다고나 할까요?

사형이 왜 이 동아리에 가입하려고 하느냐고 묻자 내가 답했다.

- 간지? 간지 좋아하네. 외계인 취급이나 받지 않으면 다행이지.

이해할 수 없는 노릇이었다. 펜싱을 한다고 '외계인' 취급까지야.

- 너 간지(かんじ)가 일본말인 건 알고 있지? 그렇게 저렴한 단어 쓰다가는 쫓겨난다.

사형은 일어나 책장 한구석에서 파일을 꺼냈다. 그러고는 서류

한 장을 던지듯 탁자 위에 올려놨다. 동아리 가입신청서인 모양이었다. 가방에서 볼펜을 꺼내려다 내 눈을 의심했다. 그건 문학회 가입 서류였다. 그러고 보니 동아리실의 정경이 눈에 들어왔다. 펜싱과 관련된 물건은 하나도 없고 책들만이 수북하게 쌓여 있었다. 사형의 행색이 워낙 기이하다 보니, 미처 주위를 살펴보지 못한 듯했다. 그러니까 동아리방을 잘못 알고 들어온 모양이었다. 펜싱부의 뒷문을 연다는 게 문학회의 앞문을 열었던 것이다.

- 뭐 그렇다고 그렇게 쫄 필요는 없고. 요즘 같은 세상에 문학하겠다고 하는 새내기가 있음 감지덕지해야지. 똥폼 잡겠다고 펜싱 같은 거나 하겠다는 놈들보다 백만 배 낫다.

사형이 반쯤 열린 문 쪽을 가리키며 말했다. 한 무더기의 사람들이 저마다 장비를 챙긴 채 왁짜글하며 어딘가로 향했다. 내가 찾던 펜싱부원들이었다. 내 엉덩이가 들썩였다.

- 너 소설이지? 안 봐도 당근이야.

잘못 찾아온 것 같다고 말하려는 찰라였다. 무슨 조화였을까? 사형의 깔보는 듯한 말투가 괜한 반발심을 불러일으켰다. 나는 대뜸 시라고 대답했다. 묻지도 않았는데 윤동주의 시를 좋아한다는 말도 했다. 사형이 피식 웃었다. 생각과는 다른 말들이 툭툭 튀어나왔다. 원래대로라면 동아리실을 잘못 찾았음을 정중히 고백한 다음, 저 펜싱부원들을 속히 따라가야 했다. 그런데 희한하게도 몸이 움직이지 않았다. 소파에 앉은 채 거드름을 피우는 저

똘중 차림의 사형이 무슨 흑마술이라도 부리는 것 같았다. 결국, 나는 타협하기로 했다. 그래 동아리 탐방 차원에서 한 번 정도는 문학동아리를 경험해 보는 것도 나쁘지는 않으리라 싶었다. 더구나 고교 시절, 사시사철 푸르른 온실 안에서 그보다 짓푸른 감성으로 시집을 읽으며 청운의 꿈을 키우지 않았던가. 나는 입회원서를 빠르게 작성했다. 그때가 결국 시라는 것에 발목 잡히는 순간이라는 것을 나는 나중에야 알았다. 그것은 단순한 우연이었을까, 아니면 글문 도사가 기획해 놓은 운명이었을까?

어려서부터 선녀 씨는 내게 특히, 시나 소설을 멀리하라고 했다. 그 이유인즉슨, 글문 도사라는 이상한 내력을 가진 조상신이 자신의 제자로 삼기 위해서 호시탐탐 나를 노린다는 거였다. 더구나 글문 도사는 영험도 없는 신령이라고 했다. 생전 사람 피 맛을 봤던 장군신과는 달리 만년 서생이었던 글문 도사는 신력神力이 약해, 그 제자가 돈을 많이 벌 수 있는 것도 아니라고 했다. 사주를 풀거나 장구나 칠 줄 아는 독경사가 되는 게 전부란다. 글문 도사는 동경 유학까지 한 엘리트로 나의 외갓집 3대 조상이라고 했다. 문학을 한다느니 독립운동을 한다느니 하며 가산을 탕진하고 끝내 술과 도박으로 생을 마감했단다. 세상에 뜻을 펼치지 못하고, 자손 없이 죽은 그는 저세상에 건너가지 못하고 이승을 떠돌게 됐지만 나름 학식을 쌓은 덕에 글문 도사가 되었다. 그는 자기의 후손들 중에 하나를 골라 그 몸에 의탁하고자 하는 모양이었다. 하필이면 그게 나라는 것이다. 사실 나는 그 글문 도사가 마음에 들었지만 선녀 씨는 그 존재 때문에 노심초사했다.

중 3시절, 가뿐하게 합격할 줄 알았던 시내의 인문고에 떨어졌다. 당시 고향은 여전히 비평준화 지역이라 고등학교 입학시험이 따로 있었다. 너무 방심한 나머지 마킹을 밀려 쓴 탓에 모두 오답 처리가 된 것이다. 할 수 없이 마을 인근 특성화 고등학교에 들어갔다. 둘째는 판사되기를 원했던 선녀 씨건만 웬일인지 담담했다. 나름 나를 위로해서 하는 말이었지만 책과 멀어질 수 있기 때문에 글문 도사도 나를 포기할 거란다. 그것도 원예과를 선택했으니, 옛날 같으면 나는 흙을 파먹는 일자무식 '상것'이었다. 엘리트 의식에 절어 있던 글문 도사가 기겁을 할 게 뻔했다. 하지만 나는 학교 온실을 아지트 삼아 보내곤 했는데, 그곳에 책을 쌓아두고 지냈다. 이 지역의 둔재들만 모인다는, 원래는 농업고등학교였던 그 학교에서 책, 그 중에서도 시집을 즐겨 읽는다는 것 자체가 확실히 변태 행위라 할 만 했다. 어쩌면 내가 시를 좋아하게 된 것은 글문 도사라는 '유령'보다는 그의 유전자 덕분이라고 말하는 것이 나을지도 몰랐다. 문학 친화적인 그의 유전 기질이 내게 와서야 발현된 것일 수도 있었다. 왜 하고 많은 즐거운 것들 중에서 하필이면 시가 나를 사로잡았을까? 그림이나 음악도 있을 것이고, 축구나 야구, 춤이나 게임 등도 있었을 것이다. 그렇다고 우리 집이 서권기書卷氣가 서리고 문자향文字香으로 그윽한 곳은 더더욱 아니지 않은가. 귀기鬼氣와 향내라면 모를까. 유전자의 농간이 아니고서는 그 척박한 시골 동네에서 시를 좋아하는 소년이 나올 리가 없었다. 더구나 시가 천대받는 요즘 같은 세상에야.

내가 시에 관심을 가졌을 무렵이 진호가 저세상에 갔던 시기와 맞물린다는 것도 의미심장했다. 깊은 상실감이 사춘기와 맞물리면서 뇌 신경회로의 폭발적인 전환이 있었음에 틀림없었다. 덕분에 오랫동안 잠재되어 있던 글문도사의 생전 유전자가 내 머릿속에서 활성화되었을 것이다. 선녀 씨도 산바람이 조상신 때문에 들어온다고 믿었다. 그러니까 유전자의 대물림과 마찬가지 원리인 셈이었다. 낡은 육체를 버리고 새로운 육체를 탐하면서 영생을 누리는 유전자처럼 조상신이라는 존재도 후손 몸에 깃들어 영원을 사는 것이다. 유전자 그 자체가 무속에서 말하는 조상신인지도 몰랐다. 실제로 선녀 씨가 모시는 신들은 대개가 선녀 씨의 조상들이었다. 더 정확하게 말하자면, 선녀 씨의 조상들이 신의 역할을 대리했다. 이를테면 선녀 씨한테 몸주신은 이름조차 알 수 없는 먼 윗대 할아버지이고, 용왕은 선녀 씨의 할아버지, 말명은 선녀 씨의 외할머니, 성주는 선녀 씨의 큰아버지 등의 모습을 하고 있었다. 우리 몸은 조상의 집이라고 선녀 씨는 늘 말하곤 했다. 그러니까 선녀 씨를 있게 한 윗대의 혈연적 존재들이 선녀 씨의 몸속에서 함께 살고 있는 셈이었다.

물론, 그것은 선녀 씨가 만들어 놓은 환상의 세계일 수도 있었다. 무병이니 산바람이니 하는 것은 어쩌면 상상력의 과잉을 불러오는 특정 유전자의 조화인지도 몰랐다. 소위 무병이라는 뼈를 깎는 듯한 고통을 겪으면서 뇌 신경회로가 다르게 배열되거나 변형되었을 것이다. 아마도 모르긴 모르건대, 선녀 씨가 무감에 실리는 순간의 뇌를 MRI로 찍는다면 조현병 환자들의 그것과 다를 바가 없을 것이다. 마약으로 인한 환각, 성적 오르가즘, 예술적 영감에 젖어들 때와도 비슷한 모습을 띠고 있으리라. 어쩌면 내게 글문 도사란 상상력에 특화된 시적 재능을 말하는 것인지도 몰랐다.

하지만 첫 합평회에서부터 내 시는 무참히 깨졌다. 19세기에나 어울릴 법한 시라고 했다. 누군가는 생색내듯 19세기는 아니고 식민지 시대 정도는 된다고 낄낄대며 말했다. 내 시가 식민지 시대의 냄새를 풍기는 것은 나를 제자 삼기 위해 호시탐탐 노린다는 그 놈의 글문 도사인지 뭔지 하는 존재 때문일 것이다. 아무튼 문학회 선배들은 신입생이라고 봐주는 게 없었다. 특히, 사형은 여리디 여린 톰슨가젤을 뜯어먹는 하이에나 같은 인간이었다. 말로만 난도질을 당했으면 그나마 나았을 것이다. 내 시가 적혀 있는 A4 용지를 사람들 앞에서 보란 듯이 찢기까지 했다. 그리곤 허공에 날렸다. 내 육체와 영혼이 갈가리 찢겨져 흩어졌다.

- 내 시가 맘에 안 드는 거예요, 아님 내가 맘에 안 드는 거예요?

나는 취기를 빌려 사형에게 따져 물었다. 대학 축제가 한창인 저녁의 야외 주점에서였다. 불교 종립대학인 탓에 캠퍼스 전역은 연등 빛으로 알록달록했다. 흥성한 분위기에 취기가 더욱 오를 법도 했다.

- 둘 다 맘에 안 들어.

사형은 승려처럼 빡빡 깎은 머리를 한번 쓰다듬더니 험상궂은 표정으로 말했다. 곧 6월인데도 아직 군복 비슷한 외투를 입고 다녔다. 아랫도리는 예의 잿빛 승복 바지 차림이었다. 소문에 의하면 그는 시로 득도했다고 했다. 벌써 여러 개의 대학 문학상을 휩쓴 문재였다. 더구나 믿기 어려운 이야기도 여러 사람들에게 설득력을 가진 채 돌고 있었다. 재벌에 준하는 집안 배경을 가지고 있다는 것이다. 시를 쓰겠다고 국문학과를 선택한 바람에 집에서 쫓겨났단다.

- 도대체 왜 그런데요?

사형에게 상체를 들이밀며 말했다. 사형의 마른 몸이 꼿꼿해졌다.

- 넌, 인마, 똘기가 없어.

사형의 한마디였다. 주위에서 일제히 웃음이 터져 나왔다. 억울했다. 똘기라면 살짝 나사가 빠져 있어야 한다는 것인데, 그런 말은 예전부터 들어오던 참이었다. 개는 따로 논다는, '갠따로'라는 별명이 달리 생긴 게 아니었다. 고교 시절에도 나는 사차원의 세계에서 따로 노는, 얼빠진 놈으로 치부되었다. 학교의 난다 긴다 하는 일진들도 나만큼은 건드리지 않을 정도였다. 그런데 똘기가 없다니!

- 이를테면 저 거룩한 부처님과 진한 입맞춤 정도는 할 수 있어야 진정한 똘기의 반열에 오를 수 있지.

사형은 캠퍼스 중앙의 불상을 손짓하며 말했다. 불상은 청동빛 조명으로 아름답게 빛났다. 그 뒤 남산 위로 서울 타워가 아직 푸른빛이 감도는 하늘을 배경으로 우뚝 서 있었다. 불상에 키스를 하는 따위의 똘기라면 학교에서 쫓겨날 각오를 해야 했다. 불상은 이 학교의 신성불가침의 상징이었다.

- 아니면 저 서울 타워에 항문을 꽂던가.

주위 사람들이 배를 잡고 웃었다. 나도 몰래 항문이 움찔했다.

- 한자 파자를 해보면 시詩란 말(言)의 사원(寺)이기도 하지만 부처님(寺)의 말(言)이기도 해. 부처님과 입맞춤 하면 속성으로 시를 얻는 거다.

사형이 낭낭하고 그윽한 목소리로 말했다. 시승詩僧이라는 말이 거짓은 아닌 듯 싶었다. 귀가 솔깃했다. 그날, 인적이 뜸한 새벽을 틈타 나는 불상 주위에 쳐져 있는 펜스를 넘었다. 부처님의 어깨를 붙잡고 올라가 입에다 살며시 키스를 했다. 차가운 청동의 질감이 입술에 느껴졌다. 아직 연애경험이 없던 나에게는 그야말로 날카로운 첫 키스였다. 청동의 한기가 온몸으로 퍼졌다.

몸이 부르르 떨렸다. 어디선가 호루라기 소리가 들려왔다. 불상에서 사뿐히 뛰어내려 이내 줄행랑을 쳤다.

- 에즈워드가 말한 '시간의 점'이었어요.

다음날, 사형이 소감을 묻자 나는 그렇게 대답했다. 시간이 멈춘 듯한, 오로지 입술의 차가운 느낌만이 무한대로 확장되어, 내 온 영혼을 휘감아 도는 듯한 격렬한 각인의 순간이었다고 덧붙였다. 사형은 쩝, 하고 입맛을 다셨다. 그 후로 사형은 똘기에 있어서의 내 우위를 인정해 주었다.

5

가진리 만신이 동관네들을 데리고 집으로 들이닥쳤다. 선녀 씨 장례식을 끝내고 나흘째 되는 날이었다. 마침 밥 한 숟가락 넘길 때마다 선녀 씨 생각이 나서 닭똥 같은 눈물이 뚝뚝 떨어지고 있던 참이었다. 있는 반찬, 없는 반찬 긁어모아서 밥을 비벼 먹고 있었다. 동관네들은 그런 나를 아랑곳하지 않고, 신당의 산신상을 깨부수고 무신도를 찢었다. 마치 성난 코끼리 떼처럼 눈에 퍼런빛을 띠며 분풀이하는 듯했다. 선녀 씨의 삶이 송두리째 농락당하고 짓밟히는 것 같았다. 선녀 씨의 무복과 무구는 따로 동네 성황당에 가져다 두었다. 나중에 오구를 할 때, 선녀 씨가 한 번 가지고 놀아야 처분할 수 있다고 했다.

- 제자가 떠났으니 서인들도 떠났다. 이대로 두면 온갖 상문 잡신들이 깃든다. 다 니들 형제를 위한 거다.

가진리 만신이 내 등을 두드리며 말했다. 어쩌면 저들은 선녀 씨를 대신해 복수라도 해주고 싶은 심정이었는지도 몰랐다. 샤먼의 영광은 고대 시절에나 가능했다. 문명사회에서 샤먼은 핍박받는 존재였다. 그들은 미래에 대한 불안감이나 요행을 바라는 사람들의 심리를 이용해 돈을 버는 파렴치한 존재로 치부되었다. 한평생 가족과도 인연을 끊은 채 세상의 온갖 손가락질을 받으며 살다가 죽는 것이 그들의 운명이었다. 자신을 제자로 선택한 신이 원망의 대상이 아닐 수 없었을 것이다. 이 나라 샤먼의 신들은 만신이라 할 정도로 그 수가 많을뿐더러 도무지 이름조차 통일되어 있지 않다. 같은 신이라도 저마다 이름이 다르거나 이름이 같아도 샤먼마다 성격이 다른 신들 투성이었다. 이들은 차려놓은 것이 시원찮다고 나무라다가도 이번만은 봐주겠다고 껄껄거리거나 무조건 복을 준다고 장담한다. 심술을 부리는가 하면 응석을 떨기도 한다. 인간 못지않은 그 희노애구애오욕喜怒哀懼愛惡欲의 존재들에게 도무지 이 차갑고도 강력한 과학 문명을 이겨낼 수 있는 힘이 있을 것 같지 않았다.

사실, 선녀 씨가 상정하는 세계는 과학 문명의 법칙과는 별개로 작동되는 곳이었다. 그 세계는 멀리 떨어져 있으면서도 이 세계에 스며들어 있었는데, 선녀 씨 같은 존재가 아니고는 감각할 수 없었다. 주파수에 반응하는 라디오처럼 그 세계에서 흘러보내는 신호는 샤먼만이 수신할 수 있다는 얘기이다. 인간은 느낄 수 없는 초음파에 박쥐나 고래가 반응하듯이 말이다. 물론, 샤먼에게 수신된 신호라 할 수 있는 신탁이나 공수는 이 세계의 언어의 외피를 입는다. 그러나 날것 그대로는 그 의미를 가늠할 수가 없다. 강렬한 인상과 영감을 주지만 의미는 휘발되어 버리며, 우주의 깊은 내막을 품고 있는 듯했지만 구체적이지는 않았다. 그 말들은 암호와 같아서 해석이 필요했다. 용한 샤먼이 되려면 신탁을 해석하는 능력을 가지고 있어야 된다. 그렇지 않으면 그 해석이라는 게 중구난방이었다. 어느 해석이 진실인지는 시간이 지나 봐야 알 수 있었다. 그것도 대부분은 코에 걸면 코걸이 귀에 걸면 귀걸이 식이었다.

그러함에도 불구하고 몇몇 샤먼들은 거의 근사치에 가까운 해석을 내놓는다. 그 상상력의 과잉을 불러오는 특정 유전인자가 의외의 힘을 발휘하면서 누군가의 과거는 물론 미래를 꿰뚫어 보게 하고, 심지어는 사람의 운수를 바꿔놓기도 했다. 하지만 선녀 씨의 말에 의하면, 이 나라 샤먼의 열 명 중 여덟아홉이 '선무당'이라고 했다. 큰무당도 열 번 중에 두세 번은 엉뚱한 점괘를 내놓는다고 했다. 심지어 굿을 할 때 신명이 실리지 않아 연기를 할 때도 있고, 아무리 정성을 들여도 굿의 효험이 없는 경우도 많다고 했다. 결국은 복불복이었다. 굳이 굿 같은 것에 의지하지 않고 살아도 죽을 놈은 죽고 살 놈은 사는 법이었다. 어쩌면 형 말마따나 선녀 씨의 굿을 해주겠다는 것도 다 부질없는 것일 수도 있었다.

하지만 선녀 씨의 '여덟아홉, 두세 번 법칙'은 어디에나 통용될 듯 싶었다. 목사나 신부, 승려도 그렇고 정치인이나 고위관료 혹은 소위 전문직이라 할 수 있는 교수나 의사도 마찬가지였다. 열에 여덟아홉은 하수거나 사기꾼이고, 하나둘에 해당하는 진짜배기 중에서도 두세 번은 실수를 하는 법이었다. 그러고 보면 샤먼들만 통째로 사이비 취급당하는 건 부당한 셈이었다. 그런 천대를 받고도 아직까지 살아남은 것이 용하기만 했다. 그것도 이 최첨단 문명국가에서.

남들이 뭐라고 하든 또 상관하지 않는 이들이 샤먼이긴 했다. 그들은 자신들의 한계를 잘 알고 있기 때문에, 세상일에 함부로 나서지 않았다. 분수를 모르고 새로운 종교를 만들거나 권력자들 뒤에서 세상을 쥐락펴락하는 요망한 샤먼들이 없지 않는 것은 아니었다. 하지만 그 뒤끝이 좋은 샤먼은 없었다. 선녀 씨 왈, 샤먼의 역할은 가정의 복을 빌어주고 망자를 위로해 주는 데에서 끝나야 한단다. 세상일에 관여했다가는 토구름을 산다고 했다. 선녀 씨가 쓰는 부적에는 '急急如律令급급여율령'이라는 한문이 자주 들어가는데, 그 뜻은 법령처럼 속히 이루어지라는 뜻이었다. 귀신들에게도 이 세계의 법과 제도가 강력한 힘을 발휘하는 것이다. 그것을 넘어서려고 할 때 샤먼은 외려 힘을 잃는다. 반면에 법과 제도가 미치지 않는 곳일수록 샤먼은 더 힘을 얻는다. 아이러니하게도 세상의 낮은 곳에서는 법과 제도의 힘이 약해진다.

샤먼이 이 나라에서 가장 낮은 존재가 된 것은 어쩌면 당연한지도 몰랐다. 현실 위에 올라서려는 마음은 샤먼의 것이 아니며, 산허리 끊어진 것만 봐도 눈물을 흘리는 마음이 진정한 샤먼의 것이란다. 선녀 씨는 가끔 그렇게 멋진 말도 할 줄 알았다.

- 내 진짜 남편은 신령님이야, 외롭고 고단할 때 손 내밀어주는 분이야.

선녀 씨는 언젠가 그렇게 말했다. 신령은 저마다 한스러운 삶을 가진 샤먼들을 나름 위로하는 역할도 하는 모양이었다. 지모는 두 명의 남편을 둔다고 했다. 영적인 남편과 세속의 남편이 그것이다. 영적인 남편인 신령과 함께 있으면 세속의 남편에게 죄스럽고, 세속의 남편과 함께 있으면 신령에게 죄스러운 마음을 갖게 된다고 했다. 그래도 둘 중에 한 명을 고르라면 영적인 남편인 신령을 택하는 게 지모들이었다. 하지만 그것은 어쩌면 가스라이팅 같은 일종의 족쇄인지도 몰랐다. 세속의 남편은 바람둥이거나 알콜중독자 내지는 도박꾼, 절음발이나 꼽추 같은 장애인이 대부분이었다. 몸주신의 질투 때문에 제대로 된 남편 두기가 힘들기 때문이란다. 샤먼이라는 운명이, 자기 복을 꺼내 남에게 주는 건지도 몰랐다. 선녀 씨도 그랬다. 당신 말대로 '부모복'이나 '서방복'이 없으면 '자식복'이라도 있어야 했는데 그것도 아니었다. 막내아들은 사고로 잃었고 큰 놈은 의대를 포기했고 작은 놈은 백수가 되어 제 앞가림도 하지 못했다. 게다가 요즘 같은 시대에 일흔도 안 되어 숨을 거둔 것이다. 샤먼의 신산한 삶은 어디서도 보상이 안 되는 모양이었다. 저 동관네들의 서슬퍼런 표정을 봐도 알 수 있었다.

광란의 의식은 두어 시간 만에 끝냈다. 신단 아래에서는 배냇저고리 두 벌이 나왔다. 숯, 모래 등을 넣은 망사 주머니도 있었다. 저고리는 무명 재질로 만들어져 어제 산 듯 부드러웠다. 냄새를 맡아보니 침향처럼 그윽한 향기가 났다. 시간의 심연에서 풍겨오는, 오래도록 숙성된 향기였다. 형과 내 것이 분명했다. 진호 것은 이미 오래전에 불태워 없앴을 것이다. 신단 상층부의 깔개 밑에는 형의 대학교 합격통지서와 내 어린이회장 임명장이 끼워져 있었다. 형의 서울대 의대 합격증이야 선녀 씨의 한 많은 일생을 일거에 보상받을 만큼의 가치가 있었기 때문에 소중히 간직했을 터였다. 그런데 내 임명장은 전혀 뜻밖이었다. 종이배로 만들어 냇물에 띄어보냈기 때문이었다. 회장을 그만두겠다고 결심을 한 뒤였다. 임명장은 곳곳에 얼룩이 지고 구멍이 나 있었다. 냇가에 떠내려 보낸 것이 어떻게 선녀 씨 손으로 들어갔는지 알 수 없는 노릇이었다.

낡은 박사 학위 논문도 하나 나왔는데 「東海岸 巫歌의 神話的 特性과 傳承樣相 硏究」라는 제목을 달고 있었다. 30여 년 전에 쓰인 것에다가 온통 한자투성이라서 읽을 생각이 전혀 들지 않는 논문이었는데 표지에 있던 두 글자가 내 가슴을 쿵쾅거리게 만들었다. '李 錫'이라는 한자 이름이었다. 이석이라면 가진리 만신 할머니가 말한 선녀 씨의 애인이자 내 아버지일지도 모르는 사람의 이름이었다. 선녀 씨의 신모인 가진리 만신이 비중 있게 다루어졌는데, 오구굿의 주요 전승자로 소개되고 있었다. 그 신딸인 선녀 씨도 언급되었다. 내가 알던 선녀 씨와는 전혀 다른 모습이 묘사되어 있었다. 채 2~3페이지도 안 되는 분량에다가, 그 대부분이 각주로 처리되기는 했지만 거기에는 선녀 씨에 대한 굉장한 정보들이 담겨 있었다. "최서희(선녀, 당시 35세)는 굿과 점사에 능할 뿐더러 용모가 수려하고 언변이 좋았다."라는 문장이 눈에 띄었다. 선녀 씨 나이 서른다섯이라면 내가 태어날 즈음이었다.

각주에는 샤먼의 길을 걷기까지의 삶의 내력이 나타나 있었다. 독실한 기독교 장로 집안의 막내딸로 태어났다는 것, 사춘기 시절부터 신병이 오기 시작했다는 것, 무당이 되어 어쩔 수 없이 집을 나왔다는 것, 20대 초반 경찰 공무원과 결혼했으나 파경에 이르렀다는 사실은 이미 알고 있는 내용이었다. 그런데 선녀 씨가 모 여대 가정학과에 입학했다는 사실은 처음 아는 사실이었다. 내가 알기로 선녀 씨는 신병 때문에 중학교를 겨우 마쳤을 뿐이었다. 그러나 각주에는 스물셋이라는 늦은 나이에 검정고시를 거쳐 대학에 입학했으며 1년 정도 수학했다고 적혀 있었다. 선녀 씨가 대학생이었다니 도무지 믿을 수 없는 노릇이었다. 내게 또 다른 아버지가 존재할지 모른다는 말보다도 더 큰 충격이었다. 선녀 씨가 가끔은 중졸답지 않게 세련된 단어와 지적인 문장을 구사하기는 했지만—내게 무당보다는 더 그럴듯하다며 샤먼이라는 단어를 가르쳐 준 것도 선녀 씨였다—, 나는 그것이 선녀 씨에게도 가끔 실린다는 글문 도사의 조화인 줄 알았다.

각주는 몇 가지를 덧붙였는데, 거기에는 자연인으로서의 선녀 씨의 모습이 담겨 있었다. 선녀 씨가 감명 깊게 본 영화는 '러브스토리'와 '사관과 신사'였으며, 최인호나 이문열의 소설들을 좋아한다고 했다. 그 모습도 낯설기는 마찬가지였다. 선녀 씨는 텔레비전 연속극조차 보기를 꺼려했고, 가끔 무가집을 외는 것은 봤어도 책 읽는 모습은 보지 못했다. 일이 없으면 늘 집안에 틀어박혀 있거나 산으로 기도를 하러 갔다. 동관네들과 시용자들 말고는 따로 인간관계도 맺지 않았다. 친구라 할 만한 사람도 없었으며 동네 부녀회 활동도 하지 않았다. 학부모 회의나, 소풍, 가을 운동회, 입학식이나 졸업식 등에 한 번도 참여한 적이 없었다. 어디 놀러 가는 일도 없었다. 해외여행은 말할 것도 없었다. 비행기 한 번 타보지 못한 선녀 씨였다. 질투하는 몸주신 때문이었다. 몸주신은 늘 선녀 씨의 몸에 좌정해 있는데, 자기 말고 다른 존재들과 친하게 지내거나 재미있는 일에 정신이 팔려 있는 꼴을 보지 못했다. 선녀 씨는 신들이 하자는 대로 했다. 어린 아이 다루듯이 어르고 달래며 비위를 맞춰 줬다.

짧은 인터뷰도 실었다. 자신의 운명을 거부했으나 끝내 받아들일 수밖에 없었다. 그런데 막상 그 운명을 받아들였을 때 이 세상에 난 이유를 알았으며, 신과 인간을 매개하는 일로 나름의 평정을 되찾았다. 이전엔 부정했으나 무업巫業을 배우면서 오랜 마음 지옥에서 벗어나 있다는 것을 알게 됐다, 라는 내용이었다. 운명에 저항하지 말고 운명을 이용하라는 니체의 격언이 문득 떠오르는 말이었다. 저 때만 하더라도 선녀 씨는 제법 교양 있는 사람들의 화법으로 자기 뜻을 전달할 수 있었던 모양이었다. 고잽이나 그 여자들과 악다구니를 하고, 면도칼 선생에게 면박을 주던 선녀 씨의 모습은 상상할 수가 없었다. 이석이라는 사람 앞에서만 저런 모습이었을까, 아님 세월이 지나면서 사라진 선녀 씨의 또 다른 모습이었을까.

신당의 한 구석에서는 부적 한 장이 발견되기도 했다. 처음에는 별 것 아니라고 생각하고 태우려고 했으나, 촉 밝은 여진 누나가 얼른 뺏어서 살펴보았다. 액막이 부적이라고 했다. 부적 밑단에 볼펜으로 뭔가가 적혀 있었다. 여진 누나가 소리 내어 읽었다. "신미생, 양씨 처녀." 신미생이면 원숭이띠 마야가 태어난 해이고, 양 씨라면 마야의 본래 성이었다. 마야는 가부장제에 반대한다며 아예 성을 없애버리고, 기독교식이라고 해서 이름도 버렸다. 원래 이름은 '하나님 솜씨'를 줄여서 '하솜'이었다. 그러니까 양하솜이라는 괜찮은 이름이었지만, 이 세계를 지배하는 힘센 이데올로기가 두 개나 얹어있는 셈이었다. 자칭 네오 샤먼에게는 가당치도 않은 이름이었을 것이다.

아무튼 선녀 씨는 마야를 받아들이려고 그 부적을 써 놓은 거였다. 마야의 생년월일을 알고 있었다는 것도 신기했다. 아마도 마야가 문병을 왔을 때, 선녀 씨가 사주를 짚으려고 물어본 모양이었다. 나는 쾌재를 불렀다. 이로써 모든 것이 확연해졌다. 신물의 주인은 마야가 되어야 했다. 그렇지 않아도 며칠 전, 마야가 내 꿈속에 나타났다. 나한테 줄 거 있지? 라고 마야가 윙크를 하며 말했다. 나는 단박에 말뜻을 알아듣고 고이 모셔 둔 신물을 마야에게 주었다. 마야는 그것을 가볍게 받아들더니, 나 큰 무당되어 돌아올게, 라며 길을 떠났다. 나는 흐뭇한 표정으로 그래, 그래, 언제까지나 기다릴게, 라며 손을 흔들었다. 정말 실제 같은 꿈이었다. 이쪽 식으로 말하자면 그 꿈은 신의 뜻을 알리는 '선몽'임이 틀림없었다.

- 그 꿈은 네 간절한 소망이 무의식에 투영된 거에 불과해. 너는 죽은 어머니 자리에 떠나간 마야를 갖다 놓고 싶은 거야. 그것도 네 어머니와 같이 샤먼이 된 마야를. 일종의 오이디푸스 콤플렉스의 변형이라 말할 수 있지.

언젠가 수화기 너머 사형이 말했다. 역시 기분을 깨는 데는 한 특기하는 사람이었다.

- 엄마가 죽기 전에 꾼 꿈은 진짜 길몽일까요?

가진리 만신에게 그간 묻고 싶었던 것을 말했다. 용궁에 들어가 금은보화를 선물받았다는 꿈, 그래서 선녀 씨가 죽기 전 복권이라도 사보라고 했던 꿈. 만신은 동관네들이 다 돌아가고도 혼자 남아 휑한 신당 벽에 청수를 뿌리고 부적을 붙인 후에 따로 작은 고사를 지냈다.

- 제자는 딱 두 번 신기가 세게 돌 때가 있어. 처음 내림을 받고 일이 년, 저 세상 가기 전 일이 년. 마음에 간사한 게 사라지니 영검도 세지는 거지. 그 꿈은 길몽 중에 길몽이라.

만신이 자신 있는 목소리로 말했다.

- 혹시 제가 신을 받는다는 의미가 아닐까요?

- 헛튼 소리! 어멈이 그리 안 되게 하려고 얼마나 애를 썼는지 니는 모를 거라. 그러니 딴 생각 말고 좋은 데 취직해서, 색시 얻어 아 낳을 생각해라. 주욱 좋은 일만 생길 거라.

만신의 눈꼬리가 올라갔다가 곧 아래로 처졌다.

- 근데, 영호야이, 선녀가 남긴 명도는 어찌했나?

만신이 생각났다는 듯이 말했다.

- 신당 안쪽에 잘 모셔놨는데요.

- 읎든데? 여진이가 어디 시루봉 산당으로 치웠나?

그럴 리가 없었다. 신당 깊숙이 잘 넣어두지 않았던가. 나는 신당으로 달려갔다. 신물을 싸놓은 분홍색 보자기가 그 자리에 있었다. 그러나 칼과 방울만 있을 뿐 명도는 눈에 띄지 않았다. 서둘러 여진 누나에게 전화를 했다. 여진 누나도 의아해할 뿐이었다.

- 동관네 중에서 누군가 가져갔을까요?

선녀 씨의 무구들이 하나 둘 꺼내질 때마다 눈빛을 빛내던 젊은 애동제자가 떠올랐다.

- 그럴 리는 읎을 거라. 지 마음대로 가져갔다가는 토구름을 살텐데…

그럼 발이 달린 것도 아니고 어디로 사라졌다는 말인가?

- 명도는 다 주인이 있는 거라. 주인 따라갔을 테니 맴 펜히 먹고 있어 봐라.

오구를 해주기도 전에 선녀 씨의 영혼을 도둑맞은 느낌이었다. 누가 가져갔을까? 아무리 명도가 샤먼을 상징하는 으뜸이라고 하지만 신물 중에서 어떻게 그것 하나만 쏙 사라졌을까? 혹 정말 명도에 발이 달린 것이 아닐까? 오구를 할 기미가 없으니 마냥 기다릴 수는 없다고 생각해서 직접 주인을 찾아 나선 것일까.

6

전화벨이 울렸다. 휴대전화가 아닌 집 전화였다. 나는 그냥 무시하기로 했다. 소주 두 병을 마시고 겨우 잠든 터였다. 선녀 씨가 죽은 줄도 모르고 전화를 한 시용자일 것이다. 술 취해 집에 들어온 남편의 주먹질을 피해 욕실 같은 데서 쭈그려 앉아 핸드폰을 붙잡고 있을 성 싶었다. 왜 경찰을 부르지 않고, 선녀 씨에게 전화를 하는지 알 수 없었다. 제풀에 지쳐 전화를 끊으리라. 하지만 벨소리는 그치지 않고, 우악스런 손길로 나를 수마로부터 잡아끌었다. 눈을 떴다. 그리고 문득 불길한 예감에 휩싸였다. 선녀 씨가 쓰러졌다는 소식도 새벽에 받았다. 휴대폰 시간을 보니 두 시 경을 가리켰다. 처음 떠오른 생각은 형이었다. 형이 태평양 한가운데에서 전화를 걸어 올 수도 있었다. 며칠 전, 새벽에 전화를 받았더니 형이 전화선 너머에서 흐느꼈다. 그냥 한번 걸어봤다고, 전화 받길래 선녀 씨가 우리 수호, 하며 저를 반길

줄 알았다고, 술 취한 목소리로 말했다. 평소 형답지 않은 행동이었다. 그러나 나는 형의 심정이 고스란히 내 가슴으로 와 닿는 것을 느꼈다. 형은 선녀 씨에게 사과를 하고 싶은 거였다. 기회는 이때다 싶어 선녀 씨의 오구 얘기를 꺼내자 전화가 끊겼다.

전화벨은 내가 받을 때까지 절대 멈추질 않을 기세였다. 참 저쪽도 어지간했다. 누가 또 죽기라도 했다는 말인가? 순간 형이 다시 떠올랐다. 혹 선녀 씨에 대한 그리움과 죄책감에 못 이겨 바다에 몸을 던진 건 아닐까. 생각이 거기까지 미치자 나는 이불 속에서 뛰쳐나와 전화를 받았다.

- 영호니? 아니면 수호? 나 기억하니? 어떻게 말해야 하나? 서울··· 아버지···

상대는 중년의 여자 목소리였다.

- 누구라구요?

내 목소리는 완전히 잠겨 있었다.

- 너희 아버지······

여자는 적당한 용어를 찾지 못하고 있는지 뒷말을 흐렸다. 너희 아버지라, 나는 기억을 더듬었다.

- 굳이 말하자면 내가 작은 어머니가 되겠구나.

작은 어머니라면 아버지의 결혼한 남동생의 처가 될 것이다. 그러나 아버지에게는 형제가 없었다. 그때 선녀 씨가 '금희네'라고 부르던 여자가 떠올랐다. 여자의 딸 이름이 아마 금희였을 것이다. 아버지의 두 번째 아내였다. 내가 알은 체를 하자 금희네가 전화한 이유를 설명했다. 아버지가 어제 갑자기 쓰러져 지금 임종을 앞두고 있단다. 잠이 달아났다.

- 햐, 거참 역시 우리 선녀 씨셔.

나는 쉰 목소리로 얼굴 한 번 제대로 본 적 없는 금희네에게 똘기를 부렸다. 취기가 마저 가시지 않은 모양이었다.

- 뭐라고? 영호야 무슨 말이니?

- 울 엄마가 아버지부터 잡아간다고 했어요.

실제로 선녀 씨는 틈만 나면 그렇게 말했다. 특히, 일이 잘 풀리지 않으면 내뱉는 단골 멘트였다. 선녀 씨가 보기에 자신의 인생이 그렇게 꼬인 것은 죄다 아버지 탓이었다. 고잽이와 헤어진 후로는 고잽이까지도 엮어서 데려간다고 했다.

- 그게 무슨 말이니?

- 아버지한테 한 맺히고 원 맺혀서 귀신 되면 꼭 잡아간다고 했다구요.

일부러 험악한 말만 골라서 내뱉었다.

- 그럼 형님이 돌아가셨다는 말이니?

- 예, 그렇게 됐어요.

형님이라는 말이 잘도 나온다 싶었다.

- 언제, 왜, 뭐 때문에?

금희네가 다급하게 물었다.

- 뭐 새삼 그런 것까지 알 필요가 있을까요?

- 미안하구나, 정말.

- 왜 뭐가 미안하죠?

- 한 번 더 뵙고 용서를 구하고 싶었는데……

금희네의 목소리에서 물기가 느껴졌다. 수더분하고 경우 있는 여자였다고 선녀 씨는 언젠가 금희네를 두고 말했다.

- 됐습니다. 그게 어디 그쪽 책임이겠어요? 다 김대식 씨 탓이죠.

김대식. 참으로 오랜만에 입에 올려보는 아버지의 이름이었다.

- 네 아버지 지금 인공호흡길 댄 상태야. 가끔 의식을 차릴 때마다 손가락으로 글을 써.

- 뭐라고요?

- 수호, 영호라고.

- 칫, 버린 자식들은 왜 찾으시나?

- 아니야, 이이는 늘 너희들 자랑 많이 했어.

- 지금은 아니라고 전해주세요. 큰놈은 뱃놈이 됐고 작은놈은 백수가 됐다구요.

뱃놈과 백수라, 말하고 나니 그 조합이 마음에 들었다. 나는 낄낄댔다.

- 이이는 그런 거 개의치 않을 거야. 너희들한테 늘 미안해했으니까……

형이야 그렇다 쳐도 나야 자기 아들이 아닌지도 모르는 판에, 나는 코웃음을 쳤다.

- 그런데 왜 전화를 했어요?

내가 생각해도 잔인한 질문이었다. 수화기 너머에서 침묵이 흘렀다. 아마 금희네는 내 말을 듣는 순간 머리가 하얗게 비어버렸는지도 몰랐다.

- 연락처가 시골집밖에 없었어. 의사가 마음의 준비를 하라고 …… 경황도 없고, 이이가 너희들을 자꾸 찾기도 하고……

겨우 할 말을 찾은 금희네가 두서없이 말했다. 목소리는 여전히 물기가 젖어 있었다. 아버지가 곧 저세상으로 간다는 말은 내 마음을 전혀 흔들지 못했다. 다행히, 아버지 노릇을 하지 못했더라도 자식 된 도리로 임종 정도는 지켜줘야 하는 게 아니니? 라는 식으로 금희네는 되묻지 않았다. 아버지는 병원에 검사를 받으러 갔다가 쓰러졌다고 했다. 순식간에 폐에 결핵균이 가득 차면서 피를 타고 온몸에 퍼졌단다. 평소 결핵을 앓은 적이 없었고 오히려 건강한 편이었다고 했다. 죽은 선녀 씨의 조화가 아니면 납득이 안 되는 일이었다. 잘된 노릇이었다. 선녀 씨 저승길 가는 데 외롭지는 않을테니.

- 와줄 수… 있니?

금희네가 조심스런 목소리로 물었다.

- ……

- 송파에 있는 경찰병원이란다.

죽어가면서 자식 찾으면 뭐하나, 생전에 잘했어야지, 내 입에서는 술주정처럼 되는대로 말이 튀어나왔다. 그러곤 전화를 끊었다. 일단은 눕고만 싶었다.

한 소년이 보였다. 6학년 무렵의 내 모습이었다. 나는 냇가 가운데에 자리한 너럭바위 위에 앉아 있었다. 책가방에서 어린이회장 임명장을 꺼내 한참 바라보았다. 그것을 접어 배로 만들었다. 그리고 냇물에 띄었다. 굵은 눈물이 하나 뚝 떨어졌다. 아까의 일이 머릿속을 떠다녔다. 어린이회장 당선이 확정되자 임명장을 받으러 나는 교감실로 불려갔다. 교감 선생은 내가 회장이 됐으니 부모님 중 한 분이 학부모회 대표를 맡아주어야 한다고 했다. 옆에 서 있는 담임선생을 쳐다보자 난처한 표정을 지으며 고개를 끄덕였다. 전혀 생각지도 못한 일이었다. 사람들은 선녀 씨를 학부모회 대표로 인정해 주지 않을 게 뻔했다. 회장 선거에 나가겠다는 의사를 밝혔을 때 당황해하던 담임선생의 표정이 언뜻 스쳐 지나갔다. 나는 선녀 씨의 의사를 물어본 다음 얘기해주겠다고 하고 교감실을 나왔다. 어차피 가능한 일은 아니었지만, 왠지 자존심은 지키고 싶었다. 선녀 씨는 학부모 회의는 물론이고 소풍이나 가을 운동회에도 찾아온 적이 없었다. 선녀 씨는 굿판 말고는 사람들 만나는 것을 극히 꺼렸다.

따듯한 햇살이 얼굴에 와 닿았다. 눈을 뜨자, 흰나비 여러 마리가 내 눈앞을 스쳐 지나갔다. 나비들이 날아가는 방향으로 시선을 돌렸다. 냇가 가장자리에 종이배가 밀려나 있었다. 그 위에서 나비들이 날개를 팔랑거렸다. 종이배가 움직였다. 이내 배는 나비들과 함께 떠내려갔다.

집에 돌아와 현관문을 열자, 선녀 씨의 신발이 눈에 띄었다. 선녀 씨가 일찍 돌아온 거였다. 안방 문을 열었다. 선녀 씨가 벽을 향한 채 누워 있다가 이쪽으로 몸을 돌렸다. 진호가 죽었을 때도 선녀 씨는 늘 저렇게 벽 쪽으로 누워 있곤 했다.

- 엄마, 무슨 일 있어?

내 목소리가 떨리고 있었다. 학교에서 있었던 일을 말할 상황이 아니었다.

- 영호 외할아버지가 쓰러지셨다구나.

선녀 씨가 자리에서 일어나며 말했다. 긴 머리를 둘둘 말아 비녀로 고정했다.

- 외할아버지?

나는 고개를 갸웃거렸다. 외할아버지라는 말이 낯설게 느껴졌다.

- 엄마의 아버지 말야.

그 전에 선녀 씨는 외할아버지는커녕 아버지에 대해서도 제대로 얘기해 준 적이 없었다. 물론 만난 적은 더더욱 없었다. 모두 선녀 씨를 버린 사람들이었다.

- 병원 중환자실에 계신다고 전화가 왔어. 의사 선생님이 마음의 준비를 하라고 했대.

선녀 씨의 눈동자가 흔들렸다.

- 나쁜 사람이잖아.

나는 따져 물었다. 외갓집은 선녀 씨가 '무당'이 되었다는 이유로 발도 들여놓지 못하게 했다. 선녀 씨는 바짝 다가앉으며 내 손을 잡았다.

- 그래도 엄마의 하나밖에 없는 아버지잖아. 기도를 드리고 찾아가면 나으실 거야.

나는 며칠 전 독서 대회를 위해 읽었던 바리데기 공주 설화가 떠올랐다. 아버지 병을 낳기 위해 먼 나라에서 생명수를 얻어오는 효심 깊은 딸의 이야기. 나중에 공주는 이 나라 샤먼들의 어머니가 되었다.

- 바이칼 호수라고 들어본 적이 있지? 시베리아 한가운데에 있는 세상에서 가장 오래되고, 가장 맑고, 가장 깊은 호수라고 해. 엄마 같은 사람을 연구하는 어떤 사람이 그러는데, 그곳은 우리나라 샤먼들의 고향이래. 아주 먼 옛날 이 나라를 세운 왕과 함께 떠나온 곳이기도 하대. 왜 엄마가 새벽마다 신당에 물을 떠서 올리는 거 봤지? 그리곤 가만히 앉아 기도를 올리잖아. 엄마는 그 청수가 그 호수와 연결되어 있다고 믿어.

내가 바리데기 얘기를 하자 선녀 씨가 반색을 하며 말했다. 동화책을 읽어주는 여선생님처럼 나긋나긋한 목소리였다. 가끔 선녀 씨는 고잽이와 면도칼 선생을 대할 때와는 전혀 딴판의 모습을 보여주곤 했다. 언젠가는 무당을 샤먼으로 부르라고도 했다. 무당이라는 말에서 오는 음습하고 괴이한 이미지가 싫었을 것이다. 나도 샤먼이라는 말이 좋았다. 샤~,하면 입속에서 싱그런 바람 소리가 나는 듯 했고, 먼, 하면 슈퍼맨, 배트맨, 원더우먼 같은 정의로운 용사의 이미지가 떠올랐다. 샤먼이 되지 않았다면 선녀 씨는 어떤 사람이 되어 있었을까, 나는 새삼 궁금해졌다. 공부와는 담을 쌓았다고 했지만, 가끔은 학교 선생님 못지않을 정도로 세련된 문장을 내뱉기도 했다. 선녀 씨 안의 수많은 신이나 다른 영혼의 모습일 수도 있지만 어쩌면 선녀 씨가 샤먼이 되면서 마음속 깊이 억누른 선녀 씨의 진짜 모습인지도 모르겠다는 생각이 들었다. 그날 밤, 나는 바이칼의 깊고 푸른 호수 속을 헤엄치는 꿈을 꾸었다. 영혼은 바람, 사랑은 밤의 빛, 정신은 굴러가는 바위, 이별은 저녁의 폭풍, 샤먼의 언어가 그 깊은 물 속까지 들려왔다.

다음날은 마침 토요일이었다. 선녀 씨는 시장에 나가 내 옷과 신발을 샀다. 오랜만에 미장원에 가서 쪽진 머리를 풀고 머리 손질을 했다. 그리곤 서울행 고속버스를 탔다. 외할아버지가 있다는 서울의 병원으로 가는 거였다.

- 외할아버지가 우릴 반겨할까?

내가 다소 들뜬 마음으로 물었다. 서울 가는 길은 언제나 설렜다.

- 글쎄, 의식이라도 돌아와 있다면 좋을 텐데……

선녀 씨가 창밖 풍경을 바라보며 말했다. 쓸쓸한 표정이었다. 아무리 딸이라고 하더라도, 또 아무리 죽어가는 순간이라 하더라도, 독실한 크리스찬에게 샤먼은 어디까지나 사탄의 추종자에 불과할 것이다. 얼마까지만 해도, 선녀 씨 몰래 열심히 교회에 다녀봤기에 잘 알고 있는 사실이었다.

- 걱정 마. 엄마한테는 생명수가 있잖아.

나는 바리데기를 떠올리며 선녀 씨 손을 꼭 잡았다. 선녀 씨가 미소를 지었다. 그러곤 작은 목소리로 흥얼흥얼 노래를 부르기 시작했다. 굿을 할 때 부르는 바리데기 무가 중 한 구절이라고 했다. 선녀 씨는 아픈 아버지를 살릴 수 있는 노래라고 했다.

아버지요 뼈 생겨나소. 아버지요 살 생겨나소.
아버지요 힘줄 생기고 아버지요 일신이 생기소.
이리 씨 담구 저리 씨 담고
아버지 온 일신이 생겨나는구나.

나는 선녀 씨의 노래가 마법의 주문처럼 느껴졌다. 어쩐지 외할아버지가 병상에서 벌떡 일어날 것만 같았다. 창밖으로 푸른 동해바다가 펼쳐져 있었다. 생명수로 가득한 곳, 바이칼이라는 호수도 저렇게 맑고 푸른 곳일까, 나는 그런 생각을 한 것 같았다.

비몽사몽간에 옛 이야기가 동화책의 한 장면처럼 지나갔다. 의식과 무의식의 경계에서 마구 헤엄치고 있는 듯 했다. 처음 아버지를 만났던 장면도 떠올랐다. 대학 신입생 시절, 아버지가 학교로 찾아온 적이 있었다. 학생 식당에서 점심을 먹고 있을 때 학과 조교로부터 아버지가 나를 찾는다는 전화가 걸려왔다. 아버지 얼굴은 사진으로만 접했을 뿐 실제로 본 기억은 없었다. 나는 좀 야릇한 기분이었다. 아버지, 아버지, 아버지, 오랫동안 풀지 못한 숙제를 접한 듯 아버지라는 단어를 음미해보았다. 내게도 '실제'로서의 아버지가 존재한다는 사실이 믿어지지 않았다. 그간 경찰로서의 아버지는 내게 환상에 더 가까운 존재였다. 나는 남은 밥을 몽땅 잔반통에 내버리고 과사무실로 달려갔다. 조교는 아버지가 있는 곳을 가르쳐 주었다. 아버지는 교내의 한 카페에서 나를 기다리고 있었다.

- 영호 맞구나!

웬 대머리 노인이 다가와 말했다. 아버지였다. 두 사람은 울거나 껴안거나 그러지는 않았다. 오히려 나는 이 앞의 노인이 나와 하등 상관이 없는 사람은 아닌지 의심이 들었다. 사진 속의, 경찰복을 말쑥하게 차려 입은 늠름했던 젊은 아버지는 그 어디에도 없었다. 신산한 삶을 증거하듯 잔뜩 주름진 얼굴과 구부정한 어깨, 낡은 양복만이 내 눈에 들어올 뿐이었다. 어려서부터 인물이 좋아 여자들이 많이 따랐다는 마을 사람들의 말도 믿을 수가 없었다. 혹 이 사람은 아버지가 아니라, 인민군으로 끌려갔다던 할아버지가 아닐까라는 생각마저 들었다. 내 친아버지가 김씨가 아니라 이씨라고 했던 선녀 씨의 말이 떠올랐다. 막상 아버지를 앞에 두고 보니, 어쩌면 선녀 씨의 말이 사실인지도 모른다는 생각이 들었다. 당장 노인을 앞세워 유전자 감식을 받으러 병원에 가고 싶었다.

- 내가 요렇게 쪼그라들어서 그렇지, 젊었을 때는 너처럼 체격이 아주 좋았단다.

나의 의심스런 눈길을 느꼈는지 아버지는 우리가 틀림없는 부자 사이임을 강조하고 싶어 하는 것 같았다. 체격이 좋은 게 아니라, 저는 근육하나 없는 물렁살이거든요? 라고 아버지의 말에 어깃장을 놓고 싶었지만 첫 만남이라 참았다.

- 이건 부자간이라서 하는 말인데, 아마 거시기가 단단해지면 왼쪽으로 기울어질 거다.

내 반응이 시큰둥 하자 아버지가 이어서 말했다. 갑자기 사레가 걸렸다. 마시던 커피가 아버지 앞섶까지 날아갔다. 사람들 시선이 일제히 이쪽으로 향했다. 얼굴이 화끈해졌다. 아버지는 괜찮다며 티슈로 커피를 닦아냈다. 와이셔츠에 묻은 커피 자국이 아버지를 더 후줄근하게 만들었다. 차라리 어느 단편소설의 주인공 아버지처럼 발가락이 닮았다고 할 것이지. 발가락도 거시기처럼 그 자리에서 확인하기에는 곤란하기는 했겠지만. 내가 황당한 표정을 짓자 아버지는 분위기가 가라앉아서 웃자고 한 말이라고 수습했다. 이분도 똘기가 있는 거로 봐서는 내 아버지가 맞기는 한 것 같았다.

경찰 노릇은 진즉에 그만두었고, 요즘은 재개발 사업 조합장으로 일하고 있다고 말했다. 경찰 서장 쯤 되어 있으리라는 나의 기대는 물거품이 되었다. 철거민에게 습격을 당했다며 손바닥을 보여주었다. 칼자국이 선명했다. 완공되고 나서는 소음 문제 때문에 허가가 떨어지지 않았는데 잘 해결되었단다. 그래서 꽤 괜찮은 보수와 뒷돈을 챙겼단다. 부자가 처음 만나는 자리치곤 시시한 얘기였다.

- 난 너도 서울대에 들어갈 줄 알았다. 내 기억에 너도 수호만큼이나 똑똑했거든.

전 당신이 적어도 경찰 서장 쯤 되어 있을 줄 알았답니다, 라고 말하고 싶은 마음을 간신히 참았다. 그는 내가 서울대에 갈 거라고 확신했던 계기가 있었다고 했다. 식구들과 중국집에 갔다가 계산을 하려는데, 미취학 아동인 내 입에서 지불해야 할 금액이 술술 나오더라는 것이다. 고속버스 안에서 멀미가 났는데 도착할 때까지 기를 쓰며 참았다는 이야기도 했다. 아버지에겐 그 두 장면이 내 머리가 좋고 인내심이 강하다는 것을 보여주는 증거라고 우겼다. 순전히 자식에 대한 기대감으로 과잉된, 자신만의 억측에 불과하다는 것을 당신은 알지 못하는 듯 했다. 그래도 스무 살 무렵 들었던 그 말은 마냥 흔들리고 있던 내 삶을 붙들어 주곤 했다. 그래, 난 머리가 좋고 인내심도 있는 놈이야, 라는 식으로 일탈의 기미가 있을 때마다 나를 다독였으니까.

아버지는 선녀 씨 얘기와 관련해서는 단 한마디도 꺼내지 않았다. 그게 아버지에게 얼마나 불리한 것인지 잘 알고 있을 터였다. 나는 나도 모르게 하품이 나오는 걸, 그냥 내버려 두었다. 내가 의자에 몸을 비비며 딴청을 부리자 아버지도 눈치를 챘다. 내 앞에 십만 원짜리 수표 석 장을 내어놓고 자리에서 일어났다. 그 후로도 아버지는 가끔 내게 연락을 해왔는데 그간 끊어진 부자간의 정을 잇기에는 역부족이었다. 연락이 뜸해지더니 입대 후부터는 아예 끊겼다.

선녀 씨의 아버지와 나의 아버지, 그 둘 사이에 어떤 접점이 있길래 두 장면이 연이어 생각이 났을까. 자식을 버린 아버지? 하지만 죽음을 앞두고 자식을 찾는 아버지? 어쨌든 자식이 손해를 봐야 하는 결말? 정신이 점점 또렷해지고 있었다. 나도 모르게 눈이 떠졌다. 여전히 칠흑 같은 어둠이었다. 육체도 없고 사물도 없는 공간에 정신만 붕붕 떠다니는 것 같았다. 휴대전화를 켜 시계를 보니, 마을 첫 버스가 올 시간이었다.

서울 고속버스 터미널에 당도했을 때 1시를 앞두고 있었다. 아비 임종은 지켜봐야 할 거 아니냐는 듯, 고속버스는 최선을 다해 달려주었다. 버스가 백두대간의 한 허리를 뚫고 지날 즈음, 밤새 뒤척인 탓인지 까무러치듯 잠이 들었다. 잠이 깨었을 때는 어느덧 서울 한복판에 와 있었다. 거의 한 달 보름만의 상경이었다. 반나절도 안 돼, 숲으로 둘러싸인 촌동네에서 고층 빌딩이 즐비한 대도시로 이동한 것이다. 오랜만에 문명사회에 접어든 듯한 기분이었다.

- 혹시 영호 아니니?

등 뒤에서 약간 떨리는 듯한 음성이 들려왔다. 경찰병원 중환자실 앞에 도착했을 때였다. 고개를 돌리자 중년 여자가 손에 물병을 든 채 다가왔다. 처음 보는 얼굴이었다. 혹 이 여자가 아버지의 세컨드, 금희네인가? 나는 고개를 끄덕였다.

- 영호 맞구나! 어렸을 때하고 하나도 안 변했네, 그때도 아이답지 않게 덩치가 컸는데……

금희네가 맞았다. 서로 대면한 적이 있던 모양이었다. 그러나 내게 금희네에 대한 기억은 남아있지 않았다. 예상과 달리 인자하고 교양 있어 보였다. 그러고 보니 선녀 씨는 아버지에게는 온갖 악담을 퍼부었지만, 금희네에게는 한마디 원망이 없었다. 불쌍한 여자라고, 유부남인 줄도 모르고 처녀로 시집을 갔다고 오히려 동정했다.

- 상중이라 경황이 없을 텐데, 이리 와 줘서 정말 고맙구나, 아

빠도 얼마나 좋아하시겠니?

금희네는 내 팔을 쓸어내리며 말했다.

- 오늘 새벽에는 정말 위험했는데, 지금은 다행히 안정을 되찾았어.

나는 선녀 씨가 있던 중환자실이 떠올라 진저리를 쳤다. 삐~ 하는 기계음과 전기충격 강도를 높이라는 의사의 발작적인 목소리, 발을 동동거리며 울음소리조차 낼 수 없었던 상황. 아버지도 그런 시기가 지나갔으리라.

- 이제 들어갈 시간인가 보다.

중환자실 문 위로 녹색등이 켜졌다. 금희네는 위생복을 가져와 내게 건넸다. 중환자실에 들어섰을 때, 포름알데히드와 피, 구린내와 지린내가 뒤섞인 냄새가 풍겨왔다. 다시는 맡고 싶지 않았던 죽음의 냄새였다. 아버지는 인공호흡기를 차고 각종 링거에 휘감긴 채 침대에 누워 있었다. 바싹 여윈 얼굴에 손과 발은 뼈만 남았다. 얼굴에는 죽음을 앞둔 사람 특유의 검푸른 기운이 돌았다. 삐뚤빼뚤 수호, 영호라고 쓰여 있는 종이가 눈에 띄었다. 의식이 돌아오면 손으로 우리 형제 이름을 쓴다는 금희네의 말이 떠올랐다. 무슨 조화였을까. 나는 왈칵 눈물을 쏟고 말았다. 선녀 씨 때문에 다 말라버렸다고 여겼던 눈물이 콸콸 쏟아져 나왔다.

- 아드님 되시는가요?

마침 병상에 나타난 의사가 말했다.

- 네, 맞아요, 선생님!

내가 머뭇거리자 금희네가 말했다.

- 어머님께 이미 말씀드렸지만 오늘이나 내일 넘기기가 힘들 겁니다. 마음의 준비를 하십시오.

의사가 금희네를 가리키며 말했다.

- 제 어머니 아녜요.

나는 눈가를 훔치며 말했다. 병상 주위가 싸늘해졌다. 굳이 할 말은 아니었다. 하지만 선녀 씨 간 지 얼마나 됐다고 금희네가 내 어머니가 될 수 있단 말인가? 나는 애써 태연한 척을 했다. 의사는 겸연쩍은 표정을 짓더니 이내 옆 병상으로 옮겨갔다.

- 이만 봤으니 가야겠어요.

아버지 상태는 이미 영혼이 육체를 뜬 거였다.

- 영호야 부탁한다, 하루만 더 있어다오, 임종은 봐야하지 않니?

금희네가 내 팔을 잡았다.

- 아줌마네는 자식 없으세요?

금희네의 손을 내려놓으며 말했다. 진작부터 궁금하던 차였다. 금희라는 아이가 있다고 들었다. 지금은 성인이 되고도 남았을 나이였다.

- 없다.

짧은 대답이었다. 그 짧은 대답 속에 어떤 말 못 할 회한 같은 것이 녹아 있었다. 그녀도 아이를 잃은 듯 했다. 선녀 씨가 금희네를 동정했던 또 다른 이유인지도 몰랐다.

- 이건 염치가 없는 거잖아요, 처자식 내팽개쳐 놓고 따로 잘 살더니 임종은 지켜달라니요?

- 알지, 알아. 근데 네 아버지도 어쩔 수 없었단다. 나 때문에 잘 다니던 경찰도 그만두고 이것 저것 사업을 했는데 다 안 됐어. 그간 빚을 갚느라고 너희들을 생각할 여유가 없었을 거야. 생각해보면, 내가 죄인이야, 다 내 업보다. 나만 아니었으면 이이는 너희들에게로 돌아갔을 거야.

순간, 아주 희미한 기억이 떠올랐다. 이불을 뒤집어쓰고 밥상 위에 종이를 펼쳐놓고 뭔가를 쓰고 있는 아버지의 모습이었다. 경면주사로 부적을 베껴 쓰는 거였다. 바쁜 선녀 씨를 돕기 위해서였을 것이다. 어쨌든 선녀 씨를 괴롭히기만 했다는 아버지의 이미지와는 전혀 다른 모습이었다.

- 그 업보 이번에 치르시는 거라고 생각하시면 되잖아요.

내 목소리가 다소 가라앉아 있었다.

- 영호야, 그래도 이이를 나 혼자 떠나보내는 건 더 큰 업보를 짓는 것 같구나.

고개를 숙인 금희네의 눈에서 눈물이 뚝뚝 떨어졌다. 어디선가 심정지를 알리는 기계음이 들려왔다. 의사와 간호사들이 뛰어가고 바퀴 구르는 소리가 요란하게 들렸다. 얼마 안 가, 사람들의 울음소리가 들려왔다. 금희네의 간절한 눈빛을 차마 외면할 수 없었다.

이튿날 병원 로비 의자에서 잠을 깨었다. 옆에 검은 비닐봉지가 놓여 있었다. 금희네가 속옷과 양말, 면도기 따위를 사다 놓았다. 병원에 온 지 하루가 지났다. 아버지 심장은 여전히 뛰고 있는 듯했다. 이러다간 하루를 또 보내야 했다. 죽음과 사투를 벌이는 아버지에게는 안 된 말이지만, 어서 이 세상을 떠났으면 하는 마음뿐이었다. 선녀 씨 하나로도 나는 이미 충분히 지쳤다.

병원 로비에 앉아 있는 동안, 아버지요 뼈 생겨나소. 아버지요 살 생겨나소. 아버지요 힘줄 생기고 아버지요 일신이 생기소…… 머릿속에서는 의지와는 다르게 선녀 씨가 부르던 노래가 자꾸 떠다녔다. 자신을 버린 아버지를 위해 서천서역국에서 생명수를 구해다 바친 바리데기의 노래. 선녀 씨도 외할아버지를 위해 노래를 부르지 않았던가. 선녀 씨는 외할아버지의 손을 잡으며 폭포수 같은 눈물을 흘렸다. 그 눈물이 생명수였을지도 몰랐다. 외할아버지는 반짝 의식이 돌아왔다. 그는 선녀 씨 이름을 부르며 미안하다고 했다. 10분도 안 되는 시간이었지만 그 짧은 시간은 외할아버지와 선녀 씨에게 천만금의 가치가 있었을 것이다. 그렇게 부녀관계는 회복되었다. 비록 '하나님 세상'으로 가셨다고는 하나, 선녀 씨는 샤먼의 방식대로 외할아버지의 명복을 빌었다. 몇 년 후에 외할아버지를 따라 외할머니가 돌아가셨을 때도 선녀 씨는 똑같이 했다. 아버지도 죽기 전에 정신이 돌아온다면 아마도 내게 미안하다는 말은 할 것이다. 하지만 외할아버지와 선녀 씨가 그랬듯이 그렇게 쉽게 감동적으로 화해를 이룰지는 알 수 없었다.

그러고 보니, 어제 금희네에게 전화를 받은 후로 나는 줄곧 내가 해야 할 뭔가를 방기하고 있다는 생각에 사로잡혀 있었다. 잠에서 깨어나자 그것이 무엇인지 분명해졌다. 형에게 연락을 취하지 않은 거였다. 아버지의 적자, 법률상으로나 혈연적으로나 완전무결하게 아버지의 아들인 형 말이다. 그 당연한 것을 나는 잊고 있었고, 금희네도 채근하지 않았다. 형이 오지 않으리란 것을 잘 알고 있었으리라. 고교 시절부터 서울에서 유학 생활을 했지만, 형은 한 번도 아버지를 만나지 않았다. 아버지가 학교로 몇 번이나 찾아갔지만 형은 꿈쩍도 하지 않았다. 그런 사실을 금희네도 잘 알고 있었을 것이다. 나는 형의 회사에 전화를 걸어 아버지의 상황을 알렸다. 형은 휴대폰이 없었고 승선하는 배가 수시로 바뀌었기 때문에 직접 통화하기가 어려웠다. 전화를 받은 담당자는 선녀 씨의 장례식에 문상을 온 사람 중의 한 명이었다.

- 살다 보면, 불운이 겹쳐오기도 해요. 그 뒤엔 반드시 행운이 오기 마련이니까, 힘내세요.

정감이 묻어나오는 목소리였다. 형과 분명 가까운 사이인 듯싶었다. 낯선 이의 말이 큰 위로가 될 수 있다는 것을 처음 알았다. 어쩌면 형은 내가 생각했던 것보다 사회성이 꽤 괜찮은 사람이었는지도 몰랐다. 그의 목소리로 얼굴을 떠올려보려 했지만 허사였다. 하지만 내게 아버지의 죽음은 불운으로 느껴지지 않았다. 어차피 있으나 마나 한 사람이었는데 이 세상을 떠난들 상관은 없었다. 물론, 가정의 안정과 행복을 무엇보다 우선시하는 샤먼의 세계에서는 혈육이 연달아 죽어 나가는 것은 불운 중의 불운일 것이다. 선녀 씨도 분명 이 상황을 불운이라고 말했을 것이다. 불운이 겹치면 선녀 씨는 십중팔구 영적인 세계에 원인이 있다고 했다. 운명은 거스를 수 없지만 운수는 바꿀 수가 있다고 말하곤 했다. 운명을 거스를 수 있었다면 자신은 샤먼이 되지 않았을 거고-샤먼이라는 운명을 피하고 싶었다는 것이다-, 사람의 운수를 바꿀 수 있는 능력이 없었더라면 진즉에 '제자 노릇'을 그만두었을 거라는 아리송한 말을 내뱉었다-샤먼으로서의 자긍심이 아니었을까-. 하지만 죽고 사는 문제는 운수라기보다는 운명에 가까울 것이다. 내게는 부모의 연달은 죽음이 운수이지만 당사자들은 운명일 것이다. 운수와 운명이 부딪히는 경우 선녀 씨는 어떻게 설명을 해줄지 궁금했다.

저녁이 되고 자정이 가까워져도 아버지의 목숨은 붙어 있었다. 이러다가 정말 아버지가 벌떡 일어나는 것은 아닌지 불안해졌다. 아버지는 선녀 씨와 함께 저세상에 가야했다. 그게 아버지의 죄를 씻는 가장 아름다운 장면일 것이다. 물론, 그 전에 반짝 정신을 차려서 내게 참회를 하는, 짜릿한 순간이 있어야 했다. 그 순간을 위해서는 아버지가 죽을 때까지 병원을 지켜야 했다. 그러나 상황은 그리 녹녹치 않았다. 의사는 무슨 이유에서인지, 아버지가 더 나빠지지도, 더 나아지지도 않는 상태에 놓여 있다고 말했다. 하지만 이러다가 갑자기 숨을 거둘 수도 있고, 이러한 상태로 1년을 가는 경우도 있다고 덧붙였다. 태어나는 것도 힘들겠지만, 죽는 것도 그리 쉬운 일이 아닌 모양이었다.

이틀이 지나자, 금희네는 이제 내가 할 만큼 했으니 아버지도 여한은 없을 거라고 했다. 의식이 돌아올 리 만무하고 단지 숨넘어가는 것을 지켜보는 것이 무슨 의미가 있겠느냐는 생각이 들었단다. 혹 큰일이 생기면 그때 연락하겠다고 했다. 금희네는 차비에나 보태 쓰라고 봉투를 내밀었다. 몇 번을 사양한 끝에 받았다. 형은 역시나 연락이 없었다. 나는 바로 터미널로 가려다가 자취 집으로 향하는 지하철을 탔다. 새삼 마야가 그곳에 흔적을 남겼을지 모른다는 생각이 들었다. 마야는 예고 없이 집에 들르곤 했다. 도어락 비밀번호도 알고 있었다. 당장 달려가 문을 열면 침대에서 늘어지게 잠을 자고 있는 마야를 발견하지나 않을까 싶었다.

7

발소리를 죽이며 계단을 올랐다. 소리 나지 않게 가만히 자취방 문을 열었다. 주인집 할망구를 만나면 밀린 월세를 달라고 난리를 피울 것이다. 방에서 훈훈한 온기가 느껴졌다. 집을 비운 지 벌써 한 달 보름이나 지났다. 온기가 남아 있을 리 없었다. 보일러 계기판을 보자 18도로 고정되어 있었다. 보일러가 얼지 않도록 주인집 할망구가 설정해 놓은 듯했다. 그런데 이상한 건, 주방과 방안도 깨끗하게 청소되어 있었다. 선녀 씨가 쓰러졌다는 소식을 듣고 잔뜩 쌓여 있던 설거지도 내버려 둔 채 급히 귀향했던 터였다. 물기가 완전히 말라 있는 화장실도 반들반들했다. 여기저기 벗어놨던 옷들도 깔끔히 정리되어 있었다. 주인집 할망구가 해줬을 리는 없었다. 염주와 불경을 끼고 사는 노인네였지만 어미 잃었다는 세입자를 위해 자비를 베풀 만한 위인은 아니었다. 절에 돈만 갖다 바치면 극락 가는 줄 아는, 사이비 불자에 불과했다. 사흘에 한 번꼴로 할망구에게 전화가 왔다. 방세가 넉 달이나 밀렸기 때문에 되도록 받지는 않았다.

그때 퍼뜩 머리를 스쳐 지나가는 것이 있었다. 마야였다. 마야가 왔다 간 것이다. 나는 감격에 겨워 휴대폰을 꺼내 들었다. 그리고 마야의 단축 번호를 누르려다가 말았다. 내 휴대폰에 저장된 마야의 번호는 수신 거부 상태였다.

- 학생, 문 좀 열어.

주인집 할망구 목소리였다. 그녀는 졸업한 지도 3년이나 된 나를 여전히 학생이라고 불렀다. 하여튼 간에 끝내 들키고 만 것이다. 할망구는 내가 온 것을 귀신같이 알고 올라왔다. 늙으면 쓸데없는 데에 귀가 밝아진다고 하더니만 할망구가 딱 그 케이스였다.

- 동네 절에 마실 좀 갔다 오다가 학생이 앞에 보이지 않어? 넓고 두툼한 등판이 꼭 학생 같더라구. 뭔 걸음이 그리 빠른지.

문을 열자, 할망구는 숨을 내쉬며 말했다.

- 월세 때문에 그러시죠? 조금만 기다려주세요. 요즘 하도 경황이 없어서……

- 그려, 모친 아프더니만 지금은 어떠신가?

- 돌아가신 지 3주 정도 됐어요.

- 아이구 나무아미타불! 어째, 학생이 맘고생이 심했겠어.

진심으로 애도한다는 표정을 지었다. 괜히 할망구에게 품었던 악감정이 미안해졌다.

- 그러니까 할머니 조금만 말미를 주세요.

나는 최대한 불쌍한 표정을 지었다. 사실 요즘 나는 악마에게라도 동정받고 싶을 정도였다.

- 실은 방을 내놨어. 넉 달 밀린 방세는 보증금에서 제하기로 하고. 계약서에 두 달 이상 방세가 밀리면 주인 마음대로 처분한다는 내용이 있을 거야. 그래도 학생 사정이 딱하다길래 여태껏 봐 준거야. 집 보러 오는 사람 눈도 있구 해서 사람 사서 청소도 했어. 어때 깨끗하지?

그럼 마야가 아니었단 말인가? 할망구의 몰인정보다도 방을 청소한 사람이 마야가 아니었다는 사실이 더 허탈했다. 그냥 그 자리에 주저앉고 싶었다.

- 나도 방세 때문에 매번 신경 쓰기 싫고 하니까 학생이 나가줘야겠어. 이제부터는 전화를 잘 받아야 해. 방이 나가면 내 바로 전화할 테니까.

할망구가 팔짱을 끼며 말했다.

- 할머니, 조금만 제발 조금만 기다려주세요. 사실 우리 어머니는 보살이었어요. 왜 아시죠? 점치고 굿하는 보살요. 부처님과 다 한 식구였다구요. 그러니까 공덕 쌓는다고 생각하시구, 조금만 기다려 주세요.

나의 애원조의 말에 할망구의 눈동자가 동요하는 듯 보였다.

그럼 그렇지, 청상과부로 평생 부처님만 바라보며 살아온 분이지 않은가?

- 내가 이 사람 저 사람 다 봐주면 제 명에 못 살아, 학생 사정은 딱하지만 나도 먹고 살아야지. 고집부리지 말고 얼른 짐 쌀 준비를 해.

부처님이 휭, 하고 돌아서는 소리가 들렸다. 이대로 물러설 수 없었다.

- 지금 어머니 유산 상속 절차를 밟고 있어요. 조금만 기다리시면 밀린 월세는 물론이고 늘 말씀하셨던 보증금도 올려 드릴게요.

절박한 상황에서도 거짓말이 술술 잘 나왔다. 유산은커녕 지금 굿할 돈도 구하지 못하는 판이었다.

- 무당이 뭐 얼마나 남겼겠어. 나도 우리 5촌 당모인가 하는 사람이 무당이어서 잘 아는데, 무당은 저세상 가면서 아무것도 남기지 않아. 지가 번 돈은 다 쓰고 가지. 신의 돈은 진짜 돈이 아니여.

할망구가 눈을 가느다랗게 뜨고 말했지만, 낌새가 떠보는 듯한 말투였다.

- 우리 어머닌 큰무당이었어요. 인간문화재에다가 전국 안 가본 데가 없이 크게 불리던 만신이었구요. 이번에 돌아가시고 나서 군청에서 위로금도 나오고 그랬다니까요.

이왕 시작한 거짓말, 아주 신이 났다.

- 그런 모친을 둔 학생이 왜 이런 집에 살어? 게다가 넉 달이나 방세까지 밀리고.

할망구가 코웃음을 쳤다. 노인네 머리가 팽팽 돌아갔다. 역시 만만한 상대가 아니었다.

- 사실 제가 어머니와는 사이가 안 좋았어요. 무당 짓으로 번 돈은 절대 안 받는다고 했거든요. 할머니도 아시잖아요. 제가 휴학을 밥 먹듯이 하며 겨우 졸업한 거를요.

눈동자가 축축해지는 것을 느꼈다. 휴학이야 학사경고를 여러 번 맞아서 그런 것일 뿐 경제적인 것과는 전혀 관계가 없었다. 사실 이곳으로 이사 오기 전에는 이 집보다 몇 배는 넓고 좋은 빌라에서 살았다. 선녀 씨도 가끔 서울에 올라오곤 해서 일부러 고급 빌라를 전세로 계약했다. 강원도 동해 북부 지역의 샤먼들에게는 비수기와 성수기가 있었다. 성수기는 대개 농본기가 지난 음력 5~6월, 여름 장사가 끝나고 추석이 지난 음력 8~9월이었다. 정월달에도 반짝 성수기가 찾아왔다. 일 년 중 반 정도는 성수기였고 나머지가 비수기였다. 선녀 씨는 일이 없을 때는 서울에 올라와서 그 집에서 점을 봤다. 소문은 삽시간에 퍼져 거실엔 점 손님들로 가득했다. 늘 선녀 씨 오기를 손꼽아 기다리는 사람도 있었고 급하면 아예 고성으로 내려갔다. 샤먼은 정말이지 대단한 직업이었다. 방울과 엽전에 쌀 한 줌, 앉은상만 있으면 돈을 긁어모았다.

하지만 선녀 씨가 건강을 잃고 나서는 돈이 썰물처럼 빠져나갔다. 병원비와 생활비로도 돈이 나갔지만 대개는 사기를 당했다. 심신이 허약해진 선녀 씨에게 사기꾼들이 하이에나 같이 몰려들었다. 개중에는 같은 동관네도 있었다. 형이 어찌 어찌해서 겨우 경찰에 처넣은 한 사기꾼은 오히려 선녀 씨 앞에서 당당했다. 굿이니 점이니 하는 것이 다 사기야, 무당들이야말로 마음 약한 사람들을 등쳐먹는 진짜 사기꾼이야, 라며 큰소리까지 쳤다. 사기꾼에게 사기를 쳤으니 정당하다는 논리였다. 아마 경찰을 비롯해 이 세계 사람들에게는 그 사기꾼의 항변이 매우 설득력 있게 느껴졌을지도 몰랐다.

- 좋아 그럼 내가 언제까지 기다리면 되나?

할망구는 다행히 요물이 아니라 인간이었다. 돌아앉았던 부처님이 살짝 고개 정도는 돌려줄 것이다.

- 두 달요, 어머니 사십구재 마치고 서류 정리하면 딱 그즈음 될 거 같아요.

물론 될 가능성은 제로였다.

- 어디까지나 학생 사정이 하도 딱해서 봐주는 거야.

- 고맙습니다.

나는 돌아서는 할망구에게 꾸벅 머리를 숙였다.

- 아참 내 정신 좀 봐, 청소비 줘야지.

- 청소비요?

- 학생 방 청소하느라 사람 썼다고 했잖아.

역시 마지막 한 칼을 잊지 않는 노인네였다.

- 얼마 드리면 되는데요?

- 십만 원. 파출부는 무조건 일당으로 쳐줘야 해. 영수증 받아놨어.

이런, 부처님이 다시 돌아앉았다. 월세가 40만 원인 방이었다. 그런데 한두 시간도 걸리지 않는 청소에 십만 원이나 되는 일당을 달라는 것이다. 그것도 주인의 허락도 받지 않은 상황이었다. 하지만 나는 군소리 없이 주머니에서 봉투를 꺼내 할망구에게 건넸다. 아까 병원을 나설 때, 금희네가 준 돈이었다. 따지려 들다간 다시 방을 나가라고 닦달할 것 같았다. 이럴 때는 정말이지 젊은 사람이 참아야 했다.

네 친아버지 찾았다.

사형의 카톡이었다. 돌아오는 버스 안이었다. 이석을 말하는 것 같았다. 정확하게 말하면 친아버지가 아니라 친아버지일지도 모르는 사람이었다. 신당에서 발견한 박사학위논문을 사진으로 찍어서 보낸 참이었다. 사형 말에 의하면 그는 서울의 모 대학에 재직 중이었다. 민속학 분야에 있어서 꽤 이름을 알린 사람이라고도 했다.

찾아가 볼래?

사형의 메시지에 '됐습니다'라고 나는 답장을 보냈다. 오늘 내일 하는 김대식 씨 일로도 정신을 못 차릴 지경이라고 덧붙였다. 우는 시늉의 이모티콘이 답장으로 왔다. 카톡 창을 닫고 귀에 이어폰을 꽂았다. 양희은의 '한계령'이 흘러나왔다. 선녀 씨가 샤먼이 되기 전에 즐겨 듣던 대중가요 중 하나였다고 한다. 물론, 이석의 논문에 실린 인터뷰를 통해 안 내용이었다.

저 산은 내게 우지 마라 우지 마라 하고
발아래 젖은 계곡 첩첩산중
저 산은 내게 잊으라 잊어 버리라하고
내 가슴을 쓸어 내리네

한계령은 선녀 씨가 감응님, 그러니까 신령의 원력을 받는 곳이었다. 틈만 나면 나를 대동하고 가던 기도처였다. 나는 일부러 한계령을 경유하는 시외버스를 탔다. 길이 험하기는 했지만 설악의 풍경을 감상하며 내려올 수 있는 길이었다. 바깥 풍경은 오랜 가뭄으로 바짝 타들어 가 있었다. 나는 무심한 눈빛으로 차창밖을 보았다. 선녀 씨는 아버지와 이혼 도장을 찍은 날, 이 한계령을 거쳐 집으로 내려왔다고 했다. 오랫동안 소식이 없다가 갑자기 찾아와 이혼 도장을 찍어달라는 아버지의 뜻에 따라줬다는 것이다. 그때는 단풍 막바지였는데 한계령 고개를 넘으면서 창밖에 빗물이 그렇게 많이 흘러내렸단다. 눈 아래 젖은 가을 산을 바라보며 눈물을 흘렸을 선녀 씨의 모습이 그려진다. 우지 마라, 잊어버리라, 하며 실제로 산은 선녀 씨를 위로했을 것이다. 사실 선녀 씨에게 산은 그냥 산이 아니라 인격을 가진 존재였다. 이 길을 지나칠 때면 선녀 씨는 항상 한계령 산신님네, 하며 두 손을 합장했다.

선녀 씨는 한계령을 넘으면서 아버지와의 수많은 추억을 되새김질했을 것이다. 아버지가 매월 꼬박꼬박 경찰 로고가 선명히 찍힌 월급봉투를 가져다주었을 때, 첫 아이인 형을 업고 퇴근할 아버지를 위해 파란 대문이 있는 집에서 된장국을 끓이던 때가 가장 행복했단다. 그 말을 들었을 때, 선녀 씨에게도 평범한 주부의 삶이 있었다는 게 믿어지지 않았다. 그 평범한 삶을 무너뜨린 것이 한때 잠잠했던 신기였다.

샤먼이 될 당시 선녀 씨가 의지할 데라곤 남편밖에 없었다. 기독교 장로였던 선녀 씨의 아버지는 샤먼의 길을 걷겠다는 선녀 씨를 용납하지 않았다. 대대로 이어온 독실한 기독교 집안이라 선녀 씨를 사람대접해 주는 친척은 없었다. 처음에는 선녀 씨의 신기를 떼기 위해 갖은 노력을 다했다. 목사의 안수기도로도 선녀 씨의 신기를 뗄 수 없었다. 외할아버지 내외는 딸이 좋은 남자를 만나 사는 것이 신기를 누르는 방법이라고 생각했다. 열 살이

나 많기는 했지만 아버지를 사위로 맞아들였다. 직업도 경찰이라서 믿을 만하다고 여겼다. 하지만 아버지를 만나 선녀 씨의 삶은 더욱 헝클어졌다. 신기는 그야말로 괴물처럼 선녀 씨의 삶과 정신을 갉아먹었다. 그토록 거부하고자 했지만, 선녀 씨를 절대 놓아주지 않았다. 선녀 씨는 결국 샤먼의 길을 걷게 되었고, 마음의 평화를 얻은 대신 세상으로부터는 버려진 존재가 되었다.

그래도 선녀 씨는 영험 있는 샤먼이 되었다. 남 잘되라고 하도 빌어서 손바닥이 반질반질해졌다. 예순을 넘어서는, 큰무당에게만 붙는 만신 칭호를 얻었다. 선녀 씨의 몸주신은 힘이 아주 센 존재인 듯 싶었다. 선녀 씨가 내림굿을 받을 즈음, 아버지는 선녀 씨와 이제 세 살 된 형을 고향집에 내버려 두고 바람을 피고 있었다. 생활비도 받지 못한 채 근근이 버티던 선녀 씨에게 또다시 무병이 찾아왔다. 사지를 찢는 듯한 고통이 한 달여 계속되었다. 그러다 어느 날 꿈속에서 백발노인이 나타난 것이다. 자신의 제자가 되면, 병도 씻은 듯이 낫게 해주고 널리 불리는 '무당'이 되어 먹고 살 걱정 없이 자식새끼를 키워주겠노라고 제안을 했다. 선녀 씨는 자기를 버린 남편보다 차라리 저 노인을 택하는 게 낫겠다고 생각했다. 가진리 만신에게 내림굿을 받고 선녀 씨는 본격적으로 무업을 시작했다. 마을 사람들 말에 의하면 그 당시 이 작은 마을이 들썩일 정도로 손님들이 몰려들었다고 했다. 가깝게는 건넌 마을부터 멀게는 속초나 춘천 같은 먼 도회지에서도 손님들이 찾아왔다. 돈은 많이 벌었지만, 딱 먹고 살 정도였다고 했다. 아버지가 가끔 찾아와서는 선녀 씨가 번 돈을 뺏어갔기 때문이었다.

진호가 꼬마신 명두로 들어온 이후로 선녀 씨는 제2의 전성기를 맞았다. 그야말로 버는 족족 돈이 쌓였다. 한계령 시루봉 산신 밑에서 도를 닦았다는 진호의 영험은 대단했다. 한번은 춘천에 있는 유명 백화점을 개점 3년 만에 망하게 하기도 했다. 백화점 때문에 매출이 줄자 중소상인들이 선녀 씨를 찾아왔다. '뱅이'를 부탁해 온 것이다. 뱅이(흑주술)는 상대에게 저주를 내리는 샤먼의 독특한 방술인데 보통 사람한테는 소용이 없었다. 조강지처를 버린 남자나 사기꾼, 이간질 하는 사람들에게나 효험이 있었다.

- 쥐새끼 이마빡 만한 도시에 뭐 해쳐먹을 게 있다고!

선녀 씨는 즉시 응징에 나섰다. 준비물은 간단했다. 소금과 바늘이었다. 나도 선녀 씨를 따라 나섰다. 내가 맡은 일은 점원의 주의를 딴 곳으로 돌리는 거였다.

- 어서 오십시오, 손님.

점원 아가씨는 상냥한 표정과 말투로 우리를 맞았다. 처음 들어간 곳이 구두 매장이었다. 그런데 점원은 눈부시도록 아름다웠다. 이 아가씨가 우리 때문에 일터에서 쫓겨나야 한다니, 죄책감이 몰려들었다. 점원에게서 눈을 떼지 못하고 얼빠진 채 서 있자 선녀 씨가 내 옆구리를 찔렀다. 캐주얼한 것을 원한다고 하니, 점원은 나를 매장 한편으로 안내했다. 오른쪽 주머니에서 하얀 창호지 뭉치를 꺼내는 선녀 씨의 모습이 눈에 들어왔다. 왼쪽 주머니에는 소금을 오른쪽 주머니에는 바늘을 넣어 두었다. 화들짝 놀란 나는 점원이 볼 새라 안내한 방향으로 걸어갔다. 구두를 고르면서 선녀 씨 쪽을 힐끔힐끔 쳐다보았다. 입술이 위아래로 움직였다. 뭔가 주문을 외고 있으리라.

- 할머니께서 사 주려는가 봐요.

점원이 미소를 지으며 물었다. 할머니? 예순도 안 된 나이인데, 할머니라구요? 얼굴이 화끈거렸다. 나는 애매한 표정을 지으며 고개를 끄덕였다. 선녀 씨는 원래 나이보다 10년은 더 들어보였다. 옥비녀를 찔러 넣은 쪽진 머리 때문이었다. 선녀 씨는 그 헤어스타일을 몇 번 바꿔보고자 했다. 선녀 씨의 세컨드, 고잽이의 바람기 때문이었다. 선녀 씨도 샤먼이기 전에 여자긴 여자였다. 요즘 샤먼들은 죄다 파마를 해버려서 일반인들과 구분이 가지 않았다. 그런데 샤먼의 트레이드마크인 쪽진 머리를 자르겠다니. 선녀 씨가 미용실에 가서 머리를 싹둑 자르겠다는 말을 듣고 내가 펄쩍 뛰었다.

- 엄마 신통력은 그 머리에서 나온다고 했잖아.

삼손과 비슷하다고 보면 되었다. 선녀 씨의 머리 한 올 한 올에는 영험과 한이 서려 있었다. 신당 한편에는 창호지에 싸인 머리카락이 있었다. 언제 한 번 펴 보았는데 머리 타래 세 개가 똬리를 틀고 있었다. 크기나 모양이 딱 구렁이였다. 10년마다 한 번씩 자른 머리라고 했다. 제대로 된 샤먼들은 머리를 함부로 자르지 않을 뿐더러 혹 자르더라도 머리카락을 절대 버리지 않고 간직했다. 원래 무당의 포스는 쪽진 머리에서 나온다. 평소 선녀 씨 모습은 저래도 고운 한복을 입고 굿판에 서면 갓 강림한 선녀가 따로 없었다. 굿판에서는 왠지 훨씬 젊어 보이기까지 했다. 파마머리 무당은 한복과는 전혀 어울리지 않았다. 그런 선녀 씨가 머리를 자르고 파마를 한다는 것이다. 그것도 다름 아닌 바람둥이 고잽이 때문에. 하지만 선녀 씨는 얼마간 망설이다가 미용실 가는 것을 포기했다. 예순도 안 돼, 할머니 소리 듣는 것이 억울하기는 했겠지만 어쨌든 선녀 씨는 그때 샤먼의 자존심을 지켰다. 그리고 결국은 고잽이를 떠나보냈다. 병까지 얻은 선녀 씨는 그때부터 급속도로 쇠약해져 갔다. 쪽진 머리를 가지고 있긴 했지만 나름대로 꾸밀 줄 알았던 선녀 씨였지만 어느 순간부터는 화장마저 하지 않았다.

- 지금 보니 할머니가 너무 젊으시다. 어머닌 줄 알겠어요.

점원이 선녀 씨 쪽으로 시선을 돌리며 말했다. 저기요, 미안하지만 엄마 맞거든요, 라고 말하려다 말았다. 이 아름다운 여자를 무안하게 하고 싶지 않았다. 저쪽에서 선녀 씨는 여전히 입술을 꼼지락거리면서 서성거렸다. 그러곤 눈빛으로 그만하면 됐다는 사인을 보내왔다. 차마 그냥 나오지는 못하고 마침 점찍어 놨던 구두 한 켤레를 집어 들었다. 선녀 씨는 구두 하나 사 주지 못할 이유는 없다는 듯 고개를 끄덕였다. 몸빼 안 고쟁이에서 돈을 꺼냈다. 창피해 어디라도 숨고 싶은 심정이었다. 저러니까 할머니 취급을 받는 거였다.

점원이 우리 모자의 등 뒤에 대고 인사를 했다. 나는 고개를 돌리지 못하고 걸음을 재촉했다. 그 와중에도 선녀 씨의 손에서는 굵은 소금이 떨어져 내렸다. 그런 식으로 백화점 1층부터 꼭대기 층까지 돌았다. 나는 점원을 만날 때마다 물건을 샀다. 서너 벌의 옷과 속옷, 가방 등을 마구 사들였다. 웬일인지 선녀 씨는 군말 없이 내가 사는 물건값을 치렀다. 이런 일까지 아들을 동원한다는 것이 마음에 걸렸나 보았다.

하지만 그런 일은 내게는 익숙하고 또 가끔은 신나는 일이었다. 특히 차를 사고 나서는 선녀 씨를 자주 따라다녔다. 매년 음력 선달 한 달 동안, 선녀 씨는 시용자들의 집과 가게, 배를 돌았다. 묵은해의 액을 풀고 새해의 액을 막아준다는 명분에서였다. 내가 운전기사 노릇을 해주었다. 하루에도 서너 군데를 돌아다녔다. 고단하고 외로웠구나, 각성바지, 육성바지들아, 근심하지 마라, 걱정들 하지 마라, 다 막아 주고 다 돌봐 주마, 작은 휴대용 징을 두드리며 부르는 선녀 씨의 청아한 액막이 타령은 시용자들의 마음을 적잖이 위로했다. 나에게도 나쁘지 않은 일이었다.

선녀 씨의 비손에 흡족해진 시용자들은 기름값이나 하라고 내게 용돈을 집어주기도 했다. 백화점 뱅이에 따라나선 것도 적지 않은 소득이었다. 덕분에 태어나 처음으로 쇼핑 한번 제대로 해본 것이다. 백화점 망하게 하러 갔다가 오히려 매상을 올려준 셈이기는 했지만.

얼마 후, 중소 상인회 회장이 직접 찾아와 선녀 씨한테 돈다발을 내밀었다. 백화점이 철수한답니다, 이게 다 만신님 덕분입니다, 회장이 머리를 조아리며 말했다. 거봐, 우리 신장님네가 어떤 신장님인데, 선녀 씨는 거만한 표정을 지었다. 해마다 큰굿을 하겠는가, 말겠는가? 하고 선녀 씨는 잠시 뜸을 들이다가 말했다. 말투에는 하지 않으면 또 탈이 날 수 있다는 은근한 위협이 섞였다. 하고 말고요, 합니다, 만신님 말이라면 무조건 들어야지요, 라고 회장은 겁먹은 얼굴로 말했다.

그 이후로 선녀 씨는 매년 그 도시의 축제가 있을 때마다 동관네들을 불러 굿을 했다. 돈을 낸 상인의 상호가 적힌 종이가 굿청의 벽면마다 가득했다. 이 나라 샤먼도 먹고 살려면 대단한 사업 수완을 가져야 했다. 더구나 무려 열 장, 그러니까 1억짜리 굿이었다. 이것저것 제해도 그 굿에 참여한 모두가 두 계절은 버틸 수 있는 돈이었다. 샤먼들은 굿을 할 때는 패를 만들어 다녔는데 대부분 여자였다. 물론 남자도 있었지만 대개가 목소리가 가늘었고 남색이 많았다. 서로에 대한 호칭은 언니나 동생, 혹은 그 자식 이름을 대신 불렀다. 선녀 씨도 한때는 '진호'라고 불렸다. 가끔 돈과 남자 악사인 양중을 두고 으르렁 거리기는 했지만 코끼리 무리 같은 끈끈한 연대감은 잃지 않았다.

- 그렇게 돈을 바가지로 벌면서 왜 세금은 안 내?

나는 왠지 장난을 치고 싶어 선녀 씨에게 물은 적이 있었다.

- 왜 세금을 안 내나? 나라가 내야 할 세금을 우리 제자들이 대신 내고 있구만.

선녀 씨 말인즉슨, 이 나라의 진정한 주인은 산과 강과 나무 등에 스며들어 있는 신령들이기 때문에 샤먼은 그들에게 꼬박꼬박 세금을 내고 있다는 것이다. 조선이라는 나라가 망한 것도 다 제 나라 신령들을 홀대했기 때문이라고 했다. 그 말은 나를 묘하게 설득시켰다. 인터넷에 떠다니던 글이 생각났기 때문이다. 고려의 수도 개성에는 덕물산이라는 곳이 있는데, 고려가 망하고 난 뒤로 매년 그곳에서 팔도의 샤먼들이 모여서 굿을 했단다. 재미있는 것은 제물로 바치는 돼지 이름이 '성지육'이었다. 이성계의 '성계'가 '성지'로 바뀐 거란다 —선녀 씨도 제물을 두고 성지육이라는 말을 썼으니 꽤 신빙성 있는 글이었다—. 이 나라 샤먼들은 고려를 멸한 조선의 이성계에 깊은 원한을 품고 있음에 틀림이 없었다. 고려는 신령과 신명을 귀히 여기는 나라였으니까 말이다. 덕물산에서 그 은밀한 샤머니즘 페스티발이 열릴 때마다, 샤먼들은 이성계를 찌르고 조각내고 뜯어서 아구아구 씹어

댔을 것이다. 명분은 팔도산천의 신들을 불러 먹이려는 데에 있었다지만 한편으로는 조선에 대한 저주의 굿판이었을 것이다. 그런 행사가 왕조의 눈을 피해 500여 년이나 계속됐다니 입이 다물어지지 않았다. 이성계에 의해 억울한 죽음을 맞은, 고려의 영웅 최영 장군이 이 나라 샤먼들에게 몸주신으로 환영받는 것도 다 이유가 있는 거였다.

어쨌든, 선녀 씨는 가끔 기도발이 안 먹히면, 나를 대동하고 산에 올라 천지신명에게 제를 지냈다. 3년에 한 번씩은 선녀 씨가 모시는 신들을 위해 큰 돈을 들여 굿을 했다. 아마도 그를 두고 신령들에게 세금을 바친다고 말하는 듯했다. 눈에 보이는 세상이 전부인 줄 아는 사람은 눈에 보이는 정부에 세금을 내면 되고, 눈에 보이지 않는 세상을 보는 샤먼은 눈에 보이지 않는 세계의 존재들을 챙겨야 한다는 논리였다. 더구나 붉은 외뿔소가 산과 강을 마구 파헤치고 있는 요즘은 더 많은 세금을 내서 산천 신들의 노여움을 풀어줘야 한다는 것이다. 붉은 외뿔소는 아마도 포크레인을 말하는 듯했다. 나는 그 생태주의적 상상력에 또 한 번 감탄하지 않을 수 없었다. 그러니 내가 샤먼이 되겠다고 설치는 것도 무리는 아니었다.

– 이놈아, 저승에 빌어먹는 무당 팔자, 무슨 영화가 있다고!

샤먼이 되겠다는 말을 할 때마다, 선녀 씨는 내 등짝을 후려치며 그렇게 말했다.

하지만 선녀 씨가 샤먼이 되었다고 해서 자연인으로서의 삶이 멈춰진 것은 아니었다. 무엇보다도 선녀 씨에게도 '사랑'이라는 것이 왔을 가능성이 컸다. 아버지야 일종의 정략결혼으로 맞이한 남편이고, 고잽이는 무업의 편의상 만난 사람이었다. 내 생각에 선녀 씨의 유일무이한 사랑은 이석이었다. 물론, 몸주신이 질투했으니 떠나보낼 수밖에 없었을 것이다. 앞길을 막지 않기 위해 그를 자꾸만 자꾸만 밀어냈을 것이다. 샤먼으로서의 역할과 자연인으로서의 욕망 사이에서 남몰래 흔들렸을 선녀 씨를 생각하니 마음속 어딘가 아려왔다. 별안간 눈물이 쏟아져 내렸다. 선녀 씨의 영혼이 내게 덧씌워진 것 같았다. 눈물이 이렇게 뜨거울 수도 있다는 것을 요즘 깨닫게 되었다. 창에 빗물이 어린 것처럼 바깥 풍경이 일그러졌다. 제법 비 내리는 풍경 같았다. 어쩌면 선녀 씨가 아버지와 이혼 도장을 찍고 오던, 그날은 비가 내리지 않았을지도 모른다. 마구 흘러내리는 눈물이 바깥을 온통 젖게 만들었는지도. 아마 선녀 씨는 창밖을 바라보며 자신의 배를 조심스레 쓰다듬었는지 몰랐다. 선녀 씨 뱃속에는 생쥐만 한 내가 자라고 있었으니까.

아, 그러나 한 줄기 바람처럼 살다가고파
이 산 저 산 눈물 구름 몰고 다니는
떠도는 바람처럼

저 산은 내게 내려가라 내려가라 하네
지친 내 어깨를 떠미네

노래는 끊어질 듯 말 듯 계속되었다. 어쩌면 그때 선녀 씨는 저 산으로부터 이 노랫말을 실제로 들었는지 몰랐다.

8

- 살아 계실 때, 그렇게 원망하시더니 결국 데려가시려나 보다.

여진 누나가 커피를 내오며 말했다. 깨깐이 형과 반찬거리를 들고 들린 것이다. 오자마자 구석구석 청소를 하고 빨래도 했다. 성격도 야무졌지만 손은 더 야무졌다. 낡디낡은 집에 오랜만에 윤기가 났다. 나는 여진 누나에게 그간 있었던 일을 얘기해 주었다. 새벽에 금희네의 전화를 받았고, 아버지에게 다녀왔으며 형 회사에 전화를 했다는 이야기 등등.

- 명도는 어떻게 된 걸까?

사실 아버지 사건을 겪으면서도 내 마음 속에서 떠나지 않는 질문이었다. 말 그대로 귀신이 곡할 노릇이었다.

- 혹 누가 훔쳐갔다고 해도 결국은 주인한테 돌아갈 거야.

- 오구라도 치르고 사라졌으면 몰라도…

- 어차피 돌아가셨으니 더 이상 신엄마 것도 아니야. 네 것도

아니고.

- 그래도 엄마가 잘 간수하라고 했잖아.

- 그건 그렇긴 하다만…

여진 누나도 그 말 앞에서는 말문이 막히는 모양이었다. 선녀 씨 오구를 빨리 안 해줘서 진호가 장난이라도 치는 거라 믿고 싶었다.

- 그런데 굿 돈은 어디서 구하나?

내가 한숨 쉬듯 말했다.

- 아으으으, 어으으으어……

깨깐이 형이 뭐라뭐라 했다.

- 기다려 보래, 따로 돈이 어디서 생길 거래.

요즘 부쩍 '아는 소리'를 하는 깨깐이 형의 말이니 무시할 수도 없는 말이지만 도무지 돈 나올 데가 없었다.

- 할 수 없어. 집이라도 팔아야지.

터가 넓어서 돈이야 얼마간 나오겠지만 무당집을 누가 흔쾌히 사겠다고 하겠는가.

- 아으으으, 으어어어.

- 뭐라는데?

깨깐이 형이 얼굴을 찌푸리며 웅얼거리자 여진 누나에게 물었다.

- 절대로 집 건들지 말래. 시용 엄마가 다 가져간대.

- 엄마가 어떻게 집을 가져가?

- 글쎄다. 나도 무슨 뜻인지 모르겠네.

여진 누나의 말에 깨깐이 형도 고개를 흔들었다. 선녀 씨가 집을 애지중지한 건 사실이었다. 오죽했으면 아버지가 팔아먹은 이 집을 다시 샀을까. 언젠가 말하기를 금강산 영기를 받고 있는 집이기 때문이라고 했다. 선녀 씨는 마을 뒷산 너머의 신선봉이라는 봉우리가 금강산 제일봉이라고 했다. 금강산은 신선들이 사는 곳으로 영험하기 이를 데 없단다. 금강산은 북한에 있다고 반박했으나 선녀 씨는 고개를 저었다. 마을 뒤에 우람하게 솟은 산이 금강산 줄기가 시작되는 곳이라고 강변했다. 신령님들은 그렇게 여기고 있다고 덧붙였다. 자신이 '선녀'라는 이름을 받은 것도 다 금강산 신선인 몸주신의 뜻이라고 했다.

- 하여간 오구굿을 열면 누나가 맡아줘야 할 거 같아.

여진 누나는 잠시 생각에 잠기는 듯했다.

- 영호야 잘 생각해봐, 신엄마가 누구 굿을 받고 싶겠니?

- 누나 말고 누가 있겠어?

- 아니야, 굿 장모(굿을 주관하는 사람)는 신 아버지가 되어야 해.

여진 누나에게 신 아버지라면 선녀 씨의 세컨드, 고잽이였다. 고잽이는 선녀 씨 장례식에 코빼기도 비치지 않았다.

- 그 인간은 말도 꺼내지 마, 그 아저씨 때문에 엄마가 일찍 간 거야.

샤먼의 영광이 있었던 고대시절 같았으면 선녀 씨와 함께 산 채로 순장 당했을 위인이었다.

- 그렇기 때문에 더더욱 신 아버지한테 맡겨야 해. 이 세상의 문제를 해결하지 않으면 신엄마도 편히 저 세상에 가지 못해. 망자가 저승에 가지 못하고 자꾸 뒤돌아보고, 서성이면 그건 완전히 죽은 게 아니야. 완전히 죽지 못하면 산 사람들이 괴로워. 티끌만큼의 한도 미련도 남겨서는 안 돼.

고등학교를 중퇴했다지만 여진 누나의 말은 늘 정연했다. 듣기에는 전교 1~2등을 다퉜을 만큼 똑똑한 학생이었다고 했다. 무병이 누나의 삶을 완전히 바꿔놓기는 했지만. '완전한 죽음'이라는 말이 마음에 닿았다. 여진 누나의 말대로 굿은 어쩌면 죽음을 완성하는 의식인지 몰랐다. 오랜 항해를 마친 범선처럼 여기저기 성한 곳이 하나 없는 영혼, 오구는 그 영혼을 다시 온전한 형태로 되돌려 그 좁고 멀며 험하다는 저승길을 무사히 건너갈 수 있도록 하는 일일 것이다.

- 신 아버지, 요즘은 굿판에 통 나오질 않는다고 하더라.

- 그 인간은 엄마가 안 잡아가나?

죽으면 전서방, 후서방 할 것 없이 다 잡아가겠다고, 선녀 씨가 틈만 나면 하던 얘기였다.

- 어쨌든 이번 굿은 신 아버지에게 맡기는 게 좋을 것 같아. 신 아버지도 은근히 바라고 있을 거야. 네 형제들 눈치를 봐서 그렇지, 당장 자기 돈 들여서라도 오구를 할 분이야.

- 흥, 그 쪼잔한 인간이? 엄마와 함께 살면서도 차 기름값 하

나 대지 않던 위인이야. 어디 식당에 들러도 먼저 계산하는 걸 못 봤어.

- 그래도 신엄마 돈은 탐내지 않았잖아. 아주 나쁜 사람은 아니야. 인연이 안 되려니까 그런 거야. 신 아버지도 이왕 살려고 노력을 많이 했어. 그런데 신들이 서로를 밀어내는 거야. 신엄마와 신 아버지 몸주신 할아버지들 말야. 신 아버지는 진호가 사고난 것도 두 할아버지 다툼 때문이라고 말하곤 했어.

나도 그 얘기는 들은 적이 있었다. 신들이라는 게 사람과 다를 바 없어서, 서로 잘 지내다가도 질투하기도 하고 싸우기도 하고 사기를 치기도 했다. 고잽이가 모시는 몸주신은 선녀 씨의 그것에 비하면 신력이 그다지 큰 존재가 아니었다. 서열 관계가 분명해 탈이 없을 거라고 여기고 살림을 합친 거였다. 그런데 20년 만에 그 서열관계가 깨진 듯 했다. 신들의 일이니 이유는 알 수 없었다.

- 자기들 싸움에 왜 생사람을 데려가? 그것도 어린애를!

- 일부러 그랬겠니? 서로 나쁜 기운을 주고받다가 생긴 일이지.

- 아무튼, 지켜주지 못했잖아. 어떻게든 제자들 피만 빨아먹으려고 하지 제자가 어떤 고통을 겪든 상관을 안 해.

- 영호야, 못써! 그러다가 토구름 산다.

- 이 이상의 신벌이 어디 있어? 형제든 부모든 피붙이들을 다 잡아가잖아.

- 그건 신령님들 힘으로도 막을 수 없었을 거야. 우리 제자들이 섬기는 신령님들은 전지전능하지 않아. 그냥 달래줘야 하는 분들이야. 살았을 적, 한과 원이 깊어서 이 세상 떠나지 못하고 신령이 된 거구. 자신이 억울하다는 생각에 빠져서 선악 구분 같은 게 없어. 잘 달래고, 잘 먹이고, 잘 입혀주면서 그분들 기분을 풀어주면 이것저것 도움을 줘. 그냥 어린애라고 생각하면 돼. 부처님이나 예수님 같은 그런 고매한 존재들이 아니야.

여진 누나의 눈빛에 단호함이 묻어 있었다. 한때 누나는 선생님이 되고 싶었던, 꿈 많은 여학생이었었단다. 가끔 나는 여진 누나가 내 형수님이었으면 하는 상상을 했다. 여진 누나와 형은 우연찮게도 사주가 같았다. 한날한시에 태어난 것이다. 형이 1시간 정도 먼저 태어났기 때문에 '오빠'가 된 것이다. 의남매로 엮어지기는 했지만 두 사람이 함께 있으면 선남선녀가 따로 없었다. 여진 누나가 깨깐이 형과 결혼할 즈음 형은 가까스로 복학한 학교를 그만두었다. 둘은 밤늦게 만나기도 했는데 그때마다 형은 여진 누나에게 마구 고함을 지르곤 했다. 나는 그 모습을 보며 상상의 나래를 펼쳤다. 둘은 사랑하는 거였다. 하지만 여진 누나의 결혼 전력 때문에 두 사람의 사랑은 이루어질 수 없는 거였다. 더구나 여진 누나는 신의 제자였다.

고교생 때인가, 여진 누나의 굿을 본 적이 있었다. 남편이 바다에 빠져 죽은 지 3년 만에 하는 오구굿이었다. 그날 여진 누나는 초망자거리에서 남편의 넋을 감아오기 위해 직접 바다로 들어갔다. 익사를 방지하기 위해 허리에 묶는 소창도 마다했다. 터벅터벅 바다로 걸음을 옮겼다. 보통 허리까지 물이 차오르면 망자와의 접신이 이뤄져 물 밖으로 나오기 마련이었다. 그런데 여진 누나는 물이 허리춤을 지나 가슴 깨에 이를 때까지 나올 생각을 하지 않았다. 물이 목까지 잠기고 이내 머리마저 바닷속으로 사라졌다. 양중과 악바라지의 무악 반주가 온 마을을 울려댈 정도로 커져 갔다. 좀처럼 여진 누나는 나오지 않았다. 얼마나 지났을까, 고작 3분도 안 되었을 시간이 내게는 꽤나 길게만 느껴졌다. 조급해진 내가 여진 누나를 꺼내 달라고 외쳤다. 하지만 어른들은 꿈적도 하지 않았다.

- 괜찮다, 푹 실려서(접신되어) 나올 모양이다.

어느새 내 옆에 다가와 있던 선녀 씨가 말했다. 아니나 다를까, 여진 누나의 쪽진 머리가 보이기 시작했다. 눈을 뒤집어 까고 입에는 거품을 물었다. 몸은 부들부들 떨었다. 손에는 무언가가 들려있었다. 뱃사람들이 신는 검정색 장화였다. 사람들은 그 장화에 여진 누나의 남편 넋이 따라 올라왔다고 믿었다. 장구의 드렁갱이 장단에 맞춰 꽹과리와 징 소리가 더욱 거세어졌다. 굿청으로 돌아온 여진 누나는 제수 음식들을 걸신들린 듯 먹어치웠다. 밥과 국과 나물들을 입속에 마구 쳐넣었다. 돼지의 생고기 한쪽을 들어 우악스럽게 한입을 베어 물었다. 질겅질겅 씹어대다 뱉

어버리곤 한껏 막걸리를 들이켰다. 갑자기 푹 고꾸라졌다. 몸은 감전된 듯 부르르 떨렸다. 선녀 씨가 다가가 망자의 몫으로 끓어 놓은 바지저고리를 입혔다. 여진 누나가 다시 눈을 떴다. 자리에서 일어나 두 손바닥으로 자기 뺨을 마구 때렸다. 이년아, 이 무당년아, 니가 나를 죽였다, 니가 나를 죽였다. 여진 누나에게 실린 남편이 그렇게 외쳤다.

여진 누나는 남편과 아이가 죽은 이유가 자기 몸 속 깊숙이 자리 잡은 '온다리'라는 살 때문이라고 여겼다. 그래서 여진 누나는 깨깐이 형을 새 남편으로 선택했다. 온다리살은 깨깐이 형과 같은, 몸과 정신에 장애를 가진 사람은 피해간다고 했다. 그즈음 형과 여진 누나는 가슴 아픈 이별을 한 것이 틀림없었다. 이는 오로지 나만이 알고 있는 사실이었다. 제 아무리 신통력 있는 선녀 씨라 할지라도 저세상 갈 때까지 몰랐을 것이다. 형이 그렇게 서둘러 배를 타겠다고 서울로 올라간 것도 여진 누나 때문이라는 것을 나는 알고 있었다.

- 좋은 생각이 났어!

여진 누나가 막 일어나려는 참에 내가 말했다. 고잽이에게서 모자란 굿 돈을 받아내는 거였다. 그래 선녀 씨와 아이까지 낳고 20여 년을 같이 살았던 사람이었다. 이 인간도 아버지와 더불어 선녀 씨의 수명을 좀먹은 장본인 중 하나였다. 고잽이는 숱한 바람을 피우면서 선녀 씨 속을 태웠다. 그러다 마지막에 스무 살이

나 차이가 나는 어린 여자를 만난 거였다. 좀 모자란 여자이기는 했지만 얼마 안 돼 새 가정을 꾸렸다. 처음에 선녀 씨는 경찰을 대동하면서까지 두 사람을 떼어 놓으려고 온갖 방법을 썼다. 상대가 정신이 온전하지 못한 여자라 선녀 씨는 머리채를 잡고 속 시원히 싸워보지도 못했다. 그 여자가 애를 가졌다는 소식을 듣고 나서야 선녀 씨는 고잽이를 포기했다.

- 글쎄 가능할까?

여진 누나가 고개를 갸웃했다. 하지만 고잽이에게도 자기 젯값을 치를 기회가 있어야 했다. 위자료라고 생각해도 돈 천만 원은 껌값 축에도 끼지 못했다. 일부라도 받을 수 있으면 그것으로도 만족이었다. 죽은 자의 원과 한이 얼마나 무서운가를 고잽이도 샤먼이니 잘 알고 있을 터였다. 더구나 선녀 씨는 이번에 아주 진호를 데리고 간다고 했다. 고잽이는 선녀 씨뿐만 아니라 진호에게도 한과 원의 대상일지 몰랐다.

9

네 어머니의 마지막 시를 보기 위해서다.

사형이 메시지 하나를 보내왔다. 오구가 열리면 자신을 꼭 초대해달라고 덧붙였다. 오구가 선녀 씨의 마지막 시라는 표현은 마음에 들었다. 사형 말대로 시인의 피에는 샤먼의 피가 흐르고 있을지도. 어쩌면 두 존재는 상상력 과잉이라는 병을 앓고 있는지 몰랐다. 그 상상력이 만든 세계가 현실보다 더 그럴듯해서 그 세계의 강력한 지배 속에서 살아왔을 것이다. 하지만 그 세계야말로 자궁 속처럼 더할 나위 없이 아늑하고 편안했으리라. 시 한 편은 굿 한판일 수 있었다. 언어 너머, 현실 너머, 과학과 합리 너머 뭔가가 꿈틀대고 있다는 사실을 경험한 사람이라면 고개를 끄덕일 것이다. 어쩌면 우리 모두가 샤먼이었는지도 몰랐다. 문명이 시작되면서, 자연과 분리된 대가로 우리 인간은 샤먼의 능력을 하나둘 잃어왔다. 삶이 축복이 아니라 고통이 된 이유도 그 중의 하나일 것이다. 이 나라에서 점점 존재 의미를 잃어가는 시인 또한 샤먼과 마찬가지로 세상 가장 낮은 곳으로 향해야 할 때가 도래한 것인지도 몰랐다.

오랫동안 펼치지 않았던 시작 노트를 꺼냈다. 나름 '무허가 단상'이라는 이름까지 붙인 노트였다. 내가 시를 처음 쓴 것은 중학교 1학년 때였다. 학교 숙제 따위가 아니라 마음이 동해서 쓴 것 말이다. 아마 시심을 처음 발견한 건 마을 고물상에서였을 것이다. 초등학교 때부터 방과 후 대부분의 시간을 그 고물상에서 지냈다. 고물상을 내 아지트로 선택한 것은 일단 아이들 눈에 띄지 않았기 때문이다. 샤먼의 자식은 아이들의 눈에 띄면 위험했다. 그렇지 않아도 심심해 죽겠다는 표정을 짓고 다니는 그들이었다. 인터넷조차 잘되지 않는, 이 궁벽한 마을에는 이들의 지배와 파괴의 욕망을 해소시켜 줄만 한 장소가 없었다. 이를테면 체육관이나 영화관, 피씨방 같은 곳. 개구리나 쥐, 고양이를 잔인하게 죽이거나 기껏해야 샤먼의 자식을 놀림거리로 삼는 것이다. 언젠가 점 좀 봐달라며 알짱대던 비쩍 마른 놈과 한판 붙은 적이 있었는데 그 쬐끄만한 놈한테 나는 형편없이 두들겨 맞았다. 덩치만 컸지 완전 약골이라는 소문이 나면서부터 나는 그야말로 그들의 밥이 되었다. 그때부터 멀리 놈들이 보인다 싶으면 얼른 도망쳤다. 우리 형제는 웬만하면 집에서 나오질 않았다. 선녀 씨와 형 몰래 무구를 꺼내 굿 흉내를 내며 놀았다.

그러다가 발견한 곳이 바로 그 고물상이었다. 고물상은 우리 집에서 가까웠을 뿐만 아니라 애꾸눈인 고물상 주인이 무서워서 아이들은 얼씬도 하지 않았다. 선녀 씨는 가끔 큰 굿이 있을 때마다 애꾸눈 아저씨의 1톤 트럭을 이용했다. 한쪽 눈으로 운전을 해도 별문제는 없었다. 그 운임비가 쏠쏠해서 애꾸눈 아저씨는 선녀 씨에게 꽤 신세를 진다고 생각했다. 덕분에 우리 형제는 고물상을 마음껏 드나들 수 있었다. 고물상은 의외로 재미있는 것으로 가득했다. 갖가지 장난감에서부터 시작해서 한번 내리치면 맑은 소리가 터져 나오는 라디오, 몇 권이 빠져 있기는 했지만 아직도 깨끗한 원색세계백과 사전, 종류를 알 수 없이 수북이 쌓인 책들, 이젤, 자전거까지 없는 게 없었다. 수나라 양제와 당나라 태종을 무찌르는 고구려 장군들의 늠름한 모습이 그려진 만화 한국사를 몇 번이고 되풀이해서 읽었다. 군데군데 이가 빠진 오르간을 줄기차게 쳐댔다. 오래된 포르노 잡지도 종종 발견했다.

진호가 죽고 나서는 내가 보는 책의 종류가 점점 변해갔다. 그 책들은 글씨가 점점 작아지고 그림도 사라졌다. 그러던 어느 날, 운명적으로 작은 책 하나를 발견했다. 범우사 판 윤동주 시집이었다. 겉표지는 상당히 낡아 보였지만 시마다 컬러 사진을 곁들인 꽤 정성 들여 만든 책이었다. '하늘과 바람과 별과 시'라는 시집 이름이 내 안의 첫 시감을 자극했다. 그건 수음의 쾌감만큼이나 은밀하고 자극적이었다. 이해할 수 없는 시들이 대부분이었지만 신기하게도 시인의 마음이 고스란히 전해졌다. 그간은 1+1=2라고만 알고 있었지만 시의 세계에서는 1+1=0이 되기도 하고 1+1=3이 되기도 한다는 사실을 깨달았다. 이곳이 저곳을, 위가 아래를, 너가 나를 뜻할 수도 있었다. 행간의 침묵은 하늘만큼이나 무한했고 바닷속만큼 깊었다. 나중에 알았지만 그것은 샤먼의 세계와 맞닿아 있었다.

사실 시인과 샤먼은 이름만 다른 한 존재였다. 본질적이고 원초적인 것을 추구한다는 점에서, 찰라보다는 영원을 염두에 둔다는 점에서, 이 세계의 이면에 깃들어 있는 보이지 않는 어떤 삶의 원리와 의미를 보고 이해한다는 점에서 닮아 있었다. 보이는 세계와 보이지 않는 세계를 중재하는 방법도 일치했다. 접신 상태에서 샤먼이 말을 전하듯이 시인은 사물과 융화된 상태에서 그 침묵의 언어를 번역해냈다. 진짜 시는 '쓴' 시가 아니라 '쓰여진' 시였다. 시인도 샤먼과 마찬가지로 멸종 직전에 처해 있는 것은 마찬가지였다. 멸종의 원인이 이 세계의 무관심과 천대인 것도 비슷했다. 물론, 그들을 신비의 성채에 살고 있는, 감히 범접 못 할 높디높은 존재로 여기는 사람들이 간혹 있기는 했다. 그러나 그 수는 샤먼을 추앙하는 사람들만큼이나 적었다. 시인이든 샤먼이든 모두가 별에게 길을 묻던 시대에나 한자리하던 사람들이었다. 불행하게도 지금은 버려지고 누락되었지만 말이다. 어쩌면 이 세계에서 그들은 고물상의 고물과 같은 존재인지도 모른다. 그때 내가 고물상에서 시를 건져 올린 것은 샤먼의 피를 이어받은 나 같은 몽상가에게는 이미 정해진 운명이었다. 시와 고물, 이질적인 이미지가 만나 또 하나의 세계가 열렸으니 말이다.

소년일기

하루 종일 코다리를 두들겨 먹던 날이면
바람은 문풍지 사이로 더욱
투명한 울음소리를 냈다
굿하러 간 울 엄마
늘 가지고 다니던 네모난 여행 가방 속엔
내게 줄 사과와 귤과 배와
과즐과 약과가
가득했는데
내일, 아니 오늘 하룻밤만 자면
쪽진 머리 울 엄마
그 커다란 가방을 들고
직행버스를 타고 오리라
엄마, 화장을 지우고 벌어온 돈을 세고 있을 즘
나는 껍질도 벗기지 않은 채

과일을 우적 우적 씹으며
누런 이를 드러내 보이리라

시의 배경은 진호가 이 세상을 뜬 지 얼마 안 되었을 무렵이었을 것이다. 진호가 없어지고 형은 군대에 가고, 빈집에서 선녀 씨만 기다리며 보내던 날들이었다. 고교시절 썼다가, 대학교 때 퇴고한 작품이었는데 합평회에는 끝내 내지 않았다. 뭔가 화자가 징징대는 것 같아 스스로 화가 났던 것 같기도 했다.

마음은 다시 우울 모드로 바뀌어버렸다. 선녀 씨는 이제 돌아올 버스조차 없이 영 떠나버릴 것이다. 노트 뒷장에는 사진 한 장이 붙어 있었다. 한복차림의 원생들이 저마다 엄마 손을 잡고 찍은 진호의 유치원 졸업사진이었다. 산골을 행하면서 녀석의 사진을 죄다 태워버렸다. 녀석이 죽고 나서 한 달쯤 지났을 때, 유치원 교사가 미처 건네지 못한 것이라며 우편으로 보낸 사진이었다. 용케 그 사진이 남아 있던 거였다. 사진 속에서 진호는 혼자만 평상복을 입은 채로 차렷 자세로 서 있었다. 진호의 손을 잡고 있는 사람은 선녀 씨가 아니라 유치원 교사였다. 자기 자식 죽는 줄 모르고 선녀 씨는 어디에선가 남 잘되라고 빌어주고 망자 대신 울어주고 신령 대신 위로했을 것이다.

– 왜 제자를 데려가지 제자의 생때같은 자식새끼를 데려가요?

선녀 씨는 신당 앞에서 몇 날 며칠을 통곡했다. 난 선녀 씨가 곧 신당을 스스로 부수고 샤먼으로서의 삶을 정리할 줄 알았다. 그러나 선녀 씨의 원망은 오래가지 못했다. 그건 어쩌면 새로운 우두머리 사자에게 자신의 새끼를 바칠 수밖에 없는 암컷 사자의 심정일지도 몰랐다. 암컷 사자가 무리를 뜨지 않듯이 선녀 씨도 그 세계에 남았다. 처음엔 혹 진호 따라 저세상에 가버리는 것은 아닌가 해서 늘 선녀 씨 곁을 지켰다. 그러나 내 생각은 빗나갔다. 선녀 씨는 언제 그랬냐는 듯이 자리를 털고 일어났다. 화장을 하고 쪽을 틀어 비녀를 꽂았다. 머리에 포마드 오일을 바르고 잘 손질된 옷을 입었다. 그리고 큼직한 여행 가방을 들고 집을 나서는 것이다. 진호가 죽은 지 일주일 만이었다.

- 엄마 어디가?

내가 물었다.

- 굿하러.

선녀 씨의 대답은 평소와 다름없는 말투였다.

- 언제 와?

나도 평소와 다름없이 물었다.

- 내일.

- 과일이랑 약과 좀 얻어와.

- 집 잘 지키고 있으면.

선녀 씨는 양산을 펼치고 봄이 무르익는 아침 골목을 총총히 빠져나갔다. 나는 그 빈 골목을 바라보며, 선녀 씨가 신령을 원망한 것보다는 자신을 원망한 것이라는 생각이 들었다. 그토록 영험있다는 몸주신을 모시는 선녀 씨가 등잔 밑 어둠을 미처 살피지 못한 것이다. 아들이 죽을 것을 미리 알지 못한, 샤먼으로서의 회한 같은 것이 밀물처럼 밀려들었을 것이다. 그러나 그것을 썰물처럼 밀어내야 하는 것 또한 샤먼의 의무이기도 했다. 산허리가 잘려나간 것만 보아도 눈물부터 난다는 이 나라 샤먼들, 그들의 몸은 그들의 것이 아니라 우주의 것이었다. 자기 자신이 아니라 누군가 혹은 무언가를 위해 쓰여야 할 도구와도 같았다.

하지만 샤먼에게도 우주의 위로가 깃드는 법, 이듬해 겨울이었을 거다. 선녀 씨의 신당에서 나는 기이한 광경을 목격했다. 진호를 위해 올려놓은 신당 옆의 과자 선물세트 위에 하얀 나비 한 마리가 앉아 있는 거였다. 내가 다가가자 하늘하늘 날아서 신당의 명도 위에 가 앉았다. 그날은 설 며칠 뒤로 아직 매서운 추위가 가시지 않던 시기였다. 전혀 나비가 깨어날 때가 아니었다. 그날 저녁 일하고 다녀온 선녀 씨에게 나는 신이 나서 이 사실을 알렸다. 나비를 확인하자 선녀 씨는 들고 있던 가방을 내려놓고 촛불과 향을 피워 치성을 드렸다.

엄마, 엄마, 거울같이 밝게, 거울같이 맑게, 거울같이 보게.

선녀 씨의 말문을 통해 녀석은 그렇게 말했다. 꼬마신 명두가 되어 진호가 돌아왔다는 거다. 선녀 씨의 몸주신인 한계령 시루봉 산신 밑에서 도를 닦다가 이제야 선녀 씨 곁으로 돌아온 것이란다. 나는 형에게 이 사실을 이야기했다. 이 신비한 이야기라면 어쩌면 형 또한 선녀 씨의 세계를 조금은 이해해 줄지도 몰랐다.

- 인마, 신기하긴. 가을에 꽃을 피우는 개나리도 있어.

인간이건 식물이건 혹은 곤충이건 착각이 존재한다는 것이다. 높은 집안의 온도가 나비를 부화시킨 거란다. 그동안 번데기는 방 한쪽의 화분에 붙어 있었을 거라고 했다. 그 말은 내 어린 영혼에 비수가 되었다. 아마도 루이 암스트롱이 달 표면에 첫발을 내디뎠을 때 느꼈을 시인들의 절망감이 그에 비견될 것이다. 시인에게 있어 달은 동경하되 닿아서는 안 되는, 신비와 미지의 대상이었으니 말이다.

- 근데 왜 하필이면 진호의 과자 세트며 신당 주위를 날아다닌 거지?

마냥 이대로 당하고 있을 수는 없었다. 나는 모기처럼 기어 들어가는 목소리로 되물었다. 이대로 승복하다가는 진호를 영영 잃어버릴 것 같았다. 그런데 왠지 이번에도 헛 스윙으로 끝날 것 같은 예감이었다.

- 신당은 꽃밭처럼 화려하지. 게다가 과일이며 초콜릿, 사탕 등에서 나오는 단내가 나비에게 꽤나 향기로웠을 거야.

나는 그냥 울어버렸다. 설사 과학의 원리가 그렇다고 하더라도 세상을 설명하는 것은 그렇게 차가운 언어만 있는 게 아니라고, 상상력이라는 따뜻한 언어도 존재한다고, 내 안에서 외쳐댔지만 초등학교 5학년의 입에서 그런 말이 튀어나올 리 만무했다.

10

날마다 봄 날씨가 이어졌다. 해가 짱짱하고 공기가 따뜻했다. 12월을 넘겼는데도 이렇다 할 추위가 없었다. 이즈음이면 한두 번 눈이 내렸을 텐데 깜깜무소식이었다. 간단하게 세수를 하고 집을 나섰다. 선녀 씨 사십구재가 성큼성큼 다가오고 있었다. 오늘만큼은 고잽이를 찾아가 담판을 지어야 했다. 일단 선녀 씨를 죽게 만든 가장 큰 이유가 당신 때문이라며 위자료 조로 돈 1억을 요구하는 거다. 받아들이지 않으면 5천만 원, 그것도 안 되면 천만 원을 부르는 거다. 만약 아예 내놓지 않겠다고 생짜를 부린다면? 그렇다면 저 세계 문법으로 협박하는 것이다. 한 맺히고 원 맺힌 선녀 씨가 두렵지 않느냐, 라는 식으로. 생각만 해도 짜릿했다.

산과 들은 바싹 메말랐고 멀리 바다는 짙푸른 색을 띠었다. 빨간 모자를 쓴 산불감시 요원들이 짝을 지어 숲으로 들어가는 것이 보였다. 이 지역에서는 산불이 연례행사처럼 일어났다. 고교 시절에는 산불을 예방하거나 끄는 연습을 하는 것이 주요 비교과 활동 중의 하나였다. 다행히 우리 마을은 아직 이렇다 할 화를 입지는 않았다. 선녀 씨는 그게 다 신령님 도술 때문이라고 우겼다.

마을 어귀에는 누군가의 대학 합격 소식을 알리는 현수막이 걸려 있었다. 형이 합격했을 때도 현수막이 걸렸던가? 기억에 없었다. 형은 중학교를 졸업하자마자 서울에 있는 한 과학 고등학교로 진학했다. 과학고에 합격했다는 것도 이 지역에서 흔한 일이 아니었다. 그런데 사람들의 반응은 뜨뜻미지근했다. 일반 집에서 과고나 서울대 합격생이 나왔다면 지역 신문에도 나올 일이었다. 부러움이나 질시 같은 것과는 다른 문제였다. 무당집에 수재가 났다는 것은 노비의 집안에 아기 장수가 났다는 것만큼이나 불길한 일이었다. 부모 자식 간의 인연이 끊기거나, 둘 중의 하나가 죽어 나가거나 그런다는 것이다.

10년도 더 되었을 것이다. 선녀 씨와도 잘 알고 지내던 이웃 마을의 늙은 샤먼이 어느 날 갑자기 사라졌다. 신당이 있던 집은 포크레인으로 밀어버렸다. 판사가 된 아들 짓이었다. 판사라면 이 나라 신령들도 쩔쩔매는 존재였다. 판검사가 되면 의사와 마찬가지로 산바람(神氣)을 잠재울 수 있을 정도였다. 형 못지않게 수재였던 그는 판사가 되자마자 어느 재력가의 데릴사위가 되었다. 문제는 '무당'인 어머니였다. 자신이 '무당집' 자식이라고 처가에 차마 얘기할 수 없었던 모양이었다. 그는 자기가 직접 모실 거라며 서울로 어머니를 데리고 올라갔다. 그런데 소문에 의하면, 그 늙은 샤먼이 간 곳은 정신병원이었다. 샤먼은 신을 모시지 못하면 '신병'이 다시 도졌다. 병원에서는 그것을 '해리성 인격장애'라는 병명으로 진단했다. 아들은 자신의 어머니가 '무당'보다는 정신병 환자로 여겨지는 것이 그나마 나을 거라고 생각한 모양이었다.

선녀 씨는 자기가 자식 앞길을 막는 일이 생기면 아무도 모르는 산속 깊은 곳에 들어가 숨어 살겠다고 했지만, 일찍 세상을 떠나는 바람에 자식한테 험한 꼴을 당하는 일은 생기지 않았다. 하지만 더 살았다고 해도 모자 인연까지 끊기는 일은 없었을 것이다. 형은 일찍부터 출세를 포기한 사람이었다. 더구나 독신주의자였기에 처가댁에 잘 보이기 위해 선녀 씨를 배신하거나 하는 일은 없었을 것이다. 하지만 모르겠다. 형이 그렇게 떠도는 것이 '무당' 어머니 때문에 얻은 살 때문이었는지.

2차선 도로가 휑했다. 오늘따라 차조차 다니지 않았다. 멀리 사료 탑이 높이 솟은 학교가 보였다. 고등학교 시절을 보낸 학교였다. 학교생활은 그럭저럭 적응할 만했다. 학교 성적은 대충만 해도 상위권을 유지할 수 있었다. 내가 잘했다기보다는 아이들이 꼴통이었다. 덕분에 3년 내내 장학금이란 걸 받고 지냈다. 시내의 인문고에 실패하면 그 나머지가 오는 곳이 이 학교였다. 가끔 학교 농장에서 실습을 했지만 교사든 학생이든 수업에는 관심이 없었다. 돼지 부랄을 까는 실습을 하는 대신, 학교 옆 개천에서 개를 잡았다. 교사들이 개고기를 뜯으며 소주를 마시는 동안, 학생들은 다리 밑에서 패싸움을 했다. 나는 그들을 요리조리 피해 다니기는 했지만, 가끔은 내가 사차원이라는 사실을 모르는 선배에게 싸가지없는 놈이라고 두들겨 맞았다. 학년 초에는 학교 유리창이 모두 깨져나가는 소동이 있곤 했다. 일단의 학생들이 교실을 돌며 각목으로 유리창을 박살냈다. 새로 부임한 교사들을 길들이기 위한 그들만의 의식이었다.

수업이 끝나면 나는 주로 과채류 온실에서 지냈다. 그 낡은 유리 온실에서는 하루 종일 클래식 음악이 흘러나왔다. 농작물의 생육을 돕는 소위 그린 음악이었다. 담당 교사는 그 음악을 '음악 비료'라고 불렀다. 내가 보기에 학교 선생 중에 유일하게, 농업 입국이라는 학교 설립 목적에 부응하는 사람이었다. 하지만 그를 가까이 하는 사람은 거의 없었다. 농작물에 음악을 들려준다는 것 자체가 정신병자나 하는 짓이라고 수군덕거리기 일쑤였다. 하지만 나는 그 온실을 제집처럼 들락거렸다. 그 선생과 친해 보고 싶었지만, 곁을 주는 사람이 아니었다. 대신 그는 열쇠 하나를 따로 만들어 주면서 음악 비료 주는 임무를 맡겼다. 내겐 전혀 부담이 되는 일이 아니었다. 오히려 따분하기만 한 학교생

활에 재미가 붙었다. 방과 후엔 그곳에서 해질녘까지 지냈다.

담당 교사가 사비를 들여 설치한 음향시스템은 성능이 꽤 좋은 편이었다. 나는 교복 타이를 풀고 낡은 소파에 누워 음악을 들으며 시집을 읽었다. 가끔 식물들이 기꺼이 내준, 실하게 익은 오이와 토마토 등을 입에 물고 햇빛 쏟아지는 유리천장을 바라봤다. 과채류가 좋아한다는 바흐, 브람스, 모차르트의 음악이 주로 흘러나왔다. 비가 오는 날에는 터키행진곡으로 알려진 모차르트의 피아노 소나타가 제격이었다. 경쾌한 스타카토가 천장에 쏟아지는 빗방울과 잘 어울렸다. 음악 소리에 맞춰 액비液肥라도 줄 때면 식물들도 고개를 끄덕였다. 적어도 내게는 그렇게 보였다. 가끔 일진으로 알려진 선배가 여자친구를 데리고 왔다. 그들은 낡은 소파 위에서 사랑을 나눴다. 문 쪽으로 가서 망을 보라고 했지만 나를 특별히 의식하지는 않았다. 무성한 잎들 사이로 그들의 눈부시게 흰 몸뚱이가 힐끗힐끗 비쳤다.

고3, 9월 즈음 면접을 본 나는 일찌감치 농어촌 특별전형으로 합격 통보를 받았다. 예상외로 면접을 잘 보았다. 과채류 온실을 담당했던 경험을 솔직히 이야기했던 것이 당락을 결정한 모양이었다. 음악을 이해하는 식물들의 정신세계가 놀라웠다고, 그런 음악은 식물을 자라게 했지만 그 식물들은 나를 키운 것 같다고, 덕분에 농작물이 단순히 식 자원에 불과하다는 생각을 버리게 되었고, 모든 생명 있는 것들에 대해 경이를 품게 되었다고, 등등. 곰 같은 덩치를 가진 특고생의 입에서 그럴싸한 말들이 쏟아져 나왔다. 나를 귀여워한다는 글문 도사의 힘인지도 몰랐다. 마치 샤먼이 공수를 잡듯 말이 술술 나왔으니 말이다. 면접관들의 얼굴에 시종 잔잔한 미소가 떠올랐다. 한 노교수는 뒤돌아서려는 나에게 "강의실에서 만나세."라고 외쳤다. 비록 대학 시절 내내 그들의 기대에 부응하지는 못했지만, 나름 '먹고 대학생'으로서 그럭저럭 졸업 문턱은 넘을 수 있었다.

- 니 집, 업이 나간 거 아나?

버스 정류소 앞에서 누군가 대뜸 말을 건넸다. 술 냄새가 확 풍겼다. 목소리가 카랑카랑한 것이 면도칼 선생이었다. 예의 2대 8 가르마에 터질 것 같은 양복 차림이었다. 오늘도 대낮부터 취해 있었다.

- 업이요?

- 그래, 오늘 새벽에 개가 하도 짖어 대서 가봤더니, 니 집에서 흰 연기 같은 것이, 꼭 구렁이 같이 생긴 게 쓱 빠져나가는 걸 이 눈으로 똑똑히 봤지.

- 뭐 보일러 연기겠지요.

내가 시큰둥 하자, 선생의 얼굴이 더 붉어졌다.

- 내가 그것하고 헷갈리겠나?

신이 어중간하게 온 사주쟁이이긴 했지만, 무업 경력이 30년은 넘은 사람이니 선무당이라 할 수는 없는 사람이었다.

- 암튼 그런 게 나가면 안 좋은 거예요?

- 안 좋다마다. 성주가 나간 거여.

성주라면 집을 지키는 신이었다. 성주가 나갔다면 집은 이제 껍데기만 남은 것이다. 사람에게서 혼이 나가면 몸이 썩어 문드러지듯, 집에서 성주가 나가면 부서지고 무너질 일만 남은 것이다. 혹 성주는 여진 누나와 나눴던 얘기를 다 듣고 있었던 것이 아닐까? 집을 팔겠다는 내 말에 크게 상심한 것이 아닐까? 그래서 일찌감치 집을 버린 것일까?

- 성주가 나가면 사람이 살면 안 되는 벱이여, 얼른 집을 떠나.

평소의 면도칼 선생답지 않은, 면도칼처럼 날이 선 목소리였다. 그렇지 않아도 선녀 씨 오구를 지내 주면 바로 서울로 갈 예정이며, 집은 문중에 팔아넘길까 생각 중이라고 했다.

- 선녀가 굿을 받는다네, 아이구 선녀네야, 원통해서 어쩌나. 한창 불릴 나이에 굿을 받는다니 웬 말인가, 크헥. 헤헤엉……

좀 정상적인 사람으로 돌아왔나 싶었더니, 다시 술주정뱅이 면도칼 선생이 되어 있었다. 선녀 씨와 사업상 공생관계였으니 누구보다 애통해할 사람이었다. 선녀 씨는 손님들에게 면도칼 선생에게 날을 받으라 하고, 면도칼 선생은 치성은 '선녀네'한테 드리라고 했다. 딴엔 선녀 씨가 자기 애인이라고 떠벌리고 다녔지만, 마을 사람 누구도 그 말을 곧이 듣지 않았다. 선생이 허풍쟁이라는 사실을 동네 꼬마들도 다 알고 있는 사실이었다. 선생은 크헹, 하고 손으로 코를 풀었다. 손가락에 누런 콧물이 길게 늘어져 있었다. 나는 기겁을 하며 뒷걸음쳤다. 마침 동네 어귀로 버스가 들어서고 있었다.

- 나 돈도 없고 굿도 못한다.

고잽이는 고개를 천장으로 삐딱하게 돌리며 말했다. 멀찌감치 거실 한편에 앉아 있는 고잽이의 여자는 멍청해 보였다. 초점 잃은 눈빛으로 천장을 쳐다보며 애꿎은 자기 머리카락만 잡아 당겼다. 돈이 없다는 말은 거짓이 아닌 듯했다. 여진 누나에게서 집 주소를 알아냈지만, 구시가지에 위치해 있어 찾기가 어려웠다. 그러다가 낯익은 색깔의 레조 자동차가 눈에 띄었다. 요즘은 잘 볼 수 없는 녹색 색상을 가진 차였다. 선녀 씨가 고잽이에게 사준 차로 20년이 다 되어갔다. 그 차가 주차된 골목길에 고잽이의 집이 있었다. 오래된 집이라 실내로 들어갈 때는 고개를 숙여야만 했다. 고잽이의 얼굴에서는 삶의 고단함이 물씬 풍겼다. 거의 6~7년 만에 보는 얼굴이었다. 그간 뭔 고생을 했는지 머리가 하얗게 센 것이 30년은 늙어 보였다. 선녀 씨와 살았을 때는 돈 걱정 없이 편하게 잘 살더니 늘그막에 고생길이 훤해 보였다. 이런 작자에게 돈 천만 원이 있을 리 만무했다.

- 인간적으로다 돈을 빌려서라도 해줘야 하는 거 아녜요?

여진 누나 말마따나 고잽이도 천성은 나쁜 사람이 아니었다.

선녀 씨 재산을 탐내지도, 우리 형제들한테 아버지 대우를 원하지도 않았다. 우리 형제들에 대한 무관심이 배려가 된다는 사실을 잘 알고 있는 사람이었다. 단지 호색한이라는 게 문제였다. 사실 이 나라의 샤먼 사회에서는 사니라고 불리는 남무男巫가 귀한 편이다. 더구나 사니는 지모들이 그렇듯 대개 잘난 외모를 가지고 있었다. 고잽이에게 여자가 끊이지 않은 이유도 그 때문이었다. 그래서 한 명의 사니를 두고 수많은 지모들끼리 쟁탈전이 벌어졌다. 선녀 씨는 처음에는 승자의 입장이었는데 나이가 들수록 수세에 몰렸다.

선녀 씨는 고잽이에게 여자가 생기면, 나를 앞장 세워 여자 집으로 쳐들어갔다. 그런 날이면 나는 학교에 가지 않아도 됐다. 선녀 씨가 학교 담임한테 전화를 걸어주었기 때문이다. 나는 그냥 선녀 씨 뒤에서 소위 '후까시'만 잡고 있으면 되었다. 여자들은 힘 좋은 선녀 씨에게 당해내지도 못했지만, 저만치 서 있는, 덩치 큰 나를 보면 지레 겁부터 먹었다. 나는 내 순하게 생긴 얼굴을 가리기 위해 야구 모자를 쓰고 갔다. 보자마자 서로의 머리채부터 잡아끄는, 수컷 하나를 둘러싼 암컷들의 싸움에서 선녀 씨는 늘 승리했다. 건강할 적 얘기였다.

"적어도 이 엄마는 바람은 피지 않잖아?" 선녀 씨는 고잽이에게 집착하는 모습이 멋쩍었는지 내게 변명하듯 말하곤 했다. 열 명, 백 명도 좋으니 오직 선녀 씨만 바라보는 남자나 만나라고 나는 비꼬듯 말했다. "있었어, 그런 남자!" 선녀 씨는 그만 눈빛이 아득해지며 말했다. 이석이었을 것이다. 그 사람이라면 정말로 선녀 씨만을 사랑해 주었는지 몰랐다. 미래가 촉망받는 학자와 세상으로부터 외면받는 '무당', 총각과 유부녀라는 벽을 뛰어넘지는 못했지만.

- 내가 기초 수급자야. 나라에 빌어먹고 있는 신세라구. 누가 나한테 돈을 꿔주겠나, 엉?

할 말이 없었다. 이 인간도 나름 죗값을 받고 있는 거였다. 선녀 씨가 이 사실을 알면 '신벌'이라고 칭했을 것이다. 자기 제자를 배신한 죄, 자기 제자를 마음 아프게 한 죄에 대한 대가.

- 이봐, 그 디브이디 좀 가져와 봐.

고잽이가 말하자 여자는 깜작 놀란 표정을 지었다. 그 말뜻을 가만히 가늠하는 듯하더니 무릎걸음으로 거실장에 다가갔다. 그러곤 뭔가를 꺼내 가져왔다. DVD 케이스였다. 고잽이가 내게 넘겼다. 참 오랜만에 보는 물건이었다. 케이스 표지에는 모 방송국의 사회고발 프로그램 제목이 인쇄되어 있었다. 대개 정신적으로 문제 있거나 이상행동을 하는 사람들을 취재해 그 해결 방안까지 모색해 주는 내용이었다. 낡아빠진 DVD 플레이어를 틀자 의외로 화질이 선명했다. 예고편부터 나왔다. 한 어린아이가 성인 여자를 마구 때리는 장면이었다. 두 사람 다 얼굴에 안개 처리가 되어있었다. 화면 속의 여자는 아이에게 두 손을 비비며 울고 있었다.

- 매 맞고 있는 여자가 이 사람이고 때리는 놈은 내 아들놈이야. 내가 요즘 이러고 살아. 방송국 사람들이 애 제대로 키우려면 나보구 무당짓 그만두래.

자신도 어이가 없다는 듯, 고잽이는 담배 연기를 길게 내뿜으며 한숨을 쉬었다.

- 왜죠?

나는 더 볼 것도 없을 것 같아 리모컨으로 TV를 끄며 말했다.

- 니 한번 생각해 봐라. 에미도 정신이 온전치 못한데, 늙어빠진 애비라곤 장구 치며 굿이나 하고 다니니 애가 제대로 되겠나.

- 그건 아저씨 성격이 문제라 그렇죠. 울 형제는 별문제 없었잖아요.

말해놓고 보니 내 무덤을 파는 얘기였다. 고잽이는 얼씨구, 하며 자리를 고쳐 앉았다.

- 문제 없었다구? 웃마디는 잘 댕기던 의대를 집어치고 뱃놈이 되질 않나, 허구헌 날, 지 에미가 무당이라고 설움을 주지 않나? 아랫마디는 취직할 생각은 안 하고 병든 에미 등골이나 파먹었고. 니 에미 일찍 간 건, 내보다도 니들 때문이여.

- 낼 차 유리창 갈 생각이나 하세요.

- 이 뭔……, 여기서 차 유리창 얘기가 왜 나와?

- 아까 그 말씀 차 유리창 박살 내는 거로 없었던 걸로 할 테

니까.

- 나 참, 재 봐라, 웃음이 나와 말도 안 나오네. 니도 어렸을 때부터 예수쟁이 된다, 무당이 된다, 정신 오락가락 하더니만. 참, 해꼬지여, 신명들 탓이지, 제자 잘 되는 건 못 보는 서인들 조화여. 하여튼 간에 난 굿 못한다. 안 하는 것이 아니라 진짜 못하는 거여. 늙고 병든 몸, 서인들도 두말 않고 가버렸다.

고잽이는 피우던 담배를 재떨이에 비벼 껐다. 예수쟁이 된다는 것은 한때 내가 교회를 다녔다는 것을 말하는 것 같았다. 무당이 된다는 말은 시인이 곧 샤먼이라고 말하곤 했던 내 입버릇을 잘못 알아들은 탓이리라. 침묵이 흘렀다. 살아있을 때 선녀 씨는 이 고잽이의 '에시자 오시자' 가락이 아니면 신(巫感)이 제대로 오지 않는다고 했다.

- 사실, 엄마가 죽기 전에 남긴 말이 있어요.

- 뭔데?

고잽이는 거북이처럼 목을 비틀 듯 빼며 물었다.

- 죽으면 전서방 후서방 할 것 없이 다 잡아간다구요.

나는 뜸을 들이다가 음산한 목소리로 말했다. 드디어 마지막 칼을 내어 보였다. 단칼에 끝을 보리라.

- 본서방, 그러니까 제 아버지도 지금 저승 문턱을 왔다 갔다 한다는 사실은 알고 계시겠죠?

나는 회심의 미소를 지었다. 선녀 씨가 죽은 뒤 일주일 만에 아버지가 혼수상태에 빠졌다는 소식은 동관네들 입을 타고 순식간에 퍼졌다. 아마 고잽이도 그 사실을 익히 들어 알고 있을 터였다. 노인네, 사색이 되어 내게 '달러빚'을 내더라도 굿을 하겠다고 두 손으로 애원하리라.

- 그렇잖아도 생전 한 번도 안 보이던 진호가 꿈에 나타나기는 했다.

고잽이는 의외로 차분한 표정을 지으며 다시 담배에 불을 붙였다. 문득, 진호의 피묻은 옷을 부여잡고 통곡을 하던 그의 모습이 떠올랐다.

- 자기가 선녀네를 말렸다고, 나 데려가려는 걸 울며불며 말렸다고.

내가 빼든 칼은 한순간 아이스크림처럼 녹아내렸다. 그래, 이 인간한테는 진호가 있었다. 선녀 씨와 나에게는 원수 같은 사람이지만 진호에게는 명색이 아버지였다. 혈육은 참으로 무서운 것이었다. 고잽이는 진호에게 자신을 삼촌이라고 부르라 했던 위인이 아닌가. 고잽이한테 아버지라고 말 한마디 해보지 못하고 죽은 진호였다. 산 사람들은 먼저 저세상에 간 혈육들의 보호를 받으며 살아가고 있다는 선녀 씨의 말이 틀린 말이 아닌 듯싶었다. 고잽이는 진호의 보호를 받고 있는 거였다. 나는 더이상 할 말이 없어졌다.

- 아들자식이라고 맘 놓고 안아보지도 못했는데……, 내 마음

에 이렇게 한이 되는데 그 놈은 여여할까.

고잽이는 허공으로 시선을 던지며 말했다. 고잽이의 눈가에 살짝 물기가 비쳤다. 진호에게 고잽이를 삼촌이라고 부르라고 한 것은 신벌이 두려웠기 때문이었다. 원래 강신무 사이에는 아이가 생기지 않는 법이란다. 아이가 생기면 반드시 화를 입게 된다는 것이 이들의 믿음이었다. 이른바 신의 '도툼(갈등)'이었다.

- 엄마가 오구를 부탁하면서 진호도 아예 저세상으로 데리고 간다고 했어요.

고잽이의 눈동자가 흔들렸다.

- 엄마는 아저씨 장구가락 아니었으면 굿 못했잖아요.

고잽이의 어깨가 살짝 들썩였다. 사실 고잽이의 에시자 오시자 가락은 즉흥에 가까운 장단이었다. 세습무들처럼 제대로 배운 게 아니었다. 다만 망아忘我 상태에서 치는 장구가락은 꽤 들어 줄 만했다.

- 허긴 니 에미하고 굿판 한번 벌이면 여 강원도에서는 누구도 못 따라왔어.

고잽이는 회상하듯 눈을 가늘게 떴다. 흰 바지저고리를 입고 반쯤 감은 눈을 파르르 떨면서 장구채를 휘두르는 고잽이의 모습이 떠올랐다. 그때 쿵, 하고 문소리가 들려왔다. 여자가 아빠야, 하며 얼른 고잽이 뒤에 숨었다. 고개를 돌리자 아이가 하나 서 있었다. 얼굴에는 잔뜩 심술을 달고 있었지만 나를 본 아이는 어딘가 달아나고 싶은 표정을 지었다. 검은 눈동자는 새카만 머리카락만큼이나 윤기가 났다. 흰자위와 뚜렷한 경계를 이루며 총명한 기운을 발산했다. 아이는 들고 있던 장난감 총을 살며시 내려놓았다. 마치 낯선 타인의 처분을 기다리기라도 한다는 듯이.

- 진호야!

뜻밖에도 내 입에서는 진호라는 이름이 튀어나왔다. 말도 안 되는 소리였다. 진호는 죽은 지 15년이 다 되어 가지 않은가. 죽은 진호가 살아 돌아올 리 만무했다. 혹 지금 내가 헛것을 보고 있는 건가? 아님, 내가 드디어 영혼의 눈이 열려 죽은 자를 볼 수 있는 샤먼이 된 건가? 아이에게 다가갔다. 다가갈수록 그 아이는 진호가 맞았다. 희고 둥근 얼굴이며, 비쩍 마른 몸에, 그 또래보다는 유난히 작은 키가 그랬다.

- 진호야!

한 번 더 불러보았다. 아이는 가벼운 탄식을 흘리며 작게 입을 벌렸다. 심술궂은 표정은 사라지고 당황스러운 표정이 역력했다. 진호는 이 세상 사람이 아니라고 나의 머리는 내 행동을 통제하려 들었다. 그러나 마음과는 다르게 발걸음은 빨라지고 몸짓은 커졌다. 나는 어느새 감정의 격렬함 속으로 빠져들며 눈시울이 뜨거워졌다. 그런데 녀석은 영 반가운 기색이 없었다. 오히려 뒷걸음치며 경계하는 눈빛이 역력했다. 아이는 울음을 터뜨릴 듯, 고잽이 쪽을 쳐다봤다. 이대로 가다가는 금방이라도 아이가 도망갈 것 같아 나는 녀석을 덥석 끌어안았다. 뚜렷한 실재감이 품으로 전해졌다. 진호의 그것처럼 아이의 몸은 가냘프고 따뜻했다.

- 야가 아직도 진호를 못 잊었나 부네. 영호야, 이 아는 진호가 아니라 저 사람이랑 낳은 대복이다. 진호하고는 참 많이 닮긴 했지?

고잽이 목소리도 젖어 있었다. 나는 눈물을 훔치고 다시 아이를 보았다. 체격은 비슷했지만 진호라 하기에는 나이가 더 어려 보였다.

- 누구야?

아이 특유의 호기심 어린 표정이었다. 자기 엄마를 때리던 막돼먹은 아이의 모습은 어디에도 없었다.

- 니 형아다.

내가 고개를 돌려 고잽이를 노려보았다. 고잽이의 눈이 깊어져 있었다. 문득, 선녀 씨와 고잽이 사이가 좋았던 시절이 기억났다. 대학 신입생 시절, 고향에 내려와 시내를 거닐다가 우연히 둥당거리는 소리를 들었다. 한창 굿을 하고 있는 모양이었는데 얼핏 보니 고잽이 장단에 선녀 씨가 굿을 하고 있었다. 나는 마당 한 구석에 자리잡고 굿을 구경했다. 고잽이는 여느 때와는 다르게 주위 사람들에게 나를 아들로 소개했다. 이번에 서울에 있는 대학에 합격했다는 말을 자랑스레 떠벌리면서 말이다.

- 와? 나도 따지고 보면 니 애비 되는 사람이다. 니 에미와 거진 20년을 살 맞대고 살았으니 그 자격 된다.

어림없는 소리! 나는 문을 박차고 나와 버렸다.

- 돈 생길 거라. 좀 기다려 보라.

내 뒤에 대고 고잽이가 외쳤다.

11

동굴 같은 어두운 곳이었다. 꿈속이라는 것은 인식했지만 도무지 깨어날 수 없었다. 몇몇은 산 채로, 또 몇몇은 반쯤 썩어 있는 상태로 누워 있었다. 그때 누군가 내 어깨를 쳤다. 선녀 씨였다. 쾌자 차림에 족두리를 쓴 채, 두 손에 각각 방울과 칼을 들고 가슴에는 명도가 걸려 있었다. 명도는 온통 황금색으로 빛나고 있었다. 얘야, 슬퍼 말거라, 살아있는 혈육이 너무 울면 망자들이 저승길을 떠나지 못한다. 저승의 문턱을 넘지 못하고 썩어간단다. 나는 눈물을 훔치며 고개를 끄덕였다. 내 아들아, 천금 같고 만금 같은 내 아들아. 내게는 울지 말라면서 정작 자신은 울음을 그치지 않은 채 내 등을 토닥였다.

그때였다. 뭔가 와지끈, 하는 소리가 들려왔다. 꿈속에서조차 확연한 소리였다. 눈을 뜨자 여전히 뭔가가 조금씩 떨어지는 소리가 들렸다. 거실로 나가 불을 켰다. 소리는 신당 쪽에서 들려왔다. 신당 문을 여니 흙먼지가 뿜어져 나왔다. 천장 한쪽 모서리가 내려앉은 것이다. 천장 위에 있던 수십 년 묵은 것들-진흙과 먼지, 쥐똥, 정체 모를 동물의 바싹 마른 사체 등이 뒤섞인-이 경사면을 타고 쏟아져 내렸다. 다행히 선녀 씨의 영정은 무사해 보였다. 그러나 주저앉은 모서리의 무게 때문에 천장은 금방이라도 무너져 내릴 것처럼 위태롭게 보였다. 나는 마당에서 바지랑대를 가져와 주저앉은 천장 모서리를 들어 올려 받쳤다. 온몸이 흙먼지로 뒤덮였다. 선녀 씨의 영정과 신물 보자기를 들고 방을 나와 그대로 문을 닫았다. 부엌에서 대충 씻고 나오니 새벽 3시를 조금 넘기고 있었다.

건넌방으로 돌아와 자리에 누웠지만 정신은 말짱했다. 아까의 꿈이 생생하게 되살아났다. 보통 꿈은 깨어나자마자 그야말로 휘발되어 버리곤 했는데, 이번 꿈은 생각할수록 더욱 선명해졌다. 선녀 씨가 입은 옷이며 목소리, 약간의 향냄새가 섞인 선녀 씨의 체취까지 살아있을 때의 느낌 그대로였다. 선녀 씨는 아직 이 세상을 떠나지 못하고 있는 것이 분명했다. 산자가 너무 울면 망자가 저승 문을 못 열고 그 앞에서 썩어간다는 말이 가슴을 울렸다. 산자의 집착이 죽은 자의 길을 막을 수도 있는 것이다.

그런데 더 이해할 수 없는 건 그 꿈을 꾸고 난 뒤 신당의 천장이 무너진 것이다. 만약 선녀 씨가 살아 그 방에 있었다면 크게 다쳤을 것이다. 하지만 곰곰 생각해보니 그런 일은 일어나지 않았을 거라는 확신이 들었다. 집에게도 영혼이 있다면 그건 아마도 그 안에 살고 있는 사람일 것이다. 성주가 나갔다는 면도칼 선생의 말이 틀린 것이 아닌 듯 싶었다. 영혼이 떠나면 육신이 흩어지는 것처럼 집주인이 떠나니 집 또한 무너져 내리는 것이 아니었을까? 하긴, 백 년도 더 되었을 뿐만 아니라 덕지덕지 수리한 흔적들로 가득해 겨우 폐가를 면하고 있었다. 선녀 씨는 집과 집터를 늘 애지중지 했다. 그러곤 늘 말하곤 했다. 인간의 행복과 불행은 하늘의 높은 신들보다는 주로 집 혹은 집의 터에 살고 있는 신령들에게 달려있다고. 안방, 앞마당, 뒷마당, 부엌, 측간, 대들보와 기둥, 문턱 할 것 없이 온갖 신령들이 깃들어 있었다. 집 고사가 있는 날이면 집안 구석구석을 돌며 기도를 올리던 선녀 씨의 모습이 떠올랐다. 주인이 집을 떠나면 그런 보호 신령들도 함께 떠난다는 말도 덧붙였다. 하긴 이 나라의 샤먼들이 부르는 무가는 거의가 우주의 기원에서 시작하여 기둥이나 아궁이, 문 같은 삶의 공간과 관련된 신의 이야기로 끝을 맺는다. 집은 하나의 축소된 우주인 셈이었다. 한 사람이 죽으면 그것은 그야말로 하나의 우주가 사라지는 거였다. 깨깐이 형의 '아는 소리'도 문득 떠올랐다. 선녀 씨가 이 집도 가져간다는 말. 그 말은 어쩌면 이 무너져 가는 집을 두고 말하는 건지도 몰랐다.

– 오구는 언제든 형편 닿는 대로 하면 되니까 너무 애쓰지 않

아도 돼.

여진 누나가 말했다. 고잽이에게서 돈을 받기는 틀렸다는 말을 한 뒤였다. 고속 터미널로 향하는 차 안에서였다. 오전에 여진 누나가 집에 들를 즈음, '금희네'의 전화를 받았다. 아버지가 의식을 찾았다는 내용이었다. 어이가 없었다. 심한 배신감까지 느껴졌다. 금희네는 아버지를 한 번만 만나 달라고 애원했다. 이러다 영영 의식을 못 찾을 수 있다고도 했다. 휴대폰 번호를 가르쳐준 것이 후회되었다. 이럴 때 나는 형의 차가운 영혼을 가지고 싶었다. 매섭게 한마디로 '노'라고 말할 수 있는 영혼.

- 근데, 어제 나 희한한 꿈을 꿨어.

갑자기 간밤에 꾼 꿈 하나가 떠올랐다. 새벽녘 그 난리를 치르고 다시 잠든 사이에 꾼 꿈이었다. 진호가 나타났다. 생전 한 번도 내 꿈에 비치지 않았던 녀석이었다. 진호는 명도 속에 있었다. 명도는 진호가 저세상과 망자를 선녀 씨에게 비춰주는 거울이었다. 진호 같은 꼬마신을 '명두'라고 부르는 이유도 그 때문이었다.

형아, 형아, 거울같이 밝게, 거울같이 맑게, 거울같이 보게.

진호는 명도 안에서 그렇게 말했다. 진호가 한계령 산신 밑에 있다가 선녀 씨 몸에 깃든 날과 똑같은 말을 했다. 진호는 명도를 통해 뭔가를 비춰주었다. 전봇대 불빛 아래에 서 있는 형의 모습이었다. 스포츠형 머리 모양을 한, 20대 초반의 앳된 얼굴이었다. 해병대에 입대하기 직전의 모습이었다. 가만히 보니 그곳은 집 앞 도롯가였다. 차는 다니지 않았고, 주위 집들도 불이 꺼져 있었다. 전봇대 불빛이 깜박깜박했다. 형은 도로 어딘가를 물끄러미 쳐다보고 있었는데, 불빛이 퍼질 때마다 뭔가 하얀 실루엣 같은 것이 보였다. 진호가 쓰러져 있던 곳에 경찰이 흰색 스프레이로 그려둔 표기였다. 형이 꺼억 꺼억 울었다. 어깨가 들썩이며 눈물 콧물이 마구 흘러내렸다. 선녀 씨가 죽어도 울지 않던 형이었다. 명도 속에 들어가 형을 안아주고 싶을 정도였다.

나는 '엄마는?'하고 물었다. 진호는 앙상한 겨울 나뭇가지에 앉아 있는 나비 한 마리를 보여주었다. 추위를 견디는지 날개가 파르르 떨렸다. 선녀 씨가 나비가 된 거냐고 묻자, 진호는 고개를 끄덕였다. 꿈은 거기까지였다.

- 신엄마가 나비 몸에 의탁해 있다는 말일 거야.

여진 누나가 말했다. 해안가 도로를 달릴 즈음이었다. 문득, 예전에 본 유튜브 동영상이 떠올랐다. 제주도로 수학여행을 가던, 수백 명의 고교생이 사망한 대형 선박 사고와 관련한 영상이었다. 졸업식이 있던 날, 수백 마리의 새들이 떼 지어 날아와 오래도록 학교 상공을 맴돌았다. 그 자리에 있던 교사와 학생, 학부모들이 울음을 터뜨렸다. 누가 봐도 그 새들은 학생들의 영혼으로밖에 생각할 수 없었다. 선녀 씨 말에 의하면 망자는 날아다니는 것에 곧잘 의탁한다고 했다. 아무리 나비라고 하지만 날벌레의 몸에 깃들어 세상을 떠돌 선녀 씨를 생각하니 가슴이 먹먹해 왔다. 더구나 이 한겨울에.

- 근데, 왜 갑자기 진호가 오빠를 보여준 것일까?

여진 누나가 혼잣말을 하듯이 말했다. 나도 궁금하던 참이었다. 마을 길 가로등 아래에서 눈물을 훔치던 앳된 형의 모습이 영화 속 한 장면인 양 또렷했다.

- 그러게 감옥에서 탈출이라도 하셨나? 아니지 쫓겨라도 났나?

감옥은 한번 출항하면 돌아올 때까지 한 발자국도 육지에 내딛지 않은 채, 갇혀 지낸다는 컨테이너선을 말하는 거였다.

- 아으으으, 어으으으……

깨깐이 형이 차창 밖을 가리키며 웅얼거렸다.

- 아니, 우리 사는 이곳이 감옥일 거야.

여진 누나가 깨깐이 형에게 말했다. 내가 무슨 말이냐고 묻자, 깨깐이 형이 해안가를 따라 설치된 철조망을 보고 바다가 감옥처럼 보인다고 말했단다. 그러자 여진 누나가 우리가 있는 육지 쪽이 감옥이라고 답한 것이다. 왠지 두 샤먼의 대화가 시처럼 느껴졌다.

- 오빠가 걸리기는 하네……

여진 누나가 낮게 읊조렸다. 차창 멀리 수복탑의 모자상母子像이 보였다. 한국전쟁 이후 공산 치하에서 벗어난 것을 기념해서 만든 탑이었다. 모자상은 치마저고리 차림의 여자가 어린 아들의 손을 잡고 걷는 모습이었다. 여자는 쪽진 머리 위에 보따리를 이고 있고 어린 아들은 천진한 얼굴로 어머니를 바라봤다. 여자의 시선은 먼 북쪽을 향해 있었다. 저승은 북쪽이라는데……, 그 모자상이 꼭 선녀 씨와 진호의 모습처럼 보였다. 육신이 사라지고도 저승으로 가지 못한 진호, 늘 선녀 씨의 몸에 깃들어 있던 진호. 선녀 씨의 육신도 사라진 지금, 진호는 어느 날벌레에 의탁해 있을까. 문득, 나를 괴롭히곤 하던 생각이 고개를 들었다. 진호의 죽음에는 내 탓이 컸다. 아니 내 책임이 전부일 수 있었다. 애써 체머리를 흔들었지만, 오래된 기억 하나가 기어이 떠올랐다.

*

집 분위기는 뭔가 전염병이 휩쓸고 간 듯 괴괴했다. 빨랫줄을 받치고 있어야 할 바지랑대가 마당 한가운데에 아무렇게나 넘어져 있었다. 기와지붕 아래에는, 제비집 밑동이 허물어져 그 조각들이 섬돌 위에 널브러졌다. 지붕과 굴뚝 사이로 왕거미 녀석이 넓게 거미줄을 쳐 놓았다. 나비인지 나방인지 곤충 한 마리가 가끔 거미줄 위에서 파닥거렸다. 뚝뚝, 마당 한구석의 수도꼭지에서 물방울이 고무 함지 위로 떨어졌다. 물 위로 오후의 햇살이 수백 개로 깨지며 일렁였다. 그때마다 물방울 소리는 물결과 함께 고무 함지를 넘어 오동나무 잎들을 스쳐 내 귓속의 고막까지 퍼져왔다. 집 전체가 물방울이 일으킨 물의 파문 속에 고요히 잠겨 드는 듯했다. 가끔, 적막을 깨듯 부엌문이 바람에 제 몸을 맡긴 채 삐걱거리며 열렸다 닫혔다 했다. 늘 보아왔던 집 풍경이 전혀 낯설게 느껴졌다. '무당집'이 원래 여염집과는 다른 분위기를 풍기는 것은 사실이지만 그날은 왠지 더더욱 수상한 기운이 감돌았다.

그날은 주말을 끼어 교회 수련회에 다녀오는 길이었다. 그때만 해도 나는 교회를 열심히 다녔다. 동네 형을 따라갔다가 뜻밖의 환대를 받은 탓이 컸다. 목사는 백 마리 양보다 잃어버린 양 한 마리가 더 중하다며 나를 반겼다. 물론, 선녀 씨 몰래 다녔다. 선녀 씨가 집에 돌아와 있다면 아마 삼지창을 휘두르며 나를 대문 안으로 얼씬도 못하게 할 것이 뻔했다. 그즈음 선녀 씨는 언뜻언뜻 보이던 여선생님 같은, 다정한 면모가 사라졌고 조그만 일에도 악다구니로 일관했다. 고잽이가 바람을 피우느라 선녀 씨 속을 뒤집어 놓기 일쑤였던 탓이다. 나는 거미줄에 스스로 걸려든 나비 한 마리에 불과했다. 선녀 씨 몰래 교회를 다니기 시작한 지 벌써 반년이 되었다. 다행히 신당의 창문 너머로는 촛불이 켜지지 않았다. 아직 돌아온 것 같지 않았다. 선녀 씨는 집에 오면 신당의 촛불부터 켰다. 그러나 선녀 씨가 없다고 해서 일이 다 끝난 것은 아니었다. 형도 나를 분명 가만두지 않을 것이다. 내가 진호를 내팽개치고 말도 없이 집을 나가 하루 만에 돌아왔으니 변명의 여지가 없었다. 형은 나보다 열 살이나 많을 뿐만 아니라 나이보다 조숙한 편이었다. 형에게 거짓말을 해서 적당히 넘어간 적이 없었다.

어제 내가 정직하게 이야기했더라면 형이 내 사정을 이해해 줄지도 몰랐다. 지나치게 자기 주관이 뚜렷해서 그렇지, 형은 이성적인 사람에 속했다. 그러나 교회를 계속 다닐 수 있도록 허락할지는 확신할 수 없었다. 언젠가 형이 신학대에 다니는 동네 형—나를 교회로 이끈 사람—과 이야기를 나눌 때, 하나님과 교회를 마구 비난했던 적이 있었기 때문이다. 기독교는 본질적으로 죽음 이후의 세계를 찬미하는 종교이며 인간이 발견한 사소한 과학적 증거 앞에서도 쩔쩔매는, 그야말로 허구적 '믿음'으로만 존재하는 종교라고 했다. 돈에 눈이 먼 한국교회는 그들이 그렇게 혐오해 마지않는 우상숭배, 개인숭배의 장이 되어있단다. 심지어 예수님은 선녀 씨와 다름없는 '무당'이라는 불경한 말까지 했다. 형은 말과 행동이 다른 적이 없었고 한번 아니라고 결론을 내리면 끝까지 아니었다.

수련회에 가기 위해서는 일곱 살 터울의 진호 녀석을 따돌리는 것도 문제였다. 병설 유치원에 다니던 진호는 내가 수업을 마칠 때까지 교문 앞에서 나를 기다리는 것이 유일한 낙이였다. 녀석도 샤먼의 자식이라 친구가 없긴 나와 마찬가지였다. 일요일 교회에 갈 때에도 기어코 따라나섰다. 선녀 씨에게 비밀로 하고 몇 번 함께 다녀오기도 했다. 녀석은 틀림없이 교회 수련회까지 따라나설 게 분명했다. 때마침 그날은 선녀 씨가 멀리 굿하러 간 날이었다. 형의 눈과 동생의 주의를 적당히 따돌리면 마을을 빠져나가는 것은 문제가 없었다.

진호를 혼자 두고 가기가 왠지 께름칙하긴 했다. 얼마 전, 전에 없던 발작을 일으켰기 때문이었다. 문 쪽을 가리키며, 다짜고짜 싫어, 싫어, 라는 말을 되풀이했다. 선녀 씨와 내가 아무리 달래도 소용없었다. 급기야는 눈까지 뒤집어 까며 몸을 비틀고 머리를 좌우로 돌려대며 괴성을 멈추지 않았다. 대단한 힘이었다. 마귀 들린 것이 틀림없었다. 발작이 멈춘 뒤로도 헛소리는 그치지 않았다. 이마를 만져보니 열이 펄펄 끓었다.

안 되겠다 싶었는지, 선녀 씨는 주먹밥 세 개를 만들어 막걸리, 마른 명태, 삼채三菜 나물로 마당에 상을 차렸다. 굵은 소금 한 주먹과 고춧가루 한 숟가락을 넣고 약쑥을 말아 불을 피웠다. 그러곤 방에 돌아와 식칼에 물을 묻혀 진호 머리에다 휙휙 뿌렸다. 오다가다 걸린 객귀야, 배고프면 이거 먹고 썩 물렀거라, 선녀 씨가 중얼거렸다. 나도 속으로 하나님께 기도를 드렸다. 그때였다. 형이 선녀 씨에게서 식칼과 물이 든 바가지를 뺏어 마당으로 내팽개쳤다. 밖에 나갔다가 막 들어선 참이었다.

- 제발이지 이따위 짓은 그만 두세요. 병원에 먼저 데려갈 생각을 해야지요. 지금 세상이 어떤 세상인데, 이러니까 세상 사람들한테 손가락질당하는 거잖아요.

형이 악을 쓰며 말했다. 그리고는 진호를 안고 밖으로 나가는 거였다. 형의 말에 기가 질린 선녀 씨는 털썩 주저앉았다. 하긴 선녀 씨에게는 '신령님' 말보다도 이 나라 최고 대학에 다니는 형의 말이 우선이었다. 형 앞에만 서면 샤먼의 본분을 잃는 거였다. 나도 형을 따라나섰다. 하루에 일곱 번 운행하는 버스는 이미 끊겼다. 아직 버스가 다니는 큰길까지 가야 했다. 형은 진호를 업고 달렸다. 거의 4킬로미터가 넘는 거리를 오기라도 부리듯 내달렸다.

방문 안으로 눈과 귀를 대보았다. 저쪽에 형이 심각한 표정을 지은 채로 누워 있었다. 형은 대학 입학 3년 만에 휴학하고 해병대 입대를 기다리고 있었다. 의대생이면 굳이 사병으로 가지 않아도 되는데, 형은 입대지원서를 냈다. 다들 혀를 내둘렀다. 나중에 형은 해병대를 전역한 후에도 의대로 돌아가지 않았다.

방안에서는 아무런 소리도 들리지 않았다. 진호도 보이지 않았다. 하긴 녀석이 형과 함께 있을 리가 없었다. 형은 녀석에게 쌀쌀맞았다. 특별히 형이 따뜻하고 부드러운 사람은 아니었지만, 녀석에게만은 더욱 차가운 사람이 되는 것이다. 그런 눈치를 진즉에 챘는지 녀석은 형을 슬슬 피했다. 형과 같이 있으면 늘 내 옷자락을 잡고 나가 놀자고 보챘다. 녀석이 언젠가 나에게 물어본 적이 있었다.

- 형아, 씨가 다르다는 말이 무슨 말이야?

어디서 울고 왔는지 눈두덩이가 빨갛게 부어올라 있었다.

- 너 그런 말 어디서 들었어?

- 면도칼 선생이 형아들이랑 내가 씨가 다르대.

- 이런 씨도 없는 고자 주제에!

나는 '주먹 감자'를 날렸다. 진호도 그제야 훌쩍임을 멈추고 나를 따라 했다. 씨가 다르다, 어쩌면 우리 형제는 모두 아버지가 다른 건지도 몰랐다. 우선 생김새가 달랐다. 형은 호리호리하고 지적인 이미지라면 나는 곰처럼 둥근 덩치에 감성이 풍부했다. 동생은 더 커봐야 알겠지만, 우리 형제보다는 고잽이를 분명 닮았다. 그때만 해도 고잽이는 아내가 따로 있었다. 그런데도 고잽이는 툭하면 우리 집에서 자고 갔다. 그때마다 우리 형제는 초저녁부터 텔레비전이 있는 안방에서 건넌방으로 쫓겨나야 했다. 고잽이는 나와 형은 물론이고 진호에게도 자기를 삼촌이라 부르라고 했다.

어쨌든 선녀 씨에게 각각의 아버지가 누구냐고 묻는 것은 금기였다. 우리 삼 형제의 공식적인 아버지는 선녀 씨가 늘 개차반이라고 저주를 퍼붓는 서울 아버지였다. 그때까지 한 번도 본 적은 없었지만, 선녀 씨의 청춘을 송두리째 말아먹은 인간이라는 것은 분명했다. 선녀 씨의 말을 조합해 보면 아버지는 일단 인간의 자질을 타고 태어나지 못했다. 선대로부터 받은 땅을 탕진하며 바람을 피웠고, 그 충격 때문에 신기가 솔솔 피어오르던 선녀 씨를 헌신짝처럼 내버렸다. 그리고는 서울로 올라가 새장가를 들은 것이다. 그것도 총각이라고 상대를 속이고 말이다. 경찰복을 밑천 삼아 그 외에도 수많은 여자를 후리고 다녔다. 형은 그 말이 과장된 것이라고 했지만 아버지를 못마땅해하기는 마찬가지였다.

살짝 문을 열고 방안에 들어섰다. 그런데도 형은 아무런 반응이 없었다. 눈을 반쯤 감고 벽 건너편을 바라보고 있을 뿐. 무릎걸음으로 졸래졸래 다가갔다. 그런데 이게 웬일인가, 형 옆에는 물방울이 맺혀 있는 '쿨피스'가 개봉도 되어 있지 않은 채 놓여 있었다. 나와 진호는 쿨피스 귀신이다. 그 시원 달콤하고도 쌉싸름한 음료수는 영어 단어 그대로 '시원한 평화' 자체였다. 진호 녀석이 보았더라면 이미 다 마셔버렸을 것이고 형도 한 잔 정도는 마셨을 것이다. 그런데 개봉되지 않은 쿨피스가 놓여 있는 것이다.

형은 여전히 침묵에 빠져 있었다. 굉장히 화가 나 있는 것이 분명했다. 눈 하나 깜짝 않고 눈길 한번 이쪽으로 던지지 않은 채, 이제까지 전혀 볼 수 없었던 분노인지 슬픔인지 모를 표정을 짓고 있었다. 어쨌든 이 침묵을 깨야 할 것 같았다. 내가 조심스럽게 물었다.

- 형, 쿨피스 먹어도 돼?

그러자 형이 대답 없이 고개만 끄떡였다. 뜻밖의 반응이었다. 적어도 나에게 화가 난 것은 아니었다. 그러나 여전히 집 밖에서 느꼈던 뭔가 알 수 없는 무거운 분위기가 방안마저 옥죄고 있었다. 쿨피스를 뜯어 통째로 벌컥벌컥 마셨다. 그리고 막 시작했을 티브이를 켰다. 꼬꼬마 텔레토비가 방영되고 있었다. 진호와 내가 즐겨보는 프로였다. 이 프로를 놓칠 리 없는 녀석이 갑자기 궁금해졌다. 밥도 안 먹고 어디를 쏘다니고 있을까? 혹시 마을 녀석들의 밥이 되어 두들겨 맞고 있는 건 아닌지 걱정이 됐다. 샤먼의 자식들은 혼자 다니면 위험하다고 그렇게 타일렀건만. 진호는 어디 있느냐고 형에게 묻지는 않았다. 녀석을 혼자 떼어 놓고 간 것이 켕겼기 때문이었다. 쿨피스가 더 당기기는 했지만 진호 몫으로 반은 남겨 두었다.

- 꺼!

형의 한마디였다. 티브이 속의 꼬꼬마 인형들이 놀란 표정을 짓고 있었다. 나도 깜짝 놀라 들고 있던 리모컨을 떨어뜨렸다. 텔레비전은 저절로 꺼졌다. 형은 여전히 침묵을 지켰다. 어쩔 수 없었다. 어차피 이렇게 된 이상, 어디서 하룻밤을 보내고 왔는지 내가 먼저 솔직히 털어놔야겠다는 생각이 들었다. 그때 갑자기 밖이 소란스러워졌다. 누군가 울부짖는 소리도 들려오고 뭔가 깨지는 소리도 들렸다. 형이 뛰어나갔다. 뒤따라 나가보니 땅바닥에 주저앉았던 선녀 씨가 여진 누나의 부축을 받고 막 일어나고 있었다. 선녀 씨 팔에 연결된 링거병이 깨진 거였다. 마을 사람들이 웅성거리며 몰려들었다. 쪽진 머리가 다 흘러내리고 얼굴은 눈물범벅이었다. 뒤로 까무러쳤다 다시 일어나기를 몇 번이나 반복했다. 알아들을 수 없는 말을 계속 중얼거렸다. 나는 며칠 전 진호가 그랬듯이 선녀 씨가 마귀에 들렸다고 생각했다. 목사님이 수련회 기간 중에 말했다. 내 기도로 인해 하나님께서 우리 집에 있는 사탄을 물리치고 있는 중이라고, 그래서 최후의 발악으로 사탄이 동생의 몸속까지 들어와 그렇게 발작을 일으키는 거라고. 원래 그런 과정을 겪으면 아예 마귀가 물러가는 거라고 했다. 그러면 이번에는 선녀 씨 차례였다. 자리에 누운 선녀 씨의 손을 잡고 누가 보건 말건 나는 큰소리로 하나님께 기도를 했다. 눈앞에 불이 번쩍했다. 아쉽게도 그것은 하나님의 응답이 아니었다. 눈을 뜨자, 형이 죽일듯한 기세로 나를 노려보고 있었다. 형이 내 귀싸대기를 때린 것이다.

- 인마, 진호가 죽었어!

형이 그렇게 외쳤다.

12

중환자실에 있는 줄 알았던 아버지는 일반 병실에 배정되어 있었다. 의외였다. 혹 동명이인이 아닌지, 이미 사망한 것은 아닌지, 꼬치꼬치 캐물었지만 안내원은 동명이인은 아니며 사망자 명단에도 없다고 했다. 나는 상체를 꺾어 안내원 앞의 모니터를 쳐다보았다. 분명 아버지 이름은 일반 병실 환자로 분류되어 있었다. 병실에 들어섰을 때도 얼른 아버지의 모습을 찾을 수 없었다. 6인실 병실은 환자와 보호자로 꽉 차 있었다. 환자들을 하나하나 살펴보았지만 아버지의 모습은 보이지 않았다. 창문을 뒤로 하고 신문을 높이 쳐든 채 읽고 있는 환자가 눈에 띄긴 했다. 그러나 꼿꼿하게 앉아 있는 모습이 불과 얼마 전 임종을 앞뒀던 사람처럼 보이지 않았다. 병원 측의 착오가 있는 것이 분명했다.

– 영호, 우리 영호가 아니냐!

비쩍 마른 노인이 신문을 젖힌 채 환하게 웃었다. 머리카락은 거의 빠져있었다. 얼굴에 약간 병색이 돌았지만 눈에는 생기가 있었다. 나는 낙담으로 온몸이 흘러내릴 것 같았다. 신 혹은 운명을 관장하는 존재가 있다면 내게 장난을 치고 있는 게 분명했다. 살려달라고 그렇게 애원했던 선녀 씨는 저세상에 가고, 제발 좀 저세상에 가달라고 빌었던 아버지는 지금 내 눈앞에서 멀쩡했다.

- 놀랐지? 나도 놀랐단다. 우리 영호가 다녀간 후로 점점 좋아지더니, 며칠 안 돼 인공호흡기를 뗐잖니. 의사들도 기적이라고 했어. 뇌까지 올라갔던 결핵균이 깨끗이 사라졌다는구나.

마침 병실에 들어선 금희네가 말했다. 갑자기 허탈감이 몰려들었다. 정말이지 이런 시나리오가 아니었다. 적어도 내가 상상했던 아버지의 모습은 아들에게 용서를 빌기 위하여 혼신의 힘을 다하여 삶의 끈을 잡고 있는, 죽음을 바로 앞둔 자의 처참한 몰골이어야 했다. 처자식을 버린 것에 대한 죄스러움을 피력하고 아들을 부둥켜안은 채 눈물을 쏟으며, 그렇게 아버지는 눈을 감아야 했다.

- 비몽사몽 간에 나도 저세상에 다녀왔다. 저만치서 네 엄마가 치마저고리를 곱게 차려입고 마중 나와 있더구나. 옛날 어여쁜 모습 그대로였어. 그 사람 저세상 갔다지? 내가 함께 갔어야 했는데 이렇게 혼자 살아와서 면목이 없구나.

아버지가 내 손등을 쓰다듬으며 말했다.

- 그 사람은 편하게 갔구? 그래 어디에 모셨냐?

아버지가 자리를 고쳐 앉으며 말했다. 수면 위에 낙엽이 떨어진 듯 잔잔한 미소까지 어렸다. 임사체험을 해 본 사람들은 모두 부처님처럼 온화해진다더니 아버지가 딱 그랬다.

- 화장을 원하셨어요. 유골은 영금정에 뿌렸구요.

나는 마지못해 대답했다.

- 영금정? 아련하구나. 거기 파도 소리가 꼭 거문고 타는 소리처럼 들렸어. 네 엄마와도 자주 놀러 가던 곳이었는데……, 아마 그때가 수호가 막 옹알이를 할 때였다.

- 어쨌든 우리를 버리셨잖아요?

새삼 잊고 있던 적의가 솟았다. 당신 탓에 엄마가 저렇게 일찍 간 거구, 우리 형제는 이렇게 불행한 거구요, 어떻게 책임지시겠어요? 라는 말이 목구멍까지 올라왔다. 징징대지 말자, 나는 그렇게 마음먹었다.

- 얘야, 이 아버지도 최선을 다하려고 했다. 이 애비를 너무 원망하지 마라.

아버지의 표정은 단정했다. 언젠가 형이 말한 적이 있었다. 경찰 신분에 '무당' 아내는 어울리지 않았을 거라고. 하지만 그게 무슨 상관이란 말인가? 어렸을 적, 선녀 씨는 자신의 삶을 한탄하다가 내게 말한 적이 있었다. 어미가 천무당이니 우리 영호한테 시집오는 여자나 있을까? 나는 쿨하게 대답했다. 엄마 같은 샤먼하고 결혼하지. 선녀 씨는 말없이 나를 꼭 안았다.

- 얼굴 봤으니 이만 가 볼게요.

변명 따위는 듣고 싶지 않았다. 나는 아버지의 손에서 내 손을 빼며 말했다. 병원 특유의 소독 약품 냄새가 아까부터 코를 찔렀다. 지겨운 냄새였다.

- 미안하다, 괜한 말을 했구나. 조금만 있다 가면 안 되겠니? 저간의 사정도 좀 들려주고 그리고 형 소식도 알고 싶구나.

아버지의 눈빛에는 섭섭함과 간절함이 교차했다. 일흔을 훨씬 넘긴 노인 얼굴에 소년 같은 표정이라니. 정말 아버지에게서 죽음의 신이 완전히 떨어져 나간 듯 보였다. 그 모습이 더 꼴 보기 싫었다.

- 알다시피 형은 잘 다니던 의대를 때려치우고 지금도 배를 타고 있구요. 저는 그냥 서른 넘어서도 이렇게 백수로 지내고 있어요.

나는 툴툴대며 말했다. 아버지는 입술을 꾹 다문 채 내 얘기를 가만히 곱씹는 듯했다.

- 참, 형님 남편 분이 계시지 않았니?

옆에서 잠자코 이야기를 듣던 금희네가 말했다. 형님 남편이라면 고잽이를 말하는 거 같았다. 남편이라고 말하기에는 좀 애매했다. 선녀 씨와 고잽이는 혼인 신고를 하지 않았다. 엄밀히 말하자면 동거했던 사이에 불과했다. 고잽이는 본처가 죽고 나서는 아예 우리 집에 눌러살았다. 따지고 보면 고잽이는 선녀 씨의 세컨드, 선녀 씨는 고잽이의 세컨드였다. 그러고 보니 이석이라는 남자까지 더해보면, 이성 문제에 있어 선녀 씨가 아버지보다 그리 손해 보는 입장은 아니었다.

- 그 분은 요즘 젊은 여자 만나 애 낳고 잘 살고 있습니다.

- 아이고, 저런! 아이까지 잃더니 형님 인생도 참 기구하시네. 이왕 행복하게 사시지 않구……

금희네의 목소리에는 진심이 섞여 있었다. 선녀 씨의 기구한 인생은 여기 이분이 당신을 만나고부터 시작되었다고 말해주고 싶었다.

- 그 장구잽이도 나이가 일흔이 넘었을 텐데, 참 재주 있네.

아버지가 혀를 차며 말했다.

- 당신은 지금 그런 말이 나올 상황이에요?

금희네가 아버지에게 눈을 흘기며 말했다. 경우 있는 여자라더니, 맞는 말인 것 같았다.

- 이 사람에게 들었는데 그 사람 오구굿을 한다고?

아버지가 기침을 하며 생각났다는 듯이 말했다. 꽤 깊은 기침소리가 오래도록 지나갔다.

- 엄마 유언이었어요.

- 그래, 평생이 불우했던 분이시다. 원 없고 탈 없게 잘 해 드려라.

아버지는 힘에 겨운지 침대 머리에 몸을 기댔다. 금희네가 베개를 받쳐 주었다. 이참에 돈 좀 내놓으시죠, 라고 말하려다가 그만두었다. 6인실 병원에서 갑갑하게 있는 것을 보니, 그다지 넉넉한 형편이 아니었다. 병원비나 제대로 낼 수 있는지 걱정이 될 정도였다.

- 저, 근데……

나는 잠시 몸을 떨었다.

- 응, 그래 말해보려무나.

아버지의 표정이 환해졌다. 소년처럼 호기심에 찬 모습이었다. 아마 내가 사실을 말하면 아버지는 다시는 저 해맑은 표정을 지을 수 없을 것이다. 혹 충격으로 다시 쓰러질지도 모르는 일이었다.

- 제가 아버지 아들이 아닐 수도 있다고 의심해본 적은 없나요?

내 출생일이 두 사람의 이혼 이후라는 말도 상기시켰다. 주위 분위기가 싸해졌다. 다른 환자들과 보호자들의 시선이 일제히 이쪽으로 향했다. 마치 무슨 막장 드라마라도 보는 듯한 시선이었다. 나의 목소리가 의외로 컸던 모양이었다. 금희네는 큰 눈을 뜬 채 벌린 입을 다물지 못했다. 잠시 어리둥절한 표정을 짓던 아버지가 이내 입을 열었다.

- 네 엄마가 그리 말했나 보구나. 아니다, 수호, 영호 모두 내 아들이 분명하다. 사실은 네 엄마와 아주 헤어질 때, 그니까 이혼 도장은 진작에 찍긴 했지만 그 후에도 내왕이 있었다. 그때 니들

두 형제를 모두 데리고 가려고 했다. 이미 머리가 커버린 네 형은 원체 말을 듣지 않았기 때문에 너라도 데려가려 했지. 그런데 네 엄마가 불같이 화를 내며 절대 안 된다고 했어. 너는 내 아들이 아니라 신령님의 자식이라고 억지를 부렸어. 너를 데려가면 급살 맞아 죽을 거라고 위협까지 했지. 자식을 뺏기지 않으려고 지어낸 말일 거야.

아버지가 웃으며 말했다. 병자라고는 믿어지지 않을 여유로운 웃음이었다. 신령의 아들이라, 그럼 나는 신의 아들인 셈이었다. 이거 재밌는 설정이었다. 아버지는 신, 어머니는 샤먼, 잘 빠진 판타지 웹소설 하나가 나올 수 있을 것 같았다.

- 저는 아버지와 닮지 않았어요, 형과도 마찬가지구요.

나는 다른 패를 꺼내 들었다.

- 왜 이 애비도 너만 한 나이 때는 덩치가 좀 있었다고 하지 않았니? 살이 빠지면 아마 이 애비를 쏙 빼닮았을 거야. 이혼하고 나서, 내가 성가신 일에 휘말려 경찰을 그만둔 적이 있었다. 딱히 생각나는 사람이 네 엄마밖에 없더구나. 그래서 고향집으로 찾아갔지. 지난 시절을 다 잊고 행복하게 살아 보자구. 네 엄마 굿도 도와주고 부적이며 제문이며 내가 다 써주었어. 그즘 네가 태어난 거야. 네 엄마 도움으로 속초 시내에 꽤 큰 단란주점을 열기도 했지. 홀라당 말아먹는 바람에 네 엄마와 또 틀어지긴 했지만.

아귀는 맞는 말인 것 같았다. 하지만 이대로 물러날 수는 없었다.

- 엄마가 말해줬어요. 내 성이 김씨가 아니라 이씨라구요.

나는 마지막 비장의 카드를 꺼내 들었다. 이 정도면 아버지도 내가 당신의 아들이 아니라는 것을 의심해볼 수 있으리라.

- 네 엄마도 아직 젊은 데다가 서방인지 남방인지는 돌아올 생각을 안 하니 어찌 혼자였겠니? 민속학을 전공하는 어리숙한 대학원생이 네 엄마를 따라다녔다는 얘기를 듣기는 했다.

아버지는 눈을 감은 채 한숨을 쉬었다. '이씨'라는 사람 얘기가 나오자 이제까지의 확신을 주저하는 듯 보였다. 유전자 검사를 받는 것이 가장 확실한 방법이었다. 하지만 이분은 어떤 증거를 들이대도 믿지 않을 태세였다.

- 엉뚱한 오해 때문에 마음 고생했구나. 이이가 너를 얼마나 끔찍이 여기셨는지 너는 모를 거다.

아버지의 말을 곰곰이 듣고 있던 금희네가 말했다. 미소를 지으며 내 등을 두드렸다.

- 그게 무슨 소용이 있어요. 아버지 없이 큰 건 매한가지인데요.

나는 금희네에게서 등을 빼며 답했다. 금희네가 친절을 베풀수록 엇나가는 말들만 나왔다. 금희네는 당황한 듯 얼른 손을 뒤로 가져갔다.

- 그래, 이해한다, 다 내 탓이다.

아버지는 고개를 끄덕였다. 세상의 모든 짐을 홀로 지고 있는 듯한 모습이었다. 문득, 선녀 씨의 말이 떠올랐다. 선녀 씨는 아버지에게 저주를 퍼붓다가도 가끔은 아버지를 동정하는 말을 하곤 했다. 아버지는 나름 분단의 희생자였다. 아버지가 다섯 살도 안 돼, 전쟁이 터지고 할아버지는 인민군으로 징집되어 집을 떠났다. 당시에 속초, 고성지역은 북한에 속해 있었기 때문에 대부분의 청장년들은 인민군이 되었다. 할아버지는 어린 아내와 젖먹이 아들을 두고 떠난 뒤 전쟁이 끝나도 돌아오지 않았다. 아버지의 어머니, 즉 내 친할머니는 아버지를 시댁에 남겨놓고 밤도망을 했다. 조부모 밑에서 자란 아버지는 부모가 없다는 설움 외에 빨갱이 자식이라는 멸시까지 받아야 했다. 말단 순경이긴 하지만 경찰이 된 것도 빨갱이 자식이라는 딱지를 떼기 위해서였다. 하지만 인민군 아버지를 두었다는 전력은 두고두고 아버지를 괴롭혔다. 승진에서 불이익을 받았을 뿐만 아니라, 종종 사직을 권고받기도 했다. 어쩌면 아버지가 정신이 오락가락하는 선녀 씨를 아내로 맞은 이유는 다른 데 있었는지 몰랐다. 부유한 월남민으로 5대째 기독교 신앙을 지켜온 집안에 장가듦으로써 빨갱이 자식이라는 낙인을 희석해보려는 의도가 있었는지도. 하지만 그런 기대는 그리 오래 가지 못했다. 이번에는 '무당 남편'이라는 딱지가 따라붙었다. 아마 그때부터였을 것이다. 출세 따위의 야심을 버리고, 처자식은 내팽개친 채, 여자 꽁무니나 따라다니는 한량이 된 것이.

- 얘야. 혹 이 애비한테 일이 생겨도 애써 올 필요는 없다. 이렇게 봤으니 됐다.

아버지는 덧붙였다. 예감이 좋지 않은 말이었다. 병실을 나오자 금희네가 쫓아왔다. 저번처럼 하얀 봉투 하나를 건넸다. 아들 오면 주라고 아버지가 따로 준비해 둔 돈이라고 했다. 몇 번 사양했지만, 기어이 내 점퍼 주머니에 봉투를 넣었다. 병원을 나서자 여전히 햇빛이 눈부셨다. 건조하고도 따뜻한 햇볕이었다. 한겨울의 봄 같은 이 날씨가 저세상에서 멀쩡히 살아 돌아온 아버지처럼 난데없었다.

13

주말의 이태원은 그야말로 발 디딜 틈 없었다. 한 남자가 백인 여자의 가슴을 스윽 치고 지나갔다. 여자는 걸음을 멈춰 황당하다는 표정으로 남자의 뒷모습을 째려봤지만 이내 제 갈 길을 갔다. 길 건너편 맥도널드에서는 두 명의 청년이 화살표 모양의 광고판을 든 채, 현란한 춤동작을 선보였다. 새로 출시된 메뉴를 알리는 사인스피닝 광고였다. 비보이 동작과 연동된 고난도의 트릭과 퍼포먼스에 행인들은 가던 길을 멈추었다. 어디선가 갑자기 사람들의 웅성대는 소리와 고함이 들려왔다. 고개를 돌려보니 흥분한 한 흑인 청년이 윗도리를 벗은 채 알 수 없는 욕설을 퍼붓고 있었다. 급기야는 앞에 있던 백인 청년이 주먹을 날리면서 패싸움으로 번졌다. 모두 휴가 나온 미군 병사들인 듯했다. 쓰레기통이 날아다니고 각목과 맥주병까지 등장했다. 미군 헌병이 호루라기를 불며 제압하려 했지만 속수무책이었다. 한국 경찰까지 출동하면서 주위가 일대 난장판이 되었다.

사형을 만나기로 되어 있었다. 아버지가 입원해 있는 병원을 나와 사형에게 전화를 했다. 면회가 끝나면 꼭 연락을 해달라는 메시지를 받은 터였다. 전화 너머로 사형은 다짜고짜 이태원에 있으니 들르라고 했다. 난데없이 이태원이라니, 촌스러운 사형과는 어울리지 않는 장소였다.

– 어때, 좋지 않아? 이 공기조차 펄떡이는 느낌!

익숙한 목소리였다. 동시에 귀에 더운 입김이 느껴졌다. 눈앞으로 뭔가가 쑥 들이밀어졌다. 코를 찌르는 듯한 향료 냄새가 났다. 채소와 고기가 섞여 있는 햄버거 비슷한 것이 종이에 싸여 있었다.

– 케밥이야, 이거 사오느라 늦었어.

사형이었다. 한 손은 내게 내민 채 다른 한 손으로 케밥을 들어 한입 물었다. 나는 얼떨결에 케밥을 받았다. 그런데 사형을 본 순간 나는 너무 놀라 열린 입을 다물 수가 없었다. 평소와는 전혀 다른 모습을 하고 있었던 거였다. 먼저 머리 모양이 눈에 띄었는데, 오른쪽 가르마를 정갈하게 탄 포마드 스타일을 하고 있었다. 검은 윤기가 흐르는, 단정한 머리 스타일 때문인지 얼굴선이 가늘어졌고 피부도 뽀얘졌다. 귀 양쪽에 귀걸이를 하고 목에는 은색 목걸이, 손목에는 팔찌를 했다. 그러고 보니 옷차림도 달랐다. 빨간색 바지에 흰색 브이넥, 푸른 자켓을 걸쳤다. 어디

데일리룩 화보에나 나올 법한 모습이었다. 우중충한 승복 비슷한 옷을 입고 다니던 사형이 맞나 싶었다.

- 놀라지 마. 사실 이게 내 본캐야.

사형이 윙크를 했다. 이 모습이 본래 모습이라니, 그럼 이제까지 보아온 모습은 '부 캐릭터'란 말인가? 일단 가자, 라며 사형이 내 팔을 잡아끌었다. 그야말로 얼이 빠진 채 나는 사형이 이끄는 대로 발걸음을 옮겼다. 이번에도 흑마술을 부리는 것이 틀림없었다. 내 몸이 내 의지대로 움직이지 않는 느낌이었다.

우리가 이른 곳은 이슬람 사원이었다. 조명이 환한 사원의 입구는 코발트블루 계통의 타일로 장식되어 있었다. 아라베스크 문양을 정교하게 박아 넣은 한 가운데에는 '하느님 외에 다른 신은 없습니다. 무하마드는 그분의 사도입니다.'라는 문구가 한국어로 씌어 있었다. 축대를 겸한 외벽과 본당은 모두 흰색이었다. 우리는 사원 안쪽으로 들어갔다. 낯선 분위기 때문에 나는 몸을 사렸지만 사형은 거리낌이 없어 보였다. 사원 안쪽은 바깥의 번잡스러운 분위기와는 전혀 달랐다. 본당의 반쯤 열린 문으로 사원 내부가 보였다. 노래인지 기도인지 모를 굵고 낮은 목소리가 들려왔다. 사원 안쪽 마당 너머로는 서울 시내가 한눈에 펼쳐져 있었다. 밤하늘 한가운데에는 공교롭게도 이슬람교를 상징하는 초승달이 떠 있었다. 꽤나 이국적인 풍경이었다. 따지고 보면, 대학에 입학한 후론 학교 주위를 떠나본 기억이 거의 없었다. 서울에 올라오면 꼭 한번 가고 싶었던 서울 타워나 경복궁은 물론이고 홍대 입구, 강남역 등도 버스를 타고 가다 눈으로 스쳤을 뿐이었다. 한강공원은커녕 한강 유람선조차 타보지 못했다. 학교 도서관에서 공부를 하고 학교 식당에서 밥을 먹었으며 학교 기숙사에서 잠을 잤다. 술을 마실 때도 거의 학교 주위를 벗어난 적이 없었다.

- 너 이곳은 처음이지?

사형이 케밥을 우적우적 씹으며 말했다. 한남대교를 건너면서 먼발치로 이슬람 사원을 본 게 전부였다.

- 뭐야? 중이 된다 어쩐다 하더니, 이슬람교로 개종한 거야?

- 산 정상에 오르는 길은 하나만 있는 게 아니라구.

- 그래도 가장 빠르고 쉽고 안전한 길은 하나뿐일 거야.

- 그건 저마다 인연에 따라 다르겠지. 수 억겁 년에 걸쳐 축적된 인연의 사슬.

- 그렇게 말하니 제법 시승같네.

- 사람에게 주어진 운명이라는 게 불교식으로 말하자면 인연의 축적물이라 할 수 있는데, 어떤 운명은 그것이 다하지 않고서는, 아주 소진되지 않고서는 절대 물러서지 않는 것도 있어.

- 운명을 다한다? 소진한다? 어떤 방식으로?

- 저항하지 않고 받아들이는 거야, 네 어머니가 샤먼의 운명을 받아들였듯이…… 내 안에서 꿈틀대는 욕망, 이하 괴물이라

고 하지. 내 안의 괴물을 달래지 않으면 내가 괴물이 되니까.

- 뭔 말인지……

나는 부채꼴처럼 말아진 케밥을 한 잎 베어 물었다. 이름 모를 향료 냄새가 입속에서 퍼졌다. 처음은 역했지만 씹을수록 고소한 맛이 났다.

- 이곳에 와 있으면 그 괴물이 얌전해지는 것 같아. 이 이국의 종교가 주는 강렬한 억압이 어느 정도는 효과를 발휘하는 것 같거든. 뭐 무슬림 입장에서는 나 같은 사람의 방문 자체가 신성모독이 될 수 있겠지만.

사형의 말을 곱씹는 듯 잠시 뜸을 들이다가 말했다.

- 대체 그 괴물이 뭔데?

특이한 사고의 소유자답게 튀는 행동을 하기는 하지만 그것이 괴물의 농간이라고는 할 수 없었다. 더구나 괴물이라고 지칭될 수 있는 문제일까 싶었다. 불교식으로 말하자면, 108번뇌가 모두 내 삶을 지배하는 괴물일 수 있었다. 하지만 누구나 그런 괴물들과 싸우며 살아가지 않는가?

- 사람이 죽어 나갔지.

이제껏 한 번도 보지 못했던 무서운 표정이 사형의 얼굴을 스쳐 갔다.

- 괴물 때문에?

사형이 고개를 끄덕였다. 누가 죽었느냐고 묻자, 사형의 표정은 더욱 침울해졌다.

- 어머니.

물기 어린 소리였다. 지금의 어머니가 친모가 아니라는 말만 들었지 사형으로부터 부모님 얘기를 들은 적은 없었다.

- 자살하셨어.

내가 묻기도 전에 사형이 대답했다. 일류대 경영학과에 들어가 가업을 이어받지 않고 시인이 되겠다고 국문과로 진학한 것이 그토록 상심을 가져왔다는 말인가? 아니면 그 소문과는 다른 진상이 있는 건가?

- 오늘이 어머니 기일이야.

더없이 쓸쓸한 목소리였다. 사형은 다 식은 케밥을 한 입 베었다. 사형에게는 아픈 기억을 떠올리는 것이겠지만, 상중인 내게는 동질감과 위로로 느껴졌다. 나는 가만히 사형의 등을 토닥여 주었다.

- 그런데 대체 무슨 괴물이길래 형 어머니를 그렇게 몰고 간 거야?

사형은 지금 상처와 대면하고 있는 것이 틀림없었다. 말하지 않고는, 털어내지 않고는 단 한 발자국도 나아갈 수 없는 상황이 사형에게는 지금일지 몰랐다.

- 가끔 나는 내 벗은 몸을 봐. 한없이 혐오스럽고 또 한없이 매혹당하지.

무슨 말을 하려고 또 이런 변태스러운 말을 하고 있는 걸까? 아직 본론으로 들어가기까지는 한참이나 남은 듯했다. 내가 말이 없자, 사형이 이어서 말했다.

- 그냥 쉽게 설명해 볼게. 어느 날 일어났을 때, 정신은 그대로인데 네 육체가 여자로 변해있다는 가정을 해봐.

- 일단 마구 쓰다듬고 주무르고 있지 않을까?

난데없는 질문이었지만, 대답은 생각지도 않았는데 튀어나왔다.

- 흠, 갠따로 너는 역시나 못 말리는 놈이다. 좋아, 어쨌든 그것은 매혹에 속하겠지.

사형이 눈을 흘겼다. 내 안의 괴물을 보는 듯한 시선이었다.

- 그럼 혐오는…?

- 내가 여자가 아니라는 사실, 내 몸을 탐하는 그 시선이 나이면서 내가 아니라는 사실.

- 그럼, 형이 형의 알몸을 탐한다는 거야? 그 탐하는 시선이 여성의 시선이라는 거야?

- 흠, 비슷하달 수는 있지만, 정확하게는 여성의 시선이라기보다는 타인의 시선이지. 내 몸을 상대화하는 존재의…

- 햐, 어렵다.

- 그렇지 않아. 네 어머니를 생각해봐. 네 어머니의 몸을 빌려서 말을 전하는 존재들, 밀어내려 해도 기어코 들어와 내 몸의 주인이 되고자 하는 존재들 말이야.

선녀 씨까지 갈 필요가 없었다. 선녀 씨는 한때 내게 깃들려는 글문 도사를 몰아내기 위해서 책조차 읽지 못하게 하지 않았던가. 하지만 과연 그런 존재가 유령 같은 초월적인 것이 맞을까? 어쩌면 그것은 내 안에서 미처 발아하지 못한 또 다른 나의 인격체들이 아닐까? 큰 나무 아래 작은 나무들이 말라죽듯이, 하나의 인격체에 힘이 실리면 나머지는 사라지는 것이 아닐까? 물론, 그런 가정은 소위 정상에 속하는 부류들에게나 해당될 것이다. 정작 주체가 되어야 할 인격체는 힘을 잃고, 결코 환영받지 못할 인격체가 그 자리를 대신하고 있는 사람도 있으리라. 선녀 씨처럼. 내가 속엣말을 내뱉자 사형이 이어서 말했다.

- 네 말이 틀리진 않아. 하지만 말라 죽는 나무 따위는 없어. 단지 이 사회가 한 나무를 선택할 뿐. 그 외의 나무를 이 사회는 괴물이라 부르겠지.

사라지는 인격은 없다, 내 안에는 무수한 인격이 자리한다, 그것은 모두 동격이고 저마다 존재감을 가져야 한다, 멋진 말이었다. 하지만 의사가 진단하면 그것은 해리성 인격장애, 개중에서도 정체감 장애 내지는 이인성 장애로 명명될 것이다.

- 형 안에 있는 그 시선의 주인이 괴물이 아니라는 말을 하고 싶은 거구나!

사형이 쓸쓸히 웃었다. 멀리 강변북로는 양 방면 모두 정체되어 움직임이 없었다. 검은 한강 위에 도시의 불빛이 일렁였다.

- 심야 버스는 몇 시까지 있는 거야?

사형이 시계를 보며 말했다. 내가 하루도 집을 비울 수 없다는 사실을 누구보다 잘 아는 사람이었다.

- 11시 40분.

- 그럼 아직 시간은 충분하네. 갈 데가 있다.

사형이 내 등을 쳤다. 그 괴물의 정체가 무엇인지 알려주겠다는 투였다. 사형은 비닐봉지에 케밥 포장지를 구겨 넣으며 일어섰다. 또 어디로 가자는 것일까? 그래 오늘은 사형의 어떤 흑마술이라도 당할 준비가 되어있었다. 어머니의 기일이라니까 어쨌든 괜찮았다. 같은 슬픔을 가진 사람이라면 응당 그렇게 하고도 남을 것이다. 사형 위로, 어둠 위에 떠 있는 본당의 돔이 달처럼 밝았다.

사형이 나를 데려간 곳은 한 클럽이었다. 예전에 함께 갔던 게토와는 사뭇 다른 느낌이었다. 뭐랄까, 은밀한 시선들이 서로 엉켜서 뒹구는 느낌이랄까. 사형은 늘 그렇듯이 데킬라를 시켰다. 나는 오늘만큼은 취하고 싶지 않았다. 사형이 따라준 잔을 마다하고 웨이터에게 맥주 한 병을 부탁했다. 웨이터가 윙크를 하며 내게 맥주를 건넸다. 만원을 냈지만 거스름돈은 없었다. 윙크를 하는 건 나머지는 팁으로 갖겠다는 뜻인가, 하긴 카드가 일상화되었으니 거스름돈이 없을 수도 있었다.

- 바보야, 너가 마음에 든다는 뜻이야.

사형이 내 귀에 대고 속삭였다. 옆을 보니, 웨이터가 자기 몫의 맥주 하나를 따더니 건배를 권했다. 얼떨결에 나도 맥주병을 들었다. 그의 눈빛이 야릇하게 빛났다.

- 여긴 게이 전용 클럽이야.

눈이 마주치자 사형이 내 마음을 읽었다는 듯이 말했다. 그러고 보니 클럽 안은 거의 남자들이었다. 무대 위에서는 근육질의 남자들이 웃통을 벗은 채 춤을 추고 있었다.

- 뭐야, 형 설마 게이가 된 거야?

마시던 맥주를 내려놓으며 말했다. 금방이라도 뛰쳐나가고 싶은 마음을 꾹 눌렀다. 형은 고개를 저었다.

- 원래부터 게이였어.

말로만 듣던 커밍아웃이었다. 사형은 빙글빙글 웃고 있었지만, 어딘가 긴장하는 기색이 역력했다. 눈동자도 깊어지는 듯 했다. 장난이 아니라는 말이었다. 나는 한 손으로 뒤통수를 감싸며 시선을 천장으로 돌렸다. 사이드 키가 어지럽게 돌아가고 있었다. 갑자기 혀가 굳은 듯 아무 말도 할 수가 없었다. 원어민과 대화를 하려다가 수많은 영어 단어가 얽혀 정작 한마디도 내뱉을 수 없는 상황과 유사했다. 시간은 10시 정도를 가리키고 있었다. 천천히 맥주병을 입으로 가져갔다.

사실 이제껏 사형의 여자친구를 본 적이 없었다. 섬세하고 수

려한 외모를 가지고 있었지만, 평생 직업을 가지지 않고 시만 쓰겠다, 혹은 중이 되겠다고 설치는 사람을 누가 진지하게 만나주겠는가 싶었다. 다른 선배나 동기 들은 어떻게 여자를 자기 것으로 만들었는가를 무용담처럼 떠벌리는 것에 비해, 사형은 자기에게 집착하는 여자를 어떻게 떼어놓는가에 대해 주로 얘기하곤 했다. 사형은 자신을 좇아다니는 여자가 있으면 스케치북 하나를 보여준다고 했다. 나도 몇 번 본 적 있는 그 스케치북에는 말로 표현할 수 없는 괴이하고 끔찍한 시체와 유령의 모습이 그려져 있었다. 이른바 시로도 발표한 '세계의 내장' 시리즈였다. 시를 쓰다가 이미지를 그려본 것이라고 했다. 머리가 잘려 목에서 피가 솟구치는 모습, 어떤 사나운 짐승에게 당한 듯, 팔다리, 신체가 뜯긴 채 널브러져 있는 모습, 소의 머리와 사람의 몸, 돼지다리가 붙어 있는 그림, 심지어는 긴 앞머리를 내려뜨린 채 괴기스런 웃음을 짓고 있는 귀신의 모습 등. 모두 4B연필로 스케치한 그림이지만 눈과 입, 피는 붉은색으로 칠해져 있었다. 그 모습들은 꿈속에서 본 것이며 그것을 다음날 아침 스케치해놓는 것이 자신의 유일한 취미라고 얘기하면 대부분의 여자는 기겁하며 도망갔다. 마야 정도라면 호기심을 표했을 것이 분명하지만.

– 이해해, 그 반응. 그냥 이대로 나가도 좋아.

사형이 내게서 시선을 거두며 말했다. 내 얼굴에서 안절부절 어쩔 줄 몰라 하는 모습을 본 모양이었다. 엉덩이가 들썩이기는 했지만 어떤 생각이 내 어깨를 누르고 있었다. 면도칼 선생이 떠오른 것이다. 선생은 여성의 몸으로 태어났음에도 불구하고 평생 남자로 살아왔다. 성 정체성이나 성 지향이 다르긴 하겠지만 사형과 면도칼 선생은 흔히 말하는 퀴어의 범주에 들어가는 존재였다. 그러나 면도칼 선생이 특이하거나 괴이하게 취급받지는 않았다. 마을 사람들은 선생을 술주정뱅이라고 해서 싫어했지, 몸과 마음의 성별이 다르다는 이유로 꺼려하지 않았다. 마을 공판장 사람들 앞에서 자신의 정력이 얼마나 센지 떠벌리다가도 태연스레 생리대를 사는 모습을 그러려니 하고 바라보는 사람들이었다. 면도칼 선생은 자신의 정체성을 유지하면서도, 별다른 거부감 없이 마을에 스며들어 살고 있었다. 젊었을 적 아픈 사연이야 알 수는 없지만, 화 한번 내는 것을 본 적이 없을 정도로 언제나 희희낙락했다.

- 나 갠따로야, 세상과 따로 노는 놈이라고!

팽팽하게 조여 있던 공기가 순식간에 느슨해졌다. 내겐 면도칼 선생 못지 않은 똘끼라는 무기가 있었다. 진지와 심각을 한순간에 날려버리는 폭탄 같은 것.

- 고마워.

사형이 말했다. 목소리에는 안도의 한숨이 섞여 있었다. 사형의 삶 깊숙한 곳에 발을 내딛는 느낌이었다. 그곳은 아무도 가본 적 없어 막막하기조차 한, 이 세상의 질서와는 다르게 돌고 있는 또 하나의 우주가 펼쳐져 있는 곳인지도 몰랐다. 선녀 씨의 세계와 마찬가지로 이 세계에서는 용납되지 않는, 하지만 엄연한 실체로서 이 세상의 공간에 섞여 있는, 그래서 이 세계가 얼마나 취약한 기반 위에 존재하고 있는가를 증명해 주는 세계.

- 내가 집에서 쫓겨난 것도 인제 이해되지?

사형이 씁쓸한 표정을 지었다. 그러니까 시인이 되겠다고 해서 부모와 인연을 끊은 것이 아니었다. 퀴어라는 이유로 외면을 당한 거였다.

- 어머니가 돌아가신 것도 그 때문…?

사형이 말없이 고개를 끄덕였다. 부모에게서조차 이해를 받을 수 없는 삶. 선녀 씨의 그것과 많이 닮았구나 싶었다. 사형은 선녀 씨와 두어 번 만난 적이 있었는데 왠지 죽이 잘 맞아 보이는 것 같았다. "그 팔자나 이 팔자나 천하에 외로운 팔자다." 선녀 씨는 사형을 두고 말했다. 그 얘기를 전해 듣자 사형은 왈칵 눈물을 쏟았다. 그때는 난데없었지만, 지금은 충분히 이해할 수 있을 것 같았다. 보들레르가 시인을 두고 말했던가? '삶 위로 날며, 꽃들과 말 없는 것들의 말을 애쓰지 않고 알아듣는 자 복되도다!'고. 하지만 그 대가는 참혹했다. 현실의 삶은 고통으로 얼룩져 있을 뿐이었다. 샤먼의 길 또한 시인과 다르지 않으리라. 낮은 곳의 불행을 끌어 모으고 모아야 비로소 높은 곳의 행복을 맛보는 것인지도 몰랐다. 고약한 운명이었다.

할 말은 많고 시간은 짧았다. 이대로 퍼질러 앉아 밤새 사형과 술이나 마시고 싶었다. 하지만 사형이 고개를 저었다.

- 어머니가 기다리고 있잖아.

사형의 말이 맞았다. 낡은 집 영정에 깃든 채로, 선녀 씨가 외로이 있을 터였다. 우리는 자리에서 일어났다.

심야 막차 시간에 맞춰 오느라 한겨울 온몸에서 땀이 났다. 막 출발하려는 버스를 가까스로 멈춰 세우고 차에 올랐다. 사형이 차창 너머에서 손을 흔들어주었다. 사형에게 배웅까지 받을 줄이야. 마야와 선녀 씨, 형 죄다 떠나가는 사람뿐이었는데 사형은 내게 더 가까이 다가오고 있었다. 선녀 씨가 가면서 주는 선물 같은 것일까? 수백 광년 떨어진 행성에 홀로 떨어진 듯한 느낌이 비로소 사라졌다. 사형도 그랬을까.

몇 시간을 달렸을까, 버스 안 TV 모니터에 재해경보가 떴다. 강원도 고성 지역에 산불이 발생해서 대피 명령을 기다리고 있다는 내용이었다. 따뜻하고 건조한 날씨가 계속되고 있으니 산불이 날 법도 했다. 창문 밖에서 황색 빛이 쏟아져 들어왔다. 이 나라에서 가장 길다는 인제 양양 터널에 들어선 모양이었다. 백두대간의 깊숙한 한 허리를 지나고 있을 터였다. 등받이를 뒤로 하고 눈을 감았다. 누구나 '괴물' 하나쯤은 마음속에 품고 산다는 말이 머릿속에서 가시지 않았다. 태평양 혹은 인도양 한가운데에서 자기 안의 괴물을 응시하고 있는 형의 모습도 떠올랐다. 그럼 내 안의 괴물은 무엇일까. 그때 점퍼 속에서 웅웅, 하는 소리가 들려왔다. 스마트폰 진동음이었다. 폰을 꺼내 화면을 보았다. 금희네였다. 왠지 전화한 이유를 알 것만 같았다. 통화버튼을 누르자 울음소리가 터져 나왔다. 아버지가 끝내 숨을 거둔 것이다. 동시에 버스는 터널을 빠져나왔다. 바깥은 캄캄한 어둠에 휩싸여 있었다. 어둠 너머 동해의 푸른 물결이 숨을 죽이고 있을 터였다.

14

눈을 떴다. 실내의 풍경이 희끄무레 떠올랐다. 넓은 창이 먼저 눈에 들어왔다. 옆에는 빈 침대가 놓여있었다. 4인용 병실이었다. 환자는 나 하나밖에 없는 듯했다. 창밖에서는 가늘게 빗소리가 들려왔다. 아으으으, 깨깐형의 목소리가 들렸다. 이 병실에 어떻게 오게 되었는지 기억이 없었다. 대학 신입생 시절, 이런 경험이 한 번 있기는 했다. 의식이 감금되고 몸은 알 수 없는 힘에 사로잡혔던 경험.

기억을 잃기 전의 일들이 떠올랐다. 마을 사람들이 가재도구를 챙겨 마을회관 공터로 향하고 있었다. 산불이 마을을 덮치고 있다는 사실을 알게 된 것은 여진 누나의 전화를 받고 나서였다. 아버지가 세상을 떴다는 금희네의 전화를 받은 지 얼마 되지 않은 시각이었다. 그때부터 알 수 없는 신열이 시작되었다. 진정시키려고 가쁜 숨을 몰아 쉬었지만 소용이 없었다. 터미널에 도착해 기다리고 있던 여진 누나의 차에 올라탔을 때에는 불에 덴 듯, 몸이 점점 뜨거워졌다. 집 앞에 이르렀을 때, 신열은 한줄기 불기둥이 되어 솟아올랐다. 집 주위를 에워싸고 있던, 대나무 숲이 활활 타고 있었다. 집 마당으로 불씨들이 쏟아졌다. 백 년도 훨씬 넘은 집, 낡고 낡아서 언제라도 무너져 내릴 집이었다. 작은 불씨 하나에도 싸그리 타버릴 그런 집이었지만 그간 용케 버텨 왔던 터였다. 집은 곧 불길에 휩싸였다. 그런데 불길 속에 선녀 씨가 있었다. 좌정한 채, 이쪽으로 눈길 하나 주지 않았다. 스스로 영혼마저 태워 다시는 이 세상으로 건너오지 않겠다는 태도였다. 반칙이었다. 아직은 49일이 지나지 않았다, 기다려달라, 나는 울부짖었다. 이대로는 선녀 씨를 보낼 수 없었다. 군인들이 마을로 들어가는 길을 막았다. 나는 차에서 내려 집으로 뛰어갔다. 선녀 씨의 영정만큼은 가져와야 했다. 그래야 저 불길 속에서 선녀 씨를 건져올 것만 같았다. 군인 두어 명이 달려와 나를 잡았다. 여진 누나의 악을 쓰는 듯한 소리도 들려왔다. 마을 전체로 옮겨붙는 산불을 일별一瞥로 나는 정신을 놓쳤다.

– 이제 정신이 들어요? 자, 손가락을 움직여 보세요.

담당 의사인 듯했다. 선녀 씨가 입원해 있는 동안 자주 보던 의사였다. 깨깐이 형이 의사를 데려온 모양이었다. 잊고 있었다는 듯이, 병원 특유의 냄새가 코를 찔러왔다. 그러고 보니 한 달도 안 돼, 또 이 시립병원으로 온 것이다. 선녀 씨의 시신과 함께 이 병원을 나올 때는 정말이지 다시는 돌아보고 싶지 않은 곳이었다. 뻣뻣한 느낌이기는 했지만 손가락은 정상적으로 움직여 주었다.

- 좋아요. 그럼 이제 발가락을 움직여 보세요.

발가락도 역시 이상은 없는 듯 했다. 옆에서 습관처럼 간호사가 맥박과 체온을 쟀다.

- 다행입니다. 처음에 오셨을 때는 발작과 경직성 사지 마비가 있었습니다. 가끔 경련이 지나가기도 했구요.

의사는 진료 기록부에 싸인을 하며 말했다.

- 이런 증상이 처음인가요?

나는 고개를 끄덕이는 것으로 대답을 대신했다. 대학 신입생 시절의 일이 떠올랐지만 설명하기가 귀찮았다.

- 현재로서는 팔의 화상 외에는 특별히 문제가 있어 보이지는 않습니다. 그래도 좀더 정밀 검진이 필요하실 듯합니다. 제 생각에는 정신적인 요인이 큰 것 같습니다. 어머니에 대한 상실감 같은 것이 누적되어 있다가 어떤 계기에 의해 쇼크로 진행된 것 같습니다. 어디까지나 제 의견이구요, 퇴원하시는 대로 신경과 전문의를 알아봐 드리겠습니다.

옆에서 초조한 표정으로 서 있던 깨깐이 형이 아으으으, 감사하다며 연신 허리를 굽혔다. 그는 미소를 지어 보이고는 간호사들과 병실을 빠져나갔다. 왼쪽 팔에 붕대가 감겨져 있었고 화끈거리기는 했지만, 그리 큰 화상 같아 보이지는 않았다.

깨깐이 형에게 창문을 열어달라고 부탁했다. 깨깐이 형은 창문을 조금 열어주었다. 차가운 공기에 섞여 소금 내음이 풍겨왔다. 병원 앞에는 영랑호가 펼쳐져 있었다. 옛날 신라화랑이 잠시 쉬러 왔다가 절경에 취해 석 달 보름을 놀고 갔다는 호수였다. 호수 주변에는 키 큰 측백나무를 뒤로하고 십여 채의 별장들이 이어져 있고 측백나무 너머 구릉에는 골프장이 위치해 있었다. 그 풍경은 마치 동화 속 그림에서 막 튀어나온 듯한 이국적인 분위기를 풍겼다. 호수의 물 빛깔은 바닥이 보일 정도로 깨끗했다.

- 형, 내가 몇 시간이나 이렇게 누워 있었지?

생각을 밀어내듯, 다소 상기된 듯한 목소리로 물었다. 아무래도 너무 긴 시간이 흐른 것 같았다. 아으으으, 깨깐이 형이 셈을 하는 것 같더니 손가락 두 개를 펼쳤다.

- 두 시간?

깨깐이 형이 고개를 저었다.

- 이틀?

그제야 고개를 끄덕였다. 전에는 반나절 정도였다. 하지만 근 십 년 전의 일이고 이제는 사라진 증세라 생각했다. 그때는 풍물패의 사물 소리 때문이었다. 그 소리가 들려오자, 별안간 온몸에서 발열이 일어나고 심장이 금방이라도 터져 나올 듯 마구 뛰었다. 동기의 말에 의하면, 풍물패의 징을 빼앗아 뒷산 중턱까지 올라가 징을 두드리며 알 수 없는 말을 중얼거렸다는 것이다. 정신이 들었을 때는 학교 앞 종합병원이었다. 선녀 씨에게는 따로 알리지 않았다. 그것이 무병 증세일 수도 있다는 생각이 들었기 때문이었다. 그렇지 않아도 글문 도사에게 아들을 뺏길까봐 노심초사하던 분이었다. 하지만 그때 따로 상담을 진행했던 의사 말로는 평범한 사람도 무속이라는 환경적 요인에 지나치게 노출되면 그런 현상을 겪는다고 했다. 다른 종교도 마찬가지라고 했다. 교인들이 저도 모르게 방언을 내뱉는 것도 비슷한 현상이란다. 틀린 말은 아닌 듯 싶었다. 종종 굿 구경을 하던 사람이 난데없이 신이 들어 춤을 추는 일이 꽤 있었다.

– 여진 누나는?

나는 휴대폰을 찾으며 말했다. 휴대폰으로 여진 누나에게 전화를 걸려는 참이었다.

– 아 으으으어어……

아까까지 있다가 집에 갔단다. 금방 올 거라고도 했다. 창밖에는 비가 내리고 있었다. 한겨울인데도 눈이 아닌 비가 내리고 있었다. 깨깐이 형이 보온병에서 미음을 덜어 내게 건넸다. 아마 여진 누나가 만들어 놓은 듯했다. 미음을 조금 먹고 나서야 몸이 가벼워지는 느낌이었다. 침대 매트리스를 45도 각도로 올리고 몸을 일으켜 세웠다. 창밖, 호수가 시야에 넓게 들어왔다. 호수는 눈을 꾹 감고 쏟아지는 비를 온몸으로 맞고 있는 듯했다. 멀리 호수의 한 모퉁이에서는 바다로 통하는 수문이 열리고 있었다.

그러고 보니 호수와 바다 빛은 같은 색깔을 띠고 있었다. 언젠가 지리 시간에 배운 석호에 대한 설명이 떠올랐다. 원래는 바다였던 것이 모래톱이 가로놓여져 호수가 되었고 주로 해안선이 단조로운 동해안에 잘 발달되었으며 경치가 빼어나서 숱한 전설과 민담을 간직하고 있으며……, 언젠가 소풍을 왔을 때, 마치 현장학습이라도 하는 듯이 지리 선생은 저 영랑호를 가리키며 말했다. 민물과 바닷물이 섞이는 호수, 이 세계와 저 세계가 혼융되어있는 샤먼들의 의식도 저 영랑호와 같을까.

휴대폰에는 메시지가 여러 개 떠 있었다. 사형으로부터는 여러 차례의 전화도 와 있었다. 하긴 기껏 용기내어 커밍아웃을 했는데 연락이 닿지 않으니 초조해할 만도 했다.

단단히 쌓고 쌓았는데 무장무장 커지다
그만 마음의 둑을 넘어버렸네.

이런 시구 비슷한 메시지도 있었다. 나는 피식, 웃음을 지었다. 이메일 도착 알림도 와 있었다. 들어가 보니 형에게서 온 것이었다. 꽤 장문의 내용이었다.

어머니 가신 후로 자주 바다를 바라보게 된다. 사방이 수평선인 망망대해에 서 있으면 지구가 둥글다는 것을 직접 느끼게 돼. 공교롭게도 내가 선 자리가 가장 높은 곳이 되지. 나를 정점으로 해서 주위가 낮아지며 사방으로 둥근 수평선이 만들어진다. 죽음은 어쩌면 수평선과 같은 것일지도 모른다는 생각이 든다. 수평선이 바다의 끝이라 착각하는 것처럼 죽음 또한 삶의 끝이라 여기는 거지. 그러나 수평선 너머를 보지 못하는 것은 우리 눈의 물리적 한계일 뿐, 수평선 너머가 존재하지 않는 것은 아니겠지.

언젠가 깊은 바다 속 산호의 생태를 보여주는 다큐를 본 적이 있어. 컴컴한 물속에 빛을 비추자 갖가지 색깔의 산호와 기이한 모양의 심해 생명체가 나타났지. 빛이 가닿지 않은 곳이 그렇게 화려하고 풍성하다니 알 수 없는 노릇이었다. 왜 어둠 깊은 곳에서 그것들은 그토록 현란한 색깔의 몸을 가지고 있을까? 우리의 심연, 혹은 무의식이라는 곳도 혹 그런 세계이지 않을까 싶었다. 의식이 가닿지 않는, 온통 어둠의 장막이 쳐져서 감각조차 할 수 없는 그 세계는 생각보다 더 많은 비밀을 품고 있는지도. 그런 세계가 혹 어머니의 세계와 연결되어 있는지도 모르겠다는 생각을 했다.

어머니의 명도가 그랬다. 그 반질반질한 표면에 비친 이쪽 세계는 언제나 흐릿하고 일그러져 보였어. 그 왜곡되고 뒤틀어진 형상 너머에서 램프불 같은 빛이 가물가물 흘러나왔지. 명도는 단순한 거울이 아니라 저 세계의 심연을 보여주고 있는지도 모른다. 어머니가 명도를 받아들고 처음 본 것은 명도가 이 세상을 반듯하게 비추지 않는다는 거였다지. 명도에 비친 형상은 경계가 희미하고 색은 겹쳐 있으며 제멋대로 구부러져 있었다. 덕분에 어머니는 이 세계와 저 세계를 구별하지 않았으며 이성이나 과학의 어떠한 완전성도 기대하지 않을 수 있었다. 어머니는 달걀 속처럼 분화되지 않은 세계를 자유자재로 왔다 갔다 했다. 세계의 본질이 결여라는 것을 인정하면 이 세계의 견고함은 깨지기 마련이다. 어쩌면 수시로 발생하는 균열의 지점에 서면 텅 빈 중심을 엿볼 수 있을 것이다. 하지만 이 세계가 견고하다고 믿는 사람들에게는 그 균열은 보이지 않으며 따라서 중심이 텅 비어 있다는 사실을 이해하지 못한다. 너도 알다시피 내가 그런 사람들 축에 있어 왔다.

진호가 차에 치였던 날 기억나지? 그날 나는 방안에서 혼자 책을 읽고 있었어. 의대를 그만두고 고향집에 내려와 있던 날이었지. 요란한 브레이크 소리가 들리고 쿵, 하는 파열음이 들려왔지. 교통사고일 거라고 직감했어. 우리 마을은 2차선이긴 하지만 직선으로 뚫린 도로를 끼고 있기 때문에 차들이 마음 놓고 속도를 올리곤 했잖아. 그렇게 한두 명씩 사고를 당하는 일이 연례행사가 돼버렸지. 잔인하게도 나는 이번엔 또 누가 그 희생자가 되었는지 알고 싶었어. 책을 덮고 느긋한 걸음으로 도로로 나가 봤지. 비상등을 켠 2톤 트럭 옆으로 몇몇 마을 노인들이 모여 있었어. 내가 다가가자 노인들의 얼굴이 묘하게 뒤틀렸어. 뭔가 말하고자 하는 표정이었지만 아무도 입을 열지 않았지.

그래, 피투성이인 채로 꿈틀거리고 있는, 그 작은 형체는 진호의 것이었어. 괜찮다, 아직은 속단하기는 이르다, 이렇게 움직이고 있지 않은가, 내 스스로에게 그렇게 말했어. 참담한 표정으로 서 있는 운전사 놈의 멱살을 잡을 여유가 없었어. 나는 학교에서 배운 대로 응급조치를 하고 진호를 트럭에 태워 병원으로 향했지. 하지만 병원에 도착하기 전에 진호는 이미 숨이 끊겼어. 나는 진호의 숨이 끊어지는 그 순간을 몸으로 느낄 수 있었어. 영혼이 빠져나가듯 마지막으로 미세한 경련이 진호의 몸을 훑고 지나갔었지.

진호를 한계령 시루봉에 뿌리고 온 날 밤, 나는 진호가 사고를 당했던 자리에 가봤어. 자정을 넘긴 마을과 도로는 깊은 정적에 잠겨 있었지. 경찰이 진호의 마지막 모습을 흰 스프레이로 그려놓은 곳. 가로등이 우두커니 서서 그곳을 비추었어. 그 하얗고 희미한 형상은 어쩐지 영혼의 흔적처럼 금방이라도 사라질 것 같았어. 나는 가만히 그 위에 서 보았어.

그 순간이었어. 형아, 하고 진호가 나를 부르는 소리가 들리는 거야. 고개를 돌려 목소리가 들리는 허공을 쳐다보았어. 그때 내 눈에서 확, 붉은 불길이 일었어. 어디선가 징 소리가 들려오고 이내 장구와 바라, 꽹과리 소리가 온몸을 바스러뜨릴 냥 들려왔어. 악기 소리는 커져만 갔고, 얼마 안 있어, 주위에는 갑옷과 칼을 찬 신장神將들이 나를 에워싸고 있었어. 그 산바람이라는, 혹은 신기라는 힘이 마침내 내게 하얀 이를 드러낸 거겠지. 난 내 안의 그 힘이 무서웠다. 마치 언제 터질지 모르는 시한폭탄이 내 안에 장착되어있는 듯한 느낌이었어.

나중에야 알게 되었지. 여진은 내 신기를 막기 위해서 어머니가 맞아들인 신딸이라는 사실을. 어머니는 내 운명을 여진에게 뒤집어씌우려고 한 거지. 소위 '대수대명代數代命'이라고 하는 무속적 주술이었지. 물론, 받아들일 수가 없었어. 누가 누구의 운명을 대신한단 말인가? 내가 선택할 수 있었던 건 내 스스로 그 운명으로부터 탈출하는 길밖에 없었어.

놀라지 마라. 어머니의 명도는 내가 가져왔다. 그리고 그것을 저 바다에 던졌다. 너에게는 안타까운 일이겠지. 그런데 말이다. 그것이 바닷속에 가라앉은 지 얼마 안 되어, 홀가분함도 잠시, 문득 달빛 가득한 바다가 거대한 명도처럼 보이더구나. 어머니의 명도가 저 바다처럼 무한한 크기가 되어 나를 비추고 있는 거였다. 돌아와 침대에 누운 채 밤을 꼬박 새웠다. 어머니에게서 벗어나고자 했지만 결국 어머니의 세계에 갇혀있다는 생각을 버릴 수가 없었다.

이제 그만하면 됐다, 내 운명에 대해 이제 '예스'라고 말할 때가 됐다, 날이 밝아올 즈음 그런 생각이 든 것도 사실이다. 어쩌면 명도를 바다에 버리는 순간, 그것은 내 가슴속 깊은 곳에 더 깊이 박혀버렸는지도 모르겠다. 하지만 그렇다고 내 운명과 싸우는 일을 그만두고 싶지는 않다. 어머니의 세계가 아무리 넓고 깊고 밝다 할지라도 내 의지로 만들어가는 세계 또한 그에 못지않을 테니 말이다. 이 세계에서 어머니의 세계가 용납되지 않는 한, 명도는 태평양 깊은 곳에서 홀로 빛나는 것이 제격일지도 모르겠다.

아마도 요즘 너는 어머니 오구를 해주기 위해 동분서주하고 있겠구나. 곧 아버지도 보내드려야 하는 상황을 맞이할 수 있겠고. 형으로서 함께 하지 못해 면목이 없다. 그런데 영호야, 이 말은 꼭 해주고 싶구나. 오구라는 것이 꼭 굿의 형식일 필요가 있을까? 단언컨대 네 삶 자체가 어머니에게 오구가 될 거야. 네가 쓰는 시 한 편 한 편이 신명나는 굿판이 될 수가 있다는 말이다. 아마도 그것이 너와 어머니에게 더 의미 있는 것인지도 모른다. 시가 네 운명의 '대수대명'이 될지도.

늘 건강해라.

형의 메일은 놀라운 사실들로 가득했다. 아버지의 임종과 관련한 반응은 충분히 예상한 거지만, 무엇보다도 선녀 씨의 세계가 형을 그토록 짓누르고 있을 줄은 상상하지 못했다. 형은 과학의 언어, 이성의 질서 속에서 살아온 사람이 아니던가. 그래서 선녀 씨의 세계를 간단히 무시할 줄 아는 사람이지 않았던가. 어쩌면 형 말마따나, 바다는 명도의 역할을 하고 있었는지도 몰랐다. 형은 선녀 씨가 수시로 다녀왔던 그 세계의 한복판에 있었던 셈이었다. 도피처라고 생각했던 공간이 실은 형이 그토록 벗어나고자 했던 선녀 씨의 세계였던 것이다. 누가 그랬나. 편지는 언제나 목적지에 도착한다고. 그 편지의 목적지가 내가 아니라 형이었다는 사실이 못내 아쉽기는 했지만.

무엇보다 놀라운 것은 형과 여진 누나가 특별한 사연으로 엮어져 있다는 점이었다. 형만큼은 저 '바깥'의 입김으로부터 보호하고자 한 선녀 씨의 노력이 눈물겹기는 했지만 어떤 면에서는 잔인하기 이를 데 없었다. 여진 누나가 형의 방패막이가 되는 셈이었다. 그것은 평생 타인의 운명을 짐 지고 살아야 하는 형벌과도 같은 거였다. 하지만 두 사람은 결코 섞일 수 없는 각자의 운명의 궤적을 가지고 있었다. 그것은 천하의 선녀 씨도 어찌할 수 없는 우주의 법칙과도 같은 것이었으리라.

형의 편지에는 진호가 꿈속에서 명도를 통해 보여줬던 장면이 고스란히 적혀 있었다. 진호의 사고 현장에서 훌쩍이던 형의 모습 말이다. 명도를 떠올렸다. 형 말대로 그 속에 비친 형상은 경계가 희미하고 색은 겹쳐 있으며 빛은 굴절되어 있었다. 그곳은 달걀 속 유동하는 노른자처럼 우주의 비밀이 한 덩어리로 뭉쳐 있는 것 같았다. 간혹, 웅얼거림 같은 것이 들려오곤 했다. 그 소리는 알아들을 수 없었지만 아예 의미 없는 것은 아니었다. 미처 언어화되기 직전의, 혀끝에서 맴도는 망설임이랄까. 이를테면 그것은 대상의 심연에 닿자마자 휘발되는 순간의 감각 같은 거였다. 언어화가 진행되는 찰라, 굴절과 왜곡이 일어나 버리고야 마는, 그래서 '웅얼거림'이라고밖에 표현할 수 없는 소리들. 그것은 존재의 흔들림이 느껴지는 순간에만 명확해지는 시의 언어와 닮아 있는지도 몰랐다. 별들에게 길을 묻던 시대의 DNA가 깊이 아로새겨져 있을 언어. 말 자체보다는 말과 말 사이의 여백에 더 많은 메시지를 담은 언어. 형은 드디어 그런 언어를 이해하기 시작한 것이다. 시 쓰기를 한판 오구로 이해한 것도 그 증거였다.

형 말대로라면 선녀 씨의 오구는 내 삶의 은유가 되는 셈이었다. 그 해석이 썩 마음에 들었다. 명도는 버려진 것이 아니었다. 아마도 그것은 태평양이 아니라 형의 마음 깊숙한 곳에 가라앉아 빛나고 있을 것이다.

제법 긴 분량의 메일을 보내온 것도 처음이지만 형이 이렇게 진지한 톤으로 내게 말을 걸어온 적은 더더욱 없었다. 시인의 삶을 응원하고 있다는 것도 낯설기는 마찬가지였다. 시가 내 운명의 대수대명이 될 거라는 말에 쾌재를 부를 뻔했다. 정확하게 말하자면 샤먼의 운명을 시인의 운명으로 대신하라, 그런 말이 될 테니까. 그런데 형이 모르는 것이 있다. 샤먼이 곧 시인이고 시인이 곧 샤먼이라는 사실을. 서로를 대신하는 관계가 아니라는 것을. 그들은 모두 언어 너머의 세계를 가리키는 존재들, 우주에 들려있는 자들, 목소리 없는 존재의 통역사들이었다.

아마도 선녀 씨의 죽음이 형을 뒤흔들었음에 틀림이 없다. 진호의 죽음이 나를 시인으로 만들었듯이 말이다. 한 사람의 죽음은 누군가에게 지진이 되고 쓰나미가 되는 법이다. 곳곳에 균열이 생기고 틈이 벌어지는 것이다. 지진을 경험한 사람이라면 알 수 있을 것이다. 우리가 딛고 있는 땅이 실은 물컹한 액체 위에 떠 있다는 사실을. 그 흔들림의 순간, 나라는 존재가 이 세계 '바깥'으로 세차게 내던져질 수 있다는 사실을. 그런 후에야 비로소 이 '안'의 세계를 제대로 바라볼 수 있다는 사실을.

- 집은 시용 엄마가 가져갔다.

깨깐이 형의 말에 흠칫 놀랐다. 그러고 보니, 나는 아까부터 깨깐이 형의 말을 알아듣고 있었다. 그의 소리와 눈빛, 표정, 손짓과 몸짓이 정교한 언어가 되어 나에게 들려왔다.

- 그게 무슨 말이야?

- 불, 불!

깨깐이 형이 두 손으로 불이 피어오르는 시늉을 했다. 집이 불에 타버린 것을 두고 하는 말인 듯 싶었다. 그때에서야 얼마 전에 했던 형의 '아는 소리'가 떠올랐다. 굿 돈 마련을 위해 집을 판다고 했을 때, 극구 고개를 저으며 선녀 씨가 집을 가져간다고 했던 말. 깨깐이 형은 그 말을 상기시키고 싶은 모양이었다.

- 저 호수 바깥쪽까지 불이 타들었다.

내가 고개를 끄덕이자, 깨깐이 형이 울산 바위 오른쪽을 가리키며 말했다. 희미하기는 했지만 과연 그 앞으로 불길이 훑고 간 흔적이 눈에 띄었다. 나는 창밖을 바라보다가 미음이 담긴 숟가락에 입을 대었다. 호, 하고 입김을 불어 넣자 순간 뜨거운 수증기들이 날아올랐다. 물끄러미 창밖을 바라봤다. 바다 쪽으로 난 수문이 열리고 있었다. 열린 문에 놀란 듯 호수는 가장자리부터 몸을 뒤척이기 시작했다. 호안湖岸으로 촘촘히 심어진 버드나무가 가지를 온몸으로 흔들며 바람을 견디고 있었다. 멀리 자기를 온통 비워 낸 불탄 숲도 지난 살기를 씻어 내려는 듯 흠뻑 겨울

비를 맞고 있었다.

- 이거.

깨깐이 형이 흰 봉투를 내밀며 말했다. 금희네가 준 거였다. 외투에서 떨어져 있던 것을 자기가 주워서 챙겨놓았단다. 그때에서야 아버지가 돌아가셨다는 것이 떠올랐다. 이틀이 지났다면, 아직 발인까지는 하루가 남았다. 다시 확인해보니, 금희네로부터도 여러 차례 전화가 와 있었다.

- 0이 많아!

금희네에게 당장 전화를 하려다가 깨깐이 형의 말에 고개를 들었다. 내 손에서 구겨져 있는 봉투를 두고 말하는 거였다. 처음에는 저번처럼 차비 정도나 되는 돈인 줄 알았다. 그런데 수표 한 장이 들어있었다. 0을 세어나갔다. 일, 십, 백, 천, 만, 십만, 백만, 천만, 딱 천만 원이었다. 나는 피식 웃음을 흘렸다. 굿 돈이 들어온 것이다. 돈이 어디선가 생길 거라는 깨깐이 형과 고잽이의 말이 적중한 셈이었다. 선녀 씨가 복권이나 사보라고 내게 얘기해줬던 꿈에도 힌트가 있긴 했다. 개가 된 아버지가 용궁을 나온 선녀 씨에게 금은보화를 물어다 준 그 꿈 말이다. 세상의 기준으로 보자면 돈 천만 원은 돈 축에도 끼지 못하겠지만, 지금의 나에게 그것은 로또 당첨금만큼이나 컸다.

- 시용 엄마 만세!

깨깐이 형이 두 손을 번쩍 들며 외쳤다. 나는 말없이 웃었다.

15

굿청은 검게 그을린 마당 위에 차려졌다. 집의 잔해는 포크레인이 와 모두 치워갔다. 굿청의 뒤편, 낮은 구릉도 시커멓게 재만 남아 있었다. 집을 에워싸고 있던 대나무 숲과 그 뒤로 펼쳐져 있던 울창한 소나무 숲도 사라졌다. 마을 집들 중에서 성한 곳을 찾아보기 힘들 정도였다. 산불이 난 지 3주가 지나고 있었지만, 바람이라도 불면 여전히 탄내가 풍겨왔다. 멀리 선녀 씨가 금강산 제일봉이라고 우겼던 신선봉만이 변한 모습 없이 우뚝했다. 가진리 만신이 굿청 곳곳에 작은 신칼로 물을 흩뿌려 부정풀이를 했다. 폐허가 굿청이라는 신성 공간으로 바뀌는 거였다. 마야가 있었다면 신기해했을 것이다. 평범하거나 일상적인 공간을 전혀 이질적인 공간으로 변신시키는 것이 마야의 설치미술 컨셉이었다. 이를테면 화장실에 식탁을 놓는 작업 따위였다. 조금 우습게 느껴졌지만, 마야에게 내색은 하지 않았다. 어쨌든 예술이라는 외피를 입으면 그것은 하나의 작품이 되는 법이다. 일상 공간 어디든 굿청으로 바뀔 수 있듯이. 아쉽게도 마야는 굿에 오지 못했다. 사형 말에 의하면, 젊은 예술가 초청 일환으로 시베리아의 도시 이르쿠츠크의 한 레지던스에 머물고 있다고 했다. 마음이 환해졌다. 잠자리에서 내가 마야에게 꿈결인 듯 들려주곤 했던 곳이 바이칼 호수였다. 그래, 생명수를 얻기 위해 서쪽으로 간 바리데기처럼 마야는 그곳으로 간 것이다. 마야에게 생명수란 예술가의 영감 같은 것이긴 하겠지만 말이다. 부디 무사히 돌아와 내게도 한 모금 나눠주기를.

굿은 정오부터 시작되었다. 선녀 씨가 육신을 뜬지 정확히 48일째 되는 날이었다. 굿청은 꽃마실을 차리고도 족히 삼사십 명은 들어갈 수 있을 만큼 컸다. 제단은 온갖 장엄물로 화려했다. 종이로 만든 감흥화, 고동화, 허드렛꽃, 바리데기꽃, 산함박꽃 등이 색색들이 고운 자태를 뽐냈다. 중앙에는 꽃잎으로 극락문을 만들었고 연꽃 봉오리 위에는 선녀 씨의 영정이 놓였다. 다행히 영정은 대피명령이 내려졌을 때, 여진 누나가 챙겨 놓았다. 선녀 씨는 빙긋 웃고 있었다. 굿청 바깥에는 대나무를 높이 세우고 팔각등과 혹애등을 걸었다. 망자가 타고 갈 꽃배도 크고 화려했다. 나중에 태워버리기에 아까울 정도로 공이 들어갔다. 꽃배와 등은 고잽이의 솜씨였다. 종이로 오려 만든 저승사자의 형상이며 각종 색 한지에 쓰여 있는 불경 구절들도 그의 작품이었다. 그간 고잽이를 얕보았던 게 새삼 미안한 마음이 들 정도였다. 과일과 한과, 해산물, 나물, 전과 포, 고기 들도 상다리가 부러질 만큼 푸짐했다. 제물로 바쳐진 돼지는 흐뭇하게 웃고 있었다.

날씨는 봄처럼 포근했다. 비가 내리고 나면 본격적으로 기온이 떨어질 것이라고 했지만 일기예보는 보기 좋게 빗나갔다. 겨울이 사라졌다고 다들 난리였다. 선녀 씨의 조화가 아닐까라는 엉뚱한 생각까지 들었다. 남다른 신력을 보유했던 선녀 씨라면 겨울 따위, 한 번쯤 씹어 먹고 저세상에 가실 분이었다.

– 산불도 신어머니 탓이겠네.

여진 누나가 웃으며 말했다. 뭐 틀리지 않았다. 자신을 천대한 세상에 대한 분노의 불길이지 않았을까. 그 말에는 깨깐 형이 얼굴을 찌푸렸다.

아침부터 나비 몇 마리가 꽃마실 위로 날아다녔다. 한겨울에 나비라니, 굿청의 모두가 놀라워했지만 내게는 반가울 뿐이었다. 선녀 씨와 진호가 틀림없었다. 형에게 보여줄 양으로 스마트폰 카메라로 그 모습을 찍었다. 배추흰나비처럼 새하얬다. 이번만큼은 루이 암스트롱이 발자국을 찍었다고 해도 여전히 달나라에는 옥토끼가 절구질을 하고 있다는 사실을 형이 이해했음 했다. 굿이 시작될 즈음 되자, 사람들이 몰려들기 시작했다. 장례식 때 오지 못한 시용자들과 화마에 놀란 마을 사람들이었다. 살아 있을 때 미리 하는 생오구도 아니고, 죽은 지 한참 지난 후에 하는 마른 오구도 아닌, 망자의 영혼이 아직 이승에 남아 있을 때 하는 진오구였다. 가진리 만신의 말에 의하면, 만신의 진오구라면 굿을 보러 온 사람은 더 큰 복을 받는다고 했다. 굿청 한편에는 사형이 젊은 무리에 섞여 뭐가 그리 신나는지 손짓을 섞어가며 얘기를 나눴다. 거기에는 서양인도 섞여 있었다. 사형은 그들에게서 공유한 페이스북의 글 하나를 보여줬다. 무속연구 관련, 한 인터넷 매체에 올려진 글이라고도 했다. '최서희 무녀를 애도하며'라는 제목이 달려있었다. 놀랍게도 선녀 씨의 이름이 들어가 있는 거였다.

동해안 오구굿의 전승자이자 지방 주요 무형문화재인 최서희 만신의 부음을 뒤늦게 듣는다. 무속 연구자로서 애석하기 그지없는 소식이다. 그녀는 내가 젊은 시절, 굿을 연구하러 다닐 때 가장 인상 깊게 남은 무녀였다. 독실한 기독교 집안의 장녀로 태어나 고등교육까지 받은 그녀는 당시 무속과 관련해 정연하게 자신의 이야기를 전달할 수 있는 소수의 무당들 중 한 명이었다. 그녀를 보며 나는 무속의 윤리관과 세계관을 체험적으로 이해할 수 있었다. 내가 보기에 무속은 타자에 대한 무한책임을 바탕으로 한다. 그 타자가 선한 존재이든 악한 존재이든 상관이 없다. 자신을 한껏 내려놓고 마치 갓 태어난 아이를 어르고 달래듯 그 존재들의 비위를 맞춘다. 어쩌면 우리 인간의 올바른 관계 맺음도 거기에 바탕해야 하지 않을까 하는 생각이 든다. 상대가 어떤 존재이든 그저 결여되거나 연약한 존재로 받아들이고 자신의 자리를 내어주고 환대와 정성의 마음으로 받들고 위하는 것, 그것이 단자화되고 있는 우리 사회에 한줄기 구원의 빛이 될 수 있을지도 모른다.

아쉽게도 우리 사회에서 무당은 악마화의 표상이 되었다. 그러나 과연 그럴까? 무당의 본업을 두 가지로 설명하자면 하나는 산자, 즉 어떤 슬픔이나 곤란에 빠진 사람들을 위해 기도하는 것이고, 두 번째는 망자, 즉 이 세상에 대한 한과 미련을 가진 영적 존재들을 위로하는 것이다. 당시, 최서희 만신은 불행으로 점철된 자신의 삶을 그 두 가지 사명으로 극복하고자 한 사람이었다. 돈만 밝히는 무당들이 득세하는 세상에 그런 무녀를 접했다는 것 자체가 나에게는 큰 행운이었다. 한때, 그녀는 '러브스토리'나 '사관과 신사'에 열광하고 최인호와 이문열을 읽었던 여인이었다. 그런 그녀가 평범한 삶이 주는 행복을 뒤로하고 사회적으로 멸시받는 무녀의 길을 걸을 수밖에 없었다는 사실을 생각하면 지금도 가슴 한쪽이 먹먹해진다. 더구나 그녀는 부모와 남편에게 버림받았고 어린 자식까지 잃었다. 그 갖은 고통의 삶이 아마 그녀를 더욱 단단한 한 인간이자, 더욱 신실하고 영험한 사제로 만들었을지도 모른다.

칸트가 말했듯 우리의 세계인식은 인간 내면에 구조화된 틀에 의해 가능해진다. 그 틀이 오감에 의해 만들어졌다고 보면 그것으로 경험하지 못하는 또 다른 바깥의 세계가 존재할 수도 있다. 살아있는 동안 그 세계를 경험한 자 몇이나 될까. 학자로서 30여 년의 삶을 살아왔지만, 과연 내가 그녀보다 더 넓고 더 심원한 세계를 보았다고는 말할 수 없을 듯싶다.

오늘 그녀의 오구굿이 열린다고 한다. 가장 낮은 자리에서 평생 남 잘되라고 빌어준 최서희 만신, 오늘만큼은 온전히 그녀를 위한 애도의 시간을 갖고자 한다.

이석이었다. 30년이 지나도 그는 선녀 씨를 잊지 않았다. 그는 서울에 있는 한 대학 문화인류학과 교수로 정년을 앞두고 있었다. 그러고 보니 선녀 씨보다 연하인 셈이었다. 그 까마득한 시대에 연하의 남자라니, 하여간 선녀 씨가 능력자인 것은 틀림없었다. 선녀 씨에 대한 찬미 일색이었지만 조금은 오글거리기는 했다. 고잽이와 면도칼 선생에게 악다구니를 하는 선녀 씨를 봤다면 똑같은 글을 쓸 수 있었을까? 더구나 선녀 씨는 돈 좀 밝히는 샤먼이었다. 하지만 세월에 닳은 모습 또한 전부일 수는 없었다. 이석이 묘사한 모습도 선녀 씨의 일부였다. 그 일부를 퍼즐처럼 맞춰보니 선녀 씨를 더 잘 이해할 수 있을 것도 같았다. 서양인을 비롯해 굿청의 젊은 사람들은 이석이 연구차 보낸 대학원생과 연구원 들이었다. 오구에 직접 참석하고 싶은 마음은 굴

똑같았지만, 자신으로 인해 굿자리가 술렁이는 것을 원하지 않는다고 했다. 굿판의 속성을 잘 아는 사람이었다. 이석이 나타난다면 선녀 씨의 신원伸冤보다도 두 사람의 스캔들로 굿판이 들썩일 게 뻔했다. 사형이 내게 윙크를 했다. 이석에게 선녀 씨의 부음과 오구 얘기를 전한 사람이 바로 자기라는 듯.

- 넋을 맞으러 가자스라 혼을 맞으러 가자스라 선대 선영 예석 손을 잡고 조상님전에 문을 열고…

가진리 만신이 굿의 첫거리를 열었다. 드렁갱이 장단이 굿청을 휘감았다. 깨깐이 형이 어깨를 들썩이며 꽹과리를 두드렸다. 이어 장구와 바라, 징 소리가 울렸다. 거센 동해의 파도가 몰려오는 소리였다. 남섬부주 대한민국 강원도라 고성군 죽왕면 덕암리 대동안 김씨 대주 최씨 망자……, 굿청이 열리는 장소를 천지신명에게 고하고 마을 수호신인 골매기 성황을 불러들이는 것으로 본격적인 굿이 시작되었다. 만신의 몸에 실려 모습을 드러낸 무속신들은 각자 개성이 넘쳤다. 엄숙하고 근엄한 신들도 있었지만 떼를 쓰고 엄살을 부리며 마른 위협을 가하는 신들도 있었다. 이들은, 왜 이제야 굿을 하느냐니, 차린 게 왜 이 모양이라느니, 지모들이 다 못난 얼굴뿐이라느니 하며 온갖 투정을 부리고 트집을 잡았다. 그럴 때마다 지모들이 달려가 신령들의 비위를 맞췄다. 기주가 어려운 형편에 굿 돈을 마련하느라 애 많이 썼다. 신명의 자손 아니었으면 이만한 상을 누가 차려 대접하겠느냐, 지모들도 한때 다들 고운 얼굴들이었지만, 세월에 장사 없으니 어찌하겠느냐고 푸념하며 살살 달랬다. 채신머리없게 신들은 그 말에 잘도 넘어가, 껄껄거리며 이것저것을 맛보기도 하고 춤을 추기도 하고, 내 제자 불쌍타, 애석타 하며 울기도 하다가 만신의 몸에서 빠져나갔다.

일제히 악기가 소리를 높였다. 징과 꽹과리, 바라 등의 금속악기는 우주에 균열이라도 낼 듯 요란했다. 장구와 북소리가 광야를 달리는 말발굽 소리처럼 굿청을 흔들었다. 드디어 선녀 씨가 오는 듯했다. 만신은 선녀 씨가 생전에 쓰던 무구를 들고, 무복을 여러 벌 입은 채 춤을 추며 굿청을 돌았다. 80대 노구라고는 믿어지지 않는 몸놀림이었다. 만신이 휘파람을 부는 시늉을 하자 무악기들의 소리가 줄어들었다. 만신이 내 앞에서 딱 멈추자 음악도 멈췄다. 만신의 어깨가 부르르 떨렸다. 이제부터는 만신이 아니라 선녀 씨가 내 앞에 서 있는 거였다.

- 내 아들아, 내 아들아, 으이으이 으이이~, 천금 같고 만금 같은 내 자식아, 으이으이~, 곰같이 든든하고 딸같이 살가웁고 동무처럼 의지되던 내 아들아, 으이으이~, 내 죽을 때, 영호야, 영호야, 김영호야 네 이름을 세 번이나 불렀건만, 으이으이 으이이~, 너는 내 소리를 알아듣질 못했구나.

선녀 씨가 흐느끼며 말했다. 아아, 죽기 직전에도 선녀 씨는 나를 불렀구나. 기계처럼 눈을 깜빡이고 온몸이 경련하는 순간에도 나를 찾았구나, 몸의 기능은 다해 가도 선녀 씨의 정신은 멀쩡했구나, 나는 속으로 울음을 삼켰다. 육체를 떠나면서 얼마나 두렵고 외로웠을까 싶었다. 아무리 이 세상과 저세상을 왔다갔다 하던 샤먼이기는 했지만 죽음 앞에서는 선녀 씨도 하나의 나약한 인간이었을 것이다. 선녀 씨의 시설(넋두리)은 계속되었다. 이내 삶도 애석타만 어미 없이 너는 혼자 어찌 세상 살겠느냐며 한참을 흐느꼈다. 선녀 씨는 병원에서도 내 밥벌이 걱정만 했다. 자기가 좀 오래 살아, 내가 홀로 설 때까지 뒷바라지를 해줘야 한다고, 신령님네들도 무심하고 야속하다고 넋두리를 늘어놓았었다.

이 굿을 마련하느라 고생한 것을 다 알고 있으니, 부처님 전 신령님 전 빌고 빌어 앞길을 열어준다고 선녀 씨는 덧붙였다. 그러고는 왜 이 자리에 오지 않았느냐면서 형을 목 놓아 불렀다. 먼 나라에 나가 있어 오기 힘들었다고, 부디 털끝 하나 발끝 하나 다치지 않고 몸 성하게 돌아오게 해달라고, 여진 누나가 싹싹 빌며 말했다. 살았을 때도 얼굴 보기 힘들었는데, 죽어서도 못 보고 이리 간단 말가, 라고 서럽게 울다가 끝내 혼절을 했다. 굿청의 사람들이 낮은 비명을 질렀지만 지모나 사니들은 말없이 지켜만 봤다. 징 소리만 작게 울릴 뿐, 모든 무악기도 연주를 멈췄다. 만신은 얼마간 몸이 빳빳하게 굳어 일어나지 않았다. 숨은 쉬고 있는지 확인해보고 싶을 정도였다.

다행히 얼마 안 가, 만신의 몸이 움직이기 시작했다. 다시 무악기들이 크게 울렸다. 만신이 일어나 악기에 맞춰 굿청을 돌았다. 연주를 멈추라는 시늉을 하자 악기 소리가 딱 멎었다. 만신은 눈을 부릅떴다. 아직 선녀 씨가 깃들어 있었다. 우리 수호 무사하다, 무탈하다, 신령님 도술로다 지켜줄 테니 걱정들 하지 마라, 근심들 하지 마라, 선녀 씨는 나와 여진 누나를 번갈아 보며 말했다. 순간 이동이라도 하고 돌아온 듯한 표정이었다. 시공간에 구애받지 않고 이 세상 어디든 훨훨 날아 다녀올 수 있다는 샤먼들, 선녀 씨는 신령의 힘을 빌려 태평양을 날아서 형이 있는 곳을 다녀왔는지도 몰랐다.

곧이어 진호가 모습을 드러냈다. 진호는 준비해 놓은 색동 바지저고리를 입고 고무신을 신었다. 산더미처럼 쌓인 과자 봉지를 죄다 뜯어놓고 하나씩 입에 가져가며 좋아라 했다. 장난감을 가지고 여기저기 돌아다니며 이모 만 원만, 삼촌 만 원만 달라 했다. 그럴 때마다 사람들은 지갑을 열어 돈을 주고 합장을 했다. 살아 있으면 이제 스무 살이 되었을 진호가 한 뼘도 자라지 않은 채, 어린 목소리로 말했다. 그러고는 고잽이를 가리키며, 삼촌 아니고 아빠라고 동관네들에게 말하더니, 아빠 맞지? 라고 고잽이에게 물었다. 고잽이가 고개를 끄덕이며 장구채를 집은 채 눈물을 닦았다.

- 아냐, 니는 내 새끼야, 내 아들이야!

굿이 시작될 때부터 술병을 꿰차고 있던 면도칼 선생이 끼어들었다. 흥! 고자 주제에, 라고 진호는 콧방귀를 끼었다. 굿청이 웃음바다가 됐다.

이번엔 나에게 다가와 다음부터는 교회 같이 가자, 라고 했다. 나는 털썩 주저앉았다. 그건 누구에게도 말하지 않은, 둘만의 비밀이었다. 그날 내가 수련회에 가지만 않았더라면 진호는 죽지 않았을 것이다. 진호는 울지 말라, 형 탓이 아니고 신령님 뜻이 그러한 거라며 나를 달래주었다. 가슴 속 응어리진 무언가가 울음과 함께 빠져나갔다. 이윽고, 알 수 없는 깃발과 천들이 내 머리 위로 지나갔다. 굿은 자정까지 계속되었다.

이튿날은 선녀 씨가 눈을 감은지 딱 49일이 되었다. 이제 선녀 씨가 이 세상을 아주 떠나는 날인 것이다. 아침 일찍부터 굿이 시작됐다. 첫 굿거리부터 선녀 씨가 실렸다. 먼저 동관네들에게 공수를 주었다. 평생 남을 위해 빌어줘도 인간의 설움을 벗지 못하는 게 제자들의 팔자가 아니겠냐며, 하심下心이 하심河心이니 비록 팔천八賤을 못 면한다 하더라도 중생 위해 축원하는 마음으로 살다가 끝내 저세상에 흘러가면, 바리데기 할미 만나 모든 업을 씻고 극락갈 수 있으니, 부디들 분해 말고, 설워 말라고 당부를 했다. 돈 좋아하는 샤먼에게는 영검이 흐려진다며 욕심을 줄이라 하고, 말 좋아하는 샤먼에게는 이간질하는 구업口業이 가장 큰 죄라는 것을 명심하라 했다. 남자 좋아하는 지모에게는 남자가 평생의 도둑놈이라는 것을 잊지 말고 몸주신을 남편삼아 살라 하고, 바람피우기 좋아하는 사니에게는 저 고잽이처럼 말년에 고생한다며 한 사람에게만 마음 주며 살라고 말했다. 고잽이가 페헴, 하는 요상한 소리를 내며 고개를 돌렸다.

한편으로, 가난한 샤먼에게는 산신님 전에 빌고 빌어 널리 '불려'주겠다고 하고, 병 있는 샤먼에게는 칠성님 전 빌고 빌어 씻은 듯이 낫게 해주겠다고 하고, 혈육을 잃은 샤먼에게는 부처님 전 빌고 빌어 왕생극락토록 하겠다고 했다. 지모와 사니들은 선녀 씨를 붙잡고도 울고, 선녀 씨가 쓰던 무복과 무구들을 어루만지면서도 울었다. 그 모습은 왠지 코끼리들이 제 동료의 죽음을 애도하는 의식을 연상시켰다. 개 중에는 선녀 씨한테 머리채를 잡힌 여자들도 있었다.

아버지가 잠깐 모습을 내비쳤다. 병원에서 퇴원 수속을 받은 후, 곧바로 아버지의 장례식장으로 향했다. 내왕이 없었던 친척 몇몇이 조문을 했을 뿐, 80년을 앞둔 긴 생애치고는 한산하기 이를 데 없는 장례였다. 아버지는 다시 의식을 찾은 지 나흘이 안 되어 숨을 거두었다. 의료진도 놀랐다는 기적은 역시나 며칠을 가지 못한 것이다. 그 짧은 기적은 그러니까 선녀 씨의 조화였다. 당장 돌아가서 아들에게 굿 돈을 주고 오라고 아버지의 등을 밀어댔을 것이다. 그 모습을 상상하자 웃음이 나왔다. 아버지의 유언은 아들 손에 산골을 해달라는 거였다. 나는 선녀 씨를 뿌린 영금정에서 산골을 했으면 했다. 금희네는 당연하다는 듯이 동의했다.

금희네는 아버지와 선녀 씨 몫으로 값비싼 한복을 끊어왔다. 아버지는 그 바지저고리를 입고 굿청을 이리저리 돌아다녔다. 염치없이 여긴 왜 왔냐고, 고잽이가 장구채를 휘두르며 성을 냈다. 아버지는 굿 돈을 댄 사람이 자신이기 때문에 찾아올 권리가 있다고 큰소리쳤다. 조강지처 버린 탓에 제 명 못 살고 저세상 따라가게 됐다고 다음은 고잽이 자네 차례, 라는 말도 덧붙였다. 파랗게 질린 고잽이 빼고는 굿청이 웃음바다가 되었다.

금희네에게도 선녀 씨의 공수가 내려졌다. 역시나 금희네가 끊어온 치마저고리를 입은 채였다. 자네도 아이 없는 팔자고, 내 아이들도 부모 없는 신세이니, 나를 대신해 우리 아이들 장가도 보내주고 앞으로 잘 좀 살펴달라는 말이었다. 저승 꽃밭에서 금희를 만나면 자기도 잘 거둬 줄테니 걱정말라고도 했다. 금희네는 터져 나오는 울음 때문에 말은 못하고, 고개만 끄덕였다. 선녀 씨는 나에게도 금희네에 의지해 살라는 당부를 잊지 않았다.

놀랍게도 사형에게도 공수가 내려졌다.

- 불쌍코 불쌍토다, 천하에 네 외로운 줄 누가 알리, 말 못 하고 원 못하는 네 마음을 누가 알리. 오냐라, 가족이면 붙잡고 의지라도 하겠나, 친구라면 마음 편히 하소연이라도 하겠나. 오냐

라, 귀하디귀한 인간의 몸을 받잡고 이 세상에 나왔으니, 울지 말고 설워 말고 크게 되고 성불하니 무소처럼 혼자 가거라.

그 뜻을 알아차렸는지 사형은 고개를 끄덕였다. 선녀 씨와 사형은 가족에게서조차 환영받지 못한 존재였다. 각각 샤먼과 퀴어라는 이유 때문이었지만, 그들에게는 그들만이 통할 수 있는 세계가 따로 있는지 몰랐다. 모르긴 모르건대, 그들은 아마도 이 세상의 질서가 그리 단단하지도 정당하지도 않다는 사실을 몸으로 체득한 존재이지 않을까. 그래서 여기 너머를 상상할 수 있는 사람이 아니었을까.

여진 누나의 몸에 실려 글문 도사도 모습을 드러냈다. 다짜고짜 내게 거드름을 피웠다. 니가 시 쓰는 게 다 누구 덕분인 줄 아느냐며 뒷짐을 지었다. 그게 니가 잘나서 쓰는 줄 알제? 어림없는 소리다, 다 밤마다 니 귀에 대고 내가 옆에서 줄줄 불러 주었니라. 나는 그 말에 낙담을 했다. 내가 누군가의 아바타로 살아왔다는 말이 아닌가. 걱정 마라, 내 말을 받아 적을 수 있는 것도 다 니 재능인 거라, 글문 도사가 묘한 웃음을 지으며 말했다. 나를 아주 들었다 놨다 했다. 내 마음을 속속들이 아는 것으로 보아 내 몸주신이 될 존재가 틀림없었다. 그 몸주신이라는 것이 다른 게 아니라, 내 안에 아로새겨져 있는 옛 조상의 유전자라 할 수도 있겠지만.

그럼 진즉에 신춘문예라도 당선시켜주지 그랬어요? 하고 재밌다는 듯 사형이 따졌다. 그러자 글문 도사는 어깨 아래로 머리를 푹 꺾었다. 내 고놈의 것이 안 되는 바람에 속병으로 일찍 갔다, 억울하고 원통해서 저세상도 못 가고 이리 구천을 떠도는구나, 이번에는 글문 도사가 우는 시늉을 했다. 식민지 시기 술과 여자를 좋아하고 문학과 예술에 빠져 살다가 요절했던 동경 유학생의 비애가 가슴에 와 닿는 듯했다. 나라 잃은 슬픔까지 더해지면 한 편의 애절한 소설이 완성될 듯 싶었다. 우리 제자 어미 잃고 이리 불쌍허니, 내 내년에는 딱 한 번에 붙게 해주마! 글문 도사는 뒷짐을 진 채 눈을 부라리며 말했다. 제자는 무슨 제자냐고, 내림을 받아야 제자지, 라고 고잽이가 딴지를 걸었다. 시가 공수 같은 거고 시인이 무당 같은 거야, 니는 무식해서 뭔 말인지 모를테다, 에헴! 글문 도사가 고잽이에게 한소리 했다. 고잽이의 얼굴이 벌게졌다. 좌중이 웃음으로 들썩였다.

- 그럼, 우리 제자가 크게 불리는지 알아볼까?

글문 도사가 굿청 한쪽에 걸어놓은 무복 하나를 가져왔다. 색동소매를 가진 커다란 연두색 활옷이었다. 글문 도사는 내게 그 옷을 입히고 흰 고깔 모자를 씌웠다. 거참 잘 어울린다, 고잽이가 외쳤다. 글문 도사가 손짓을 하자, 일제히 타악기 소리가 났다. 나는 쑥스러워 시선을 어디에 두어야 할지 몰랐다. 글문 도사가 내 두 손을 잡고 흔들자, 몸이 악기 소리에 반응하기 시작했다. 어깨가 슬슬 리듬을 탔다. 두 발은 허공을 걷는 듯했다. 언젠가 클럽에서 마야와 함께 춤추었던 날이 떠올랐다. 중력과는 무관하게 몸이 공중으로 마냥 떠오르는 듯한 기분. 이런 상태라면 작두날 위를 가볍게 걸을 수 있을 것만 같았다. 얼마 안 돼, 제법 춤사위가 나왔다. 굿청의 사람들도 덩달아 신이 나서 환호를 했다. 배우지 않아도 아는 자, 익히지 않아도 이미 무르익은 자, 아 드디어 샤먼이 되려는 모양이구나, 나는 눈을 살짝 감았다. 별들이 쏟아졌다. 무아지경은 이를 두고 하는 말 같았다. 선녀 씨가 죽기 전, 꼭 한 번만이라도 굿청에 서고 싶다고 한 것이 이해가 되는 순간이었다. 마치 세상, 아니 우주와 하나가 되는 듯한 느낌이었다. 점점 더 거세어지는 타악기 소리에 맞춰 춤도 격렬해졌다. 비유하자면, 거친 풍랑 속에서 흔들리는 한 척의 배와도 같았다.

그때였다. 무서운 전율이 온몸을 쓸고 지나갔다. 목 아래에서 무수한 목소리가 앞 다투어 나오려 했다. 하지만 그 목소리는 도무지 말로 표현될 수 없는 것이었다. 함성이나 비명으로도 나올 생각을 하지 않았다. 춤사위가 더 크고 빨라질 뿐이였다. 목소리들은 내 목구멍에 갇힌 채 끝내 나오지 못했다. 끄억, 끄억 숨넘어갈듯한 소리만이 흘러나왔다. 나는 그만 그 자리에 주저앉았다. 바람 빠지듯 악기 소리가 멈췄다. 글문 도사가 가만히 내 어깨를 두드려주었다. 울음이 쏟아질 것 같았다. 그 숱한 목소리들을 해방시켜 주지 못한 것이 왠지 죄를 짓는 것만 같았다. 내림굿의 절정은 말문을 트는 것이다. 말의 문, 저 너머 존재들의 의지가 언어의 옷을 입고 이 세계로 건너오는 출구. 아쉽게도 내게는 말문이 트이는 신이한 일은 일어나지 않았다.

- 괜찮다, 말문은 네 글로 틔우거라.

글문 도사가 여진 누나의 입을 빌려 말했다. 시가 저들의 말문이 될 수 있을까? 모든 비인간과 사물의 목소리를 이 세계의 언어로 전할 수 있을까? 그럴 수 있다는 듯, 글문 도사는 고개를 끄덕였다. 그러곤 내게 입혔던 활옷과 고깔을 거둬들여 굿청을 휘, 하고 돌았다. 제단에 배례하자 여진 누나가 몸을 떨었다. 글문 도사가 떠나간 것이다.

불쌍한 금일 망자여,
멀고 먼 그 길에 외로이 혼자 가면
원을 풀고 극락 가시오.

망자 망자 최씨 망자여,
망자란 말도 오늘뿐이고
굿이란 말도 오늘뿐이고.

가진리 만신이 꽃배를 들고 망자를 보내는 길갈림굿을 했다. 꽃배 주위로 흰나비들이 몰려들었다. 사람들이 몰려와 꽃배 위에 노잣돈을 올리며 두 손을 모았다. 그렇게 망자를 태운 꽃배는 대문 밖까지 길가름 한 하얀 혼 베를 가르며 나아갔다. 마치 빙하를 깨며 길을 여는 쇄빙선처럼 한 번도 가본 적 없는 멀고도 험하며 좁디좁은 저승길로 그렇게 들어섰다. 굿청 안팎을 화려하게 장식하던 장엄물도 한 줌 재가 되어 흩어졌다. 선녀 씨가 비로소 완전한 죽음을 맞이한 것이다. 사형 말마따나, 선녀 씨의 마지막 시 한 편이 완성되었다. 시가 언어의 속박에서 벗어나게 해주는 것처럼, 선녀 씨도 비로소 몸의 굴레에서 벗어나 가볍디 가벼운 존재가 되어 저세상으로 떠나갔다.

마지막 거리인 뒷전에서는 저승 문에 들지 못한 수많은 무주고혼과 잡귀를 일일이 불러들여 먹였다. 면도칼 선생이 뛰어들어 걸신 흉내를 냈다. 밥알을 얼굴에 잔뜩 묻히고 손에 나물을 늘어뜨린 채 고기 살점을 뜯었다. 젊은 지모들이 옆에서 시중을 들며 막걸리와 안주거리를 내밀었다. 면도칼 선생이 은근슬쩍 지모의 엉덩이를 만졌다. 화들짝 놀란 지모가 들고 있던 막걸리 사발을 선생의 얼굴에 뿌렸다. 그래도 그는 좋다고 헤헤거렸다. 모두가 배꼽을 잡고 웃었다.

고잽이는 굿이 아주 잘 되었다고, 섬도 잘 섰으며 선녀 씨와 진호, 아버지는 물론이고 모든 신령과 조상, 잡귀들조차 잘 먹고 잘 놀다 갔다고 말했다. 섬이 선다는 말은 굿을 잘 받았는지 신들에게 묻는 의식으로 성지육을 칼에 꽂은 채로 상 위에 세우는 것을 의미했다. 여러 번 시도할 것 없이 딱 한 번에 성공한 것이다. 고잽이는 대수술을 성공리에 마친 의사처럼 의기양양했다.

- 됐다, 이제 니도 훌훌 놓여나거라.

고잽이가 내게 말했다.

에필로그

대보름의 달이 떴다. 도시에서는 자주 볼 수 없는 맑고 선명한 달이었다. 일 년 중, 달의 기운이 가장 왕성하게 지구를 뒤덮는 시기이자 밤의 세계가 활짝 열리는 날이었다. 바깥은 꽁꽁 얼어붙어 있었다. 뒤늦게 겨울 같은 겨울이 찾아온 것이다. 오늘로 오구가 끝난 지 열흘이 지났다. 굿을 끝내고 나자 기다렸다는 듯이 동장군이 찾아왔다. 그간 겨울은 어디에 가 있었을까? 혹, 겨울은 저 세계의 틈 같은 곳으로 빨려 들어가 있던 것이 아니었을까? 우리의 무의식이 의식 바깥으로 잠시 고개를 내미는 때가 있듯이, 저 세계 또한 이 세계의 단단한 지질을 뚫고 나와 틈을 벌인 것은 아닌지. 그 틈에서 새어 나온 알 수 없는 빛과 열기가 이 세상에 없는 계절을 만들지 않았을까? 그 49여 일은 죽은 자에게는 죽음이, 산 자에게는 삶이 유예된 시간이 아니었을까? 삶과 죽음이 서로에게 스며들도록, 그래서 서로가 존재의 이유가 된다는 사실을 깨닫도록, 우주가 허락해 준 시간이 아니었을까?

컴퓨터 화면에는 마야가 인스터그램에 올린 이미지가 띄어져 있었다. 본인이 직접 찍은 사진이었다. '시베리아', '바이칼', '알혼', '샤먼', '접신' 등이 해시태그 되어있었다. 예술, 아니 우주와 하나가 되기 위해 시베리아로 간 네오 샤먼, 마야. 바이칼 호수는 마야가 가 있다는 이르쿠츠크 가까이 있었다. 선녀 씨가 깊은 눈이 되어 말하곤 하던 바이칼 호수. 먼 고대, 샤먼이 다스리던 일족이 이 나라로 떠나왔다던 곳. 바이칼은 하늘과 인간을 이어주는 존재라는 의미의 '바이'와 물이 넓게 고여 있는 곳을 뜻하는 '칼'이 합쳐진 지명이라고 했다. 번역하자면 '샤먼의 바다' 정도가 될 것이다. 그 바다에는 조각배처럼 떠 있는 알혼이라는 섬이 있었다. 초승달 모양의 바이칼 호수를 꼭 닮은, 유일한 유인도인 그곳은 시베리아 샤먼들의 성지와도 같은 곳이라고 했다. 그곳은 아마도 이 나라 샤먼들에게 이승의 끝 같은 곳인지도 몰랐다. 바이칼에도 저 대보름의 달이 떠 있을 것이다. 혼 베처럼 드리워진 달빛을 따라 선녀 씨와 진호를 실은 꽃배가 그곳에 막 당도하고 있지나 않을는지. 부디, 우주와 접신한 마야가 선녀 씨와 만나 화해를 이루기를.

나는 달빛을 받으며 가만히 눈을 감았다. 밝고도 서늘한 기운이 느껴졌다. 아마도 마야였다면 우주가 손을 얹었다고 말했을 것이다. 태평양의 심연에서 빛나고 있을 선녀 씨의 명도도 저 달을 닮았을까. 그 빛이 달에 비춰 내 안으로 파고드는 듯했다. 내 온몸의 세포와 정신의 회로가 제자리를 찾아가는 느낌이었다. 어쩌면 완전한 죽음은 망자의 공백이 말끔히 메꾸어졌다는 것을 의미하는지도 몰랐다. 마치 시가 세상의 틈과 균열을 여백의 언어로 채우듯이. 어느 시인의 말에 의하면, 시인은 램프만 켜 놓고 자신은 사라져버리는 존재라고 했다. 샤먼도 마찬가지이지 않을까. 선녀 씨가 내 마음속에 환한 빛을 심어놓고 갔으니까.

나는 생각났다는 듯이, 마야의 펜던트 거울로 내 안을 비춰 보았다. 고교 시절 과채류 온실의 새싹처럼, 알 수 없는 음률을 타고 무수한 목소리가 움터 오르고 있었다. 상처에 새살이 돋듯 간질간질했다.

* **참고** : 작품 초반, '선녀 씨'의 꿈 내용은 서정범 교수의『한국무속인 열전; 제2부; 제1권 – 夢中別曲』에 소개된 한 무속인의 꿈 이야기를 인용했음.

작가의 말

소설 속, 선녀 씨라면 다음과 같은 축원을 했을지 모르겠다.
"이 책 지니신 모든 분들 복福 받으시고 원願 이루시길."

평생 남 잘되라고 빌다 간 우산옥 만신의 명복을 빈다.